# 文体のポリティクス

ウォルター・ペイターの闘争とその戦略

野末紀之



論創社

## 本文中で略記した作品名

〈保守派批評家によるもの〉

B1 Thomas Maitland [Robert Buchanan], “The Fleshly School of Poetry: Mr. D. G. Rossetti.”
B2 Robert Buchanan, *The Fleshly School of Poetry: and Other Phenomenon of the Day.*
C1 W. J. Courthope, “The Latest Development of Literary Poetry.”
C2 ———. “Modern Culture.”
C3 ———. “Wordsworth and Gray.”
*NR* W. H. Mallock, *The New Republic; or Culture, Faith, and Philosophy in an English Country House.*
Q Harry Quilter, “The New Renaissance; or, the Gospel of Intensity.”
S1 John Campbell Shairp, “Aesthetic Poetry: Dante Gabriel Rossetti.”
S2 ———. “English Poets and Oxford Critics.”

〈ペイターの作品〉

*Ap* *Appreciations: With an Essay on Style.*
EP “An English Poet.”
*G* *Gaston de Latour.*
*ME* *Marius the Epicurean: His Sensations and Ideas*, 2vols.
*MS* *Miscellaneous Studies.*
*PP* *Plato and Platonism: A Series of Essays.*
*R* *The Renaissance: Studies in Art and Poetry.*

なお、本書におけるペイター作品の日本語訳はすべて著者による。ただし、一部、既訳を参照した箇所がある。

文体のポリティクス——ウォルター・ペイターの闘争とその戦略　目次

# 序論

「現代イギリスの散文」（一八七六）のなかでジョージ・セインツベリーは、文体を「言葉の選択と配置」であるとし、[1]単語、句、節、文、段落のあいだの階層関係にもとづく調和のみられる文体の典型として、ウォルター・ペイターの『ルネサンス史研究』（一八七三）（以下『ルネサンス』と略記）を賞賛している。[2]ペイターの文体にかんしてこれと対照的なのがイアン・フレッチャーの見方である。彼によると、ペイターの文体は「知覚の様式としての、個性全体の総体的反応の身ぶり」であって「たんなる言葉の配列法ではない」。[3]ペイターのどの作品にも刻印されている文体の独自性を考えると、フレッチャーの指摘の方が事の本質を突いているように思われる。もっとも、ペイター自身は「言葉の選択と配置」じたいに異様なまでの努力を傾けている。エドマンド・ゴスの伝えるところによると、彼は特注の原稿用紙に一定の行間をもうけて書きすすみ、あとから語句を加筆修正し、また削除したのちに印刷にまわし、刷り上がった原稿にふたたび同じ作業を行なうといったことを繰り返したという。[4]作品によっては版を改めるごとに修正を加えたものもある。『ルネサンス』の「結語」をめぐる顛末は有名である。『享楽主義者マリウス』（一八八五）（以下『マリウス』と略記）の場合、第二版（一八八五）での修正は初版の字句の些細な変更にとどまるが、第三版（一八九二）では大幅な改訂がほどこされている。そのありようを詳細に調査したエドマンド・チャンドラーは、文意を明確にしたことで第三版がいちばんすぐれているという結論を下しているものの、加筆修正に費やした三年間について、それだけの価値があったとするのは「馬鹿げている」とも述べている。[5] いずれにしても、ペイターの「個性全体の総体的反応の身ぶり」は、いつまでも完成にいたることのない忍耐強い手作業に支えられていたのである。

『ルネサンス』が刊行された当時、文体はたんなる「言葉の選択と配置」以上の意味をもっていた。ペイターの文体が激しい非難を呼び起こしたのはそのためである。セインツベリーはそれを踏まえたうえで、あえて上記のような観点から賞賛したのであった。では「言葉の選択と配置」以上の意味とは何か——この点は第一章で詳しく述べることにし、ここではまず、文体にかんするペイター自身の記述の変遷を簡単にたどっておきたい。

ペイターが文体を考察の対象とするのはある特定の時期からである。それは第一作の刊行以後とみてよい。『ルネサンス』のなかに文体にかんする記述がないわけではないが、[6] ある種の文体を擁護したり比喩化したりしはじめるのは、この作の批評がいちおう出揃ったのちの一八七四年以後のことである。この年には「ワーズワース論」が発表されている。そこでは、ロマン派詩人の言葉と思想とが「想像力の焔」のなかで融合する文体のイメージが出てくる。さらに注目すべきは一八七八年である。この年に発表された「『恋の骨折り損』論」のなかでペイターは、この劇の台詞のユーフュイズムを肯定的に評価している。ユーフュイズム（euphuism）とは、ジョン・リリーに端を発し、極度に人工的で装飾的だとして揶揄された美文体のことであった。ペイターはこの価値づけを覆そうとしたのである。後述するように、ユーフュイズムという語はラファエル前派の言語表現にたいする非難のさいにも用いられていたので、ペイターの評価はそれへの反論をも示唆していた。この挑発的な試みは『マリウス』の「ユーフュイズム」と題された章で全面的に展開されることになる。一八七八年にはまた、未完に終わった短篇「イギリスの詩人」が執筆されている。この作では、主人公である詩人の文体が「金属細工の花」にたとえられている。同様の表現は「ユーフュイズム」にも「文体論」（一八八八）にも登場しており、これがペイターにとって理想的な、優雅にして強靭な文体の比喩であることを示唆している。以上の作品のほか、「ダンテ・ゲイブリエル・ロセッティ論」（一八八三）（以下「ロセッティ論」と略記）や『プラトンとプラトン哲学』（一八九三）（以下『プラトン』と略記）でも彼の文体観がうかがえる。

このように、『ルネサンス』刊行後にはじまり晩年まで持続するペイターの文体への関心には、第一作の文体への強い非難にたいする反論の意味合いが込められている。このことは従来、論じられることはおろか、言及されることすらなかった。一方、道徳的な批判への反応についてはよく知られている。一八七七年、ペイターはふたつの「譲歩」を行なう。ひとつは『ルネサンス』第二版における「結語」の削除である。その異教的快楽主義や刹那主義を公的にも私的にも非難されたことにたいする対応であった。[7] 彼は第三版で「結語」を復活させるが、そのさい注で述べているように、[8]「結語」の思想は『マリウス』においてかたちを変えて展開されている。そこでは、青年マリウスの信奉するキレネ哲学の思想が「結語」のそれに重ねあわせられている。もうひとつの「譲歩」は、オックスフォードの詩学教授の地位をめぐる立候補の辞退である。外部から何らかの力がはたらいたのか、みずから見込みがないと判断したのか、理由は定かでないものの、いまだ燻っている道徳的宗教的非難への配慮がペイターの側にあったと推測される。[9] そして、『マリウス』の「再考」という章が「結語」への道徳的宗教的批判にたいする切り返しであることはよく知られている。これにたいし、同じ小説の「ユーフュイズム」の章が『ルネサンス』の文体への批判にたいする反論であることは注目されてこなかった。「結語」の注にある「思想」という言葉は、文体にかんする思想をふくんでいたのである。

『ルネサンス』の文体への非難は、当時の芸術的急進派であるラファエル前派にたいする保守派の批判と連動している。それらは、ペイターの反論を跡づけるさいの資料として欠かすことができない。彼の第一エッセイ「コールリッジの著作」が発表された一八六六年、アルジャノン・チャールズ・スウィンバーンの『詩とバラッド』が性的な題材を露骨に表現したために道徳的な非難を呼び起こした。その数年後、ペイターが『ルネサンス』に収録される諸篇を書いていたころ、ダンテ・ゲイブリエル・ロセッティの『詩集』（一八七〇）をめぐって論争が起こる。トマス・メイトランドことロバート・ブキャナンが『コンテンポラリー・レヴュー』において「詩の官能派」（一八七一、七二）と題するロセッティ批判の記事を書き、これにたいし詩人が「批評の内密派」（一八七一）と題して反論したのである。ラファエル前派への批判や風刺は、七〇年代後半から八〇年代初頭になると、ジョージ・デュ・モーリアの戯画やウィリアム・シュレンク・ギルバートとアーサー・サリヴァンの喜劇など大衆的な媒体へと広がりを示すようになる。それは彼らの人気拡大の原因でもあり結果でもあった。ペイターはラファエル前派を批判的に論じる記事のなかにも出てくるが、彼の名前が一般読者に浸透する契機となったのは、むろんウィリアム・ハレル・マロックの『新しい国家』（一八七六、七七）の登場人物ローズ氏（Mr Rose）として戯画化されたことによる。

ペイター批判を行なったもっとも重要な人物として、ウィリアム・ジョン・コータプがいる。彼は『クォータリー・レヴュー』に発表したふたつの論文（一八七四、一八七六）でペイターの名をあげて非難している。ペイターが自己の文体観を明確にし、批判への反論を折にふれて行なったおもな理由として、これらコータプの論文があったと考えられる。コータプは一八九五年にオックスフォードの詩学教授に就任し、大著『英詩の歴史』（一八九五—一九一〇）を刊行している。古典派を標榜し、ロマン派とその現代版たる唯美主義を芸術上の「過激派」として批判する彼の立場は、「芸術における保守派」（一八八二）に明瞭である。彼に代表される反唯美主義批評家を「保守派」と呼ぶことができる。

コータプよりもかなり早く、一八七七年に詩学教授に就任したジョン・キャンベル・シャープも見のがすことはできない。ロセッティを論じた彼の「唯美的な詩」（一八八二）と「イギリス詩人とオックスフォードの批評家」（一八八二）は、ペイターの「ロセッティ論」のなかの文体への言及や『マリウス』におけるユーフュイズムの再評価を読み解くのに有効である。一八八二年はまた、ハリー・クィルターによるペイター批判が発表された年でもある。このふたりの批判はコータプのものにくらべるとすこぶる凡庸ではあるが、「ロセッティ論」や「ユーフュイズム」を読むさいに参照するだけの価値はある。

ペイターの作品はもちろん書簡にも、上記の人物はだれひとりとして登場しない。彼はジョン・ラスキンやマシュー・アーノルドなど大きな影響を受けたり仮想敵としたりした同時代人の名すら明記しないから、これは別に驚くことではない。が、「結語」と教授職をめぐる顛末を考えるなら、彼がこの方面での批判を気にし、何らかの応答を行なったとみるのが妥当であろう。げんに、その明確な表現のひとつとして「ユーフュイズム」がある。そこには、ペイターにはめずらしく、論敵にたいする風刺的で侮蔑的な表現が見られる。ほかにも両者の言葉の細部を検討すると、保守派にたいするペイターの切返しが彼の作品のモチーフのひとつとなっていることが察知できる。

以上の経緯をふまえて、本書では、芸術的急進派であった唯美主義者と、唯美主義者を批判する保守派との、文体とそれに直結する問題にかんする抗争を「文体のポリティクス」と呼ぶ。本書は、『ルネサンス』への保守派からの批判を契機として、ペイターがみずからの文体観を言語化し先鋭化していったと見なし、その内実、とりわけ文体のポリティクスにおける彼の闘争とその戦略をあきらかにすることを目的とする。また、彼がその過程で当時の文体観を揺るがす理論を提起し、かつ実践したことを示してゆく。

本書は以下の構成を取る。第一章では、ペイターが保守派にたいして行なう闘争の舞台のありようを明確にする。はじめにブキャナンのロセッティ批判を近年の研究を参考にして確認し、その「後継者」たるシャープとクィルターの批判を瞥見したのち、コータプを取上げる。彼らは政治的芸術思想的な保守派である。そのあとペイターの側に立つ批評家のエッセイを検討し、そのなかにある保守派的な見方に言及する。第二章ではマロックの『新しい国家』および大学新聞におけるペイター像を考察し、ジェンダーにかかわる用語との関連について述べる。第三章以降では、ペイターにおける文体のポリティクスの過程と戦略を概観する。このうち第三章と第四章では、主として文体と文体観にかかわるものを論じてゆく。第三章では時代順に、おもにエッセイにおいてペイターが保守派の批判にどのような戦略により反論し、みずからの文体観を提示していったのかを詳細に検討する。具体的には、「ワーズワース論」、「ロセッティ論」、『マリウス』の「ユーフュイズム」の章、それに「文体論」を取上げる。「ユーフュイズム」は小説中の章であり、登場人物と作者とのあいだの距離が問題になりうるが、ペイターの戦略の挑発的性格を知るうえで有益なので、ここで論じることにする。『マリウス』の三つの章を検討する第四章では、保守派との闘争がペイターにもたらしたと思われる屈折や苦渋のあとを文体の特徴に探る。第五章以後はおもにフィクションを取上げ、唯美主義者の文体と人物像をめぐる闘争と戦略をたどってゆく。第五章では「家のなかの子」を、第六章では主として『マリウス』と『プラトン』を考察の対象とし、中後期ペイターにおける「男性性」の再規定を概観するとともに、文体および文体家にまつわるジェンダー・イメージをめぐるペイターの闘争のあとをたどる。初の小説であり、また自伝的とされる「家のなかの子」には「結語」の思想の穏健化が見られるものの、同時に保守派との対立軸がかえって鮮明になっているさまを指摘する。第七章では『マリウス』に登場するユーフュイズムの実践者フレイヴィアンに着目し、ペイターがこの人物に託した戦略について考察する。そのあと「イギリスの詩人」と『ガストン・ド・ラトゥール』のなかの文体家を同じ見地から取上げる。第八章では、「家のなかの子」と同じく自伝的要素のみられる晩年の中篇小説「エメラルド・アスウォート」について「英国性」をキーワードとして検討し、帝国主義下の「男性性」にたいするペイターの異議申し立てが示唆されていることを提示する。このように、前半（第一～四章）では主としてエッセイを、後半（第五～八章）ではフィクションを対象とする。これは、エッセイにおいてはペイターの意図的意識的な戦略が比較的明瞭にうかがえるのにたいし、小説作品の場合は意識の深層や無意識のレベルでの戦略、あるいはそこにある言語それじたいの戦略的性質が見てとれるとの判断による。両者のあいだに明瞭な線を引くことはむつかしい。エッセイにおける戦略が小説に適用可能な場合もあれば、エッセイにおいてペイター自身の意図を明確に指し示すことができない場合もある。両者の区別はさしあたりの目安にすぎないが、それなりに有効であろうと思われる。

本書の分析と考察を通じて立ちあらわれるペイター像は、一般にそう受けとられているような隠遁者の美文家ではなく、また技術としての文体にひたすら耽溺する偏執者あるいは露出症者でもない。[10] かつての急進派が歳月を経ることによって穏健化し体制化してゆくといったプロセスとも無縁である。われわれがみるのは、内向的で、ときに妥協的で脆弱にみえるものの、そのじつ大胆で巧妙な論争家の顔である。その言語は、意外なほど戦闘性と挑発性にみちている。

なお、本編で論じられなかった「文体論」におけるいくつかの問題点と「ジョルジョーネ派」の批評言語については、どちらもペイターの闘争にかかわるものとして補遺で扱った。

# 第一章　闘争の場——保守派による批判

## 一

### （一）ロバート・ブキャナンとその「後継者」たち

文体のポリティクスはどのような場で生じていたのか。この章では、唯美主義批判を行なった保守派たちの見方を取上げる。まずブキャナンの「詩の官能派」の要点を述べ、それがある言説の特徴を示すことを指摘するとともに、そこにふくまれるセクシュアリティの問題について、近年の研究を参考にしながら検討する。そのあと、ブキャナンの脆弱な再生産ともいうべきシャープとクィルターによる唯美主義批判をみて、ラファエル前派批判とペイター批判とが連動していることを確認する。これら三人には、官能的な題材にたいする拒絶反応と、表現の晦渋さへの拒否反応とが共通している。

ブキャナンのロセッティ批判に際立っているのは、二元論的発想と「病気」の比喩、それにジェンダー規範（「男性性」）からの逸脱という視点である。彼は「官能派」詩人たちが「詩の思想よりも詩の表現」を、「魂よりも肉体」を、また「意味よりも音」を優先する点を批判するとともに、その「知的な両性具有」と呼ぶべきいかがわしい知性を批判する（B1, 335）。[1] ブキャナンによれば、彼らは「病根」を撒き散らしている「社会的犯罪者」であり、感染により「多くの若者の命を奪っている」（B1, 336）。ロセッティには「健康的な生活様式からの病的な逸脱」、「激しい官能的感覚」、それに「実社会の活動」への「根深い無関心」があり、「男性的なところ」や「完全に正気なところ」はまったくない（B1, 336-7）。人間の官能的な部分を詩のテーマとして押しつけてくるのは「詩的でも男らしくもなく、人間的でさえない。ひたすら下品である」（B1, 338）。この「官能派」詩人は「たえず気取ってポーズをとり、自分自身の強烈な感情を描いてばかりいる」（B1, 339）が、他方では、フランスやイタリアの古詩、テニスンやブラウニングなどから吸収した「さまざまな文学的影響を巧妙に隠している」（B1, 342）。要するに、ロセッティは「誠実さに欠け」、「生まれつき気取っている」が、「これほどの気取りは自然界には存在しない」（B1, 341）。後述するように、上記のような二元論も「病気」の比喩やジェンダーの問題についても、さらには「誠実さ」や「気取り」についても、唯美主義の擁護をもくろむペイターにとって重要な論点であり視点であった。

ブキャナンは、社会の秩序を維持するための公的活動を重んじ、それを阻害する個人的欲望や快楽の抑制を道徳的規範とする。そこからの逸脱は「病的」であり「非男性的」である。この発想は以後の唯美主義批判にほぼ共通してみられるものだ。リンダ・ダウリングによると、これはギリシャ・ローマの政治論に由来し、イギリスでは十七世紀から十八世紀にかけて支配的であった「古典的共和主義言説」(classical republican discourse) と呼ばれるものである。[2]「官能派」論争に先立つ時期に『ブラックウッド・マガジン』がリー・ハントやジョン・キーツ、ウィリアム・ハズリットを批判した「痙攣派」論争があったが、このときすでに同様の言説がみられる。[3]「古典的共和主義言説」によると、理想的な市民や最重要視される市民は、共同体維持のために生命を賭けて戦争に参加する成人男子であった。[4]

ジェンダーの逸脱を示す言葉について付言すると、ブキャナンは翌年の小冊子版に次の一節を書き加えている。「ロセッティ氏のほとんどすべてのめめしさは、はてしない内省と(略)時代の要求や義務にたいする反応の欠如に由来している」(B2, 84)。[5]「非男性性」や「めめしさ」は「古典的共和主義言説」のなかでは「市民としての脆弱さと奇怪な自己耽溺を同時に示す空虚な否定的記号」であり、セクシュアリティまでは含意していないようである。[6] ただ、これもダウリングが指摘するように、それらの語が書き込まれることにより、この言説が「男性同性愛者」を生産する「意図せざる効果」を生みだすことになった可能性がある。[7]

この点で注目すべきは、ブキャナンによるシメオン・ソロモンへの言及である (B1, 336, 339)。ロセッティやスウィンバーン、それにペイターとも親交のあったこのユダヤ人画家は、六〇年代後半から両性具有的な若者を好んで描いていた (先の“hermaphrodite”が示唆的である)。一八七三年、彼は公衆便所で同性愛行為を誘いかけたことにより逮捕され、その後は公的な場所から姿を消す。[8] ブキャナンははじめ、ソロモンと同じすぐれた色彩感覚がロセッティの絵にも詩の表現にもあると述べるだけだが、そのあと次つぎと列挙されるロセッティの否定的特質のなかに「美しいかたちや色彩や色調への喜び」という語句を挿入し、ロセッティの鋭敏な色彩感覚と「逸脱した」セクシュアリティとの関連を連想させる（B1, 337）。ソロモンへの二度目の言及でブキャナンは、彼を「無価値な題材」に才能を費やし「正真正銘の怪物」を生みだす画家と非難している（B1, 339）。しかしそう述べながらも彼は「イギリス社会のある種の人びと」がソロモンの絵に「陶酔している」ことを認めている（B1, 338-9）。ソロモンの絵にひそかに共鳴している性的少数者のためにその魅力を正当化し、また訴える役割を結果的に演じているのである。デニス・デニソフの言葉を借りるなら、このような表現は、性的少数者である「読者のあいだに男性同性愛者の美学とアイデンティティを定着させる」機能を果たしかねないのだ。(9)

ブキャナンは、ソロモンを媒介にしてロセッティの「逸脱した」セクシュアリティを暗示している。それをホモセクシュアリティに限定する必要はないし、また画家が現実には旺盛な欲望をもつヘテロセクシュアルであるとしても、ここでのポリティクスにはさして重要ではない。肝腎なのは、ホモセクシュアルの影が少しでも差すことである。ブキャナンが「官能派」を「お互いに褒めあい、賞賛しあい、模倣しあう」「共同賞賛派」と呼んでいることからも、彼らの「逸脱した」セクシュアリティとの関係が示唆されているように思われる。

当時、ジェンダーおよびセクシュアリティにかかわる事件が相次いで起こっていた。一八六八年にはイライザ・リン・リントン夫人による現代女性の非女性化への批判（「当代の娘」）があり、一八七一年にはふたりの若者が公然と女装したため逮捕され、男色行為を共謀したという理由で処罰された。これらを考慮すると、ブキャナンの「古典的共和主義言説」による「めめしさ」への批判には、ジェンダーだけでなくセクシュアリティの逸脱への不安が胚胎していた可能性を捨て切れない。(10)

小冊子版にはブキャナンの持説がより包括的に示されているが、のちに取上げるペイター作品との関連から、とくにふたつの点に注目したい。ひとつは、ブキャナンが、詩の言語にかんして衒学的で人工的な表現を取り去り、「新鮮で美しい日常言語の慣用語句」を用いることを説き、題材については「万人が関心をもつ大きな問題」を取り扱うことを主張していることである（B2, 89）。これはペイターの「ロセッティ論」や「ユーフュイズム」、それに「文体論」での主張にかかわってくる。もうひとつは、「官能派」の文体が「ユーフュイズム」とされていることである。すなわちブキャナンは、「官能派」の「あまりに大胆すぎ、あまりにつまらなさすぎるために飾り立てずにはいられない思想」は「ユーフュイズムの方法」によって「独創的にみえるのだ」（B2, 88）と指摘する。[11] これらの点はさまざまな唯美主義批判に共通している。

二

次にシャープの論文を取上げる。まず一八八二年七月『コンテンポラリー・レヴュー』に出た「唯美的な詩」である。ペイターは『鑑賞批評集』（一八八九、以下 *Ap* と略記）を刊行するさい、「ウィリアム・モリスの詩」（一八六八）の結末すなわち『ルネサンス』の「結語」に相当する部分を削除し、残りを「唯美的な詩」と改題して「ロセッティ論」の直前に収録している（翌年の第二版では、エッセイ全体を収録から外している）。つまり、唯美主義を称揚した二十年前のエッセイを再利用するにあたり、ペイターは批判派の論文と同じ題を意図的に付したのである。[12]

シャープは、ラスキン流の道徳的立場から唯美主義を批判しはじめる。

> 美は美それじたいのためにのみ、それがもっていると言えるかもしれないどんな道徳的な意味とも切り離して追求すべきだと主張する人びとがいる（略）。彼らの述べるところでは（略）美はある特有の謎めいた特質があり、それを知り味わうことのできるのは、ただ洗練された性質と教養ある趣味の持主だけらしい（略）。しかし、このような美の追求は（略）深く普遍的な人間性の面に根をおろしていないために、すぐにたんなる流行へと退化する（略）。驚きや新しい感覚だけが欲望の対象となる。そこから生まれるのが気取りであり、自然で健康的な感情に対立する人工的な感情である（略）。まさしく、この感覚美それじたいの崇拝は、活力にみちた力強く男性的な時代の産物ではなくて、晩期の退廃的な文明のしるしなのである。(S1, 19-20.)[13]

美を、「どんな道徳的な意味からも切り離して追求すべきだと主張する人びと」、「感覚美それじたいの崇拝」を行なう人びとのなかにはペイターも想定されているだろう。シャープの批判は、芸術を少数の洗練された趣味と教養の持主にしか理解できない「謎めいた特質」があると主張する人びとに向けられている。彼らの「美の追求」は「深く普遍的な人間性」に根拠を置いていないため、すぐに「たんなる流行」に退化するとシャープは述べる。そこから「気取り」や「自然で健康的な感情」と対立する「人工的な感情」が生まれる。ここにも「病気」の比喩が暗示されている。さらに、唯美主義は男性的活力の欠落とされている。

このあと文体にかんする記述が出てくる。シャープによれば、ロセッティは官能に訴えるキーツの一派に属す大物である。その詩の多くは「何度も読まなければならない」し、「あとから考えたことがあまりにも多すぎ、凝りすぎているために」表現が「曖昧」である。たとえ「移ろいやすい気分」をとらえるにしても「平明で透明な、装飾のない純粋な文体こそ、もっとも適切な手段である」とシャープは主張する（S1, 22）。彼が希望するのは「強くて男性的な霊感」が到来して、現在蔓延している「病的でめめしい芸術や詩」を一掃してくれることである（S1, 23）。シャープは、ロセッティの詩の題材をブキャナンの語句を借りて非難し（「官能派の気味がある」）、その社会的影響力を懸念する――「もしこうした雰囲気がイギリスのわれわれの家庭に浸透することを許すなら、どうなるだろうか」（S1, 23）。彼は結末で、ロセッティの誤謬を繰り返し指摘したのち、将来の詩人志望者に「男性的思想と高貴な感情」を「純粋で新鮮な言語」で表現し、「普遍的人間の広くて健全な共感」に訴えるよう忠告する（S1, 32）。文体の曖昧さと肉欲を「病的」で「非男性的」と非難するのはブキャナンと同じであるが、シャープの用いる「めめしさ」という語は「市民としての脆弱さと奇怪な自己耽溺を同時に示す空虚な否定的記号」であって、セクシュアルな逸脱性を示唆してはいないようである。

同じ一八八二年に『クォータリー・レヴュー』に掲載された論文「イギリスの詩人とオックスフォードの批評家」は、トマス・ヘンリー・ウォードの編集した『イギリスの詩人たち』の書評という体裁を取っている。[14] 唯一ふれる価値があるのはユーフュイズムへの言及である。シャープはこの種の文体を「シェイクスピアですら完全には逃れられなかった伝染病」と病気の比喩で表現している（S2, 442）。先の「唯美的な詩」でも、シェイクスピアのそれが同じ表現で非難されていた（S1, 29）。シャープはこう述べる——「散文であれ詩であれ、簡潔さこそ最後の到達点である。さらに二百年たってようやく、この簡潔さがすべてのイギリス人の遺産となった」(S2, 442)。ペイターは、ブキャナンやシャープのこのような見方を切り崩してゆくのである。

## 三

一八八〇年九月の『マクミランズ・マガジン』に、クィルターによる唯美主義批判の論文「新ルネサンス、または強度の福音」が掲載される。[15] タイトルにある「強度」は「結語」(この場合は「ウィリアム・モリスの詩」)の終わりの三段落との関連を示唆している。[16] 論者はジョン・エヴァレット・ミレーやウィリアム・ホルマン・ハントなど、自然をありのままに描く初期のラファエル前派を高く評価する一方、その影響を受けたにもかかわらず自然を歪曲する唯美主義にたいし批判的である。この記事はその点では興味ぶかい。クィルターが後者の代表としてあげるのは、詩人スウィンバーン、画家エドワード・バーン＝ジョーンズ、それに批評家ペイターである。ペイターについてクィルターは「賞賛の対象にこの上なく共感を示し」、「ほとんど気取っているほど学者的」であるとし、「判断の方法も比較の基準も題材にかんする知識もない」と批判する。最大の欠陥は「言葉があまりに強烈すぎて意味をなさない」ことと「個人的感情に支配されている」ことである(Q, 397)。ペイターの哲学は、「もっとも偉大な思想を最大限に具現化している芸術こそ最良の芸術」と主張するラスキンの対極にある(Q, 398)。芸術批評の「理解不能性」が「深遠さの保証であると見なされる」ことがつづくなら、自分は喜んで「俗物」になるとクィルターは主張する（Q, 400）。彼らのもたらす結果は「時代情勢への無関心」であり「外国の、風変りで古めかしい、グロテスクなものすべてにたいする擬似崇拝」である（Q, 400）。クィルターの評価の視点そのものはブキャナンや次のコータプによるものの換骨奪胎である。その発想にも「病気」は出てくる（「病的な気取り」「病的な無関心」）が、異例なことに、ジェンダーの逸脱を示す言葉はまったく出てこない。

クィルターの懸念は、シャープと同様に、唯美主義という「悪」が「絵画や詩から私生活に広がっていく」ことである。それは「われわれの家の装飾や女性のドレスに見事に襲いかかり」、「多くの社交的集会」で「髪を振り乱し、風変りな服をまとい、けだるい様子の」若い男女にみられると言うのである（Q, 392）。ペイターの唯美主義が昨今の若者の乱脈の原因とされている。七〇年代後半からこうした世相を戯画化したのがデュ・モーリアだが[17]、この論文にもチマブーエ・ブラウンやポスルスウェイトといった、彼の作に登場する人物たちの名前が出てくる（Q, 400）。[18]

## （二）ウィリアム・ジョン・コータプによるペイター批判

### 一

文体は保守派にとってもまた、たんなる「言葉の配列法」にとどまらない意味を担っていた。それは、読者にたいする書き手の姿勢を示す重要な指標であった。保守派のいう「読者」とは基本的に「一般大衆」であり「イギリス国民」であったから、彼らがある作家の文体を非難するときは、その作家を非国民的あるいは反国家的な人物として批判する傾向にあった。それをもっとも明瞭に示しているのがコータプの論文である。彼の立場を「芸術における保守主義」（一八八三）から引くと、「芸術における保守主義の本質は、あらゆる天才は法に従っているという原則にある」[19]。これを「国家の過去という持続的な伝統と権威[20]」の尊重と言い換えてもいいだろう。この立場からみると、ラファエル前派の主張は「急進派」であり、スウィンバーンの批評は「テロリズム」となる[21]。

コータプの『クォータリー・レヴュー』に掲載された三本の記事のなかで、とくに唯美主義やペイターと関連する箇所を取上げよう。はじめは一八七二年一月に出た「詩の最近の展開」である。これはスウィンバーン、ロセッティ、それにモリスの最近作を論評したもので、基本的な視点はブキャナンと共通している。

コータプによると、十九世紀初頭のキーツよりまえの英詩の特徴は「国民的」であり、文体は「慣用句的」であった。キーツの詩の特徴は「活気のない憂鬱」であり、その影響力は大きい（C1, 61-2）[22]。ロマン派で唯一評価すべきジョン・バイロンの文体は「平明でたくましい」特質をもっている。現代の詩は「大多数の人びとの思想から切り離され、一種の知的な阿片吸引になる傾向がある」（C1, 62）。ここに取上げる一派の共通点は「社会にたいする嫌悪」である（C1, 63）。スウィンバーンの詩は、英詩固有の「男性的な自制」、「率直な平明さ」や「英語らしい活気」を欠いている。ロセッティの詩では、すべてが「私的な解釈」の対象となっており、「著者と読者のあいだに出来あがっている意思疎通」に委ねられている（C1, 69）。彼の詩における「動物的な情熱の神聖化」は「去勢されたことによる（めめしい）

猥褻」と言うしかなく、「男根神崇拝」である（C1, 71）。またその思想にも文体にも「曖昧さ」がつきまとっている（C1, 72, 75）。モリスの詩は、文体に「活気がなく」、散漫であるほかない（C1, 79）。

コータプは、この三人の欠陥がふたつの原因によると見なしている。ひとつは、詩人とは一般人よりもはるかに鋭敏な感受性と豊富な知識とを授かった特別な人間だと見なすウィリアム・ワーズワースの考えである。コータプによれば、批評家が詩人のこの慢心を増長させている。いまや批評家の役割は「判断を下すことではなく、解釈したり喜ばせたりすること」になっている。詩人の言いたいことが「曖昧」なら、彼は「深い」と見なされるのだ（C1, 81-2）。もうひとつの原因は、詩語と日常言語との乖離である。ワーズワースは田舎の「平明な言葉」を模範としたが、彼の後継者たちは自然言語とは遠く隔たった「詩的言語」を彫琢してきた。ワーズワースはトマス・グレイの衒学癖を非難したが、この特質はロセッティにもモリスにもみられる。彼らの目的はいつも「芸術を隠すかわりに見せびらかす」ことだ（C1, 83）。アレグザンダー・ポウプのある詩では「芸術が注意ぶかく隠されている」ため、それは「自発的で自然な努力」にしかみえない（C1, 84）。これを生みだすには「英語の詩的言語にかんする入念な研究」が必要である。反対に「文学的詩人」は「際立った独創性」と「完全に新しい言語の効果」をねらう。彼は「彫刻家が大理石を思い通りに用いるのと同じように」言語を操ることができると信じているらしい。コータプの考えでは、言語は大理石のように「生命のない自然の産物」ではなく「生きている川」であり、人間に端を発し、天才により変化するが、あくまでも川床は「一国の生活」や「国民的性格」にあるとされる（C1, 84）。後述するように、このコータプの見解は、ペイターの「文体論」でそれとなく批判されることになる。

詩は言語および思想において一般の国民生活と密接に結びついていなくてはならないのに、現代の「文学的詩人」はそこから遊離している——これがこの論文の骨子である。クィルターと同じく、表現の「曖昧さ」を「深さ」と賞賛する批評家や、芸術を「隠す」のではなく「見せびらかす」ことへの批判が行なわれていることにも注目しておきたい。ペイターはこのどれにも反応を示している。

次に取上げるコータプ論文は、一八七四年七月の「現代の文化」である。[23] その後半で彼は、トマス・カーライルとアーノルドに代表される現代の批評家をソフィストになぞらえ、彼らが創りだしたものに「レトリックの技術」があると述べる。コータプは、かつて「華美な文体」によって思想の貧困を隠そうとするソフィストたちをアリストテレスが非難したという例を引き、それにもかかわらずラスキンやカーライルのはじめたこの種の「詩的散文」がイギリス国内で急激に進展していると言う。ここで彼はペイターの「レオナルド・ダ・ヴィンチ論」（以下「レオナルド論」と略記）のなかの『モナ・リザ』（『ラ・ジョコンダ』）についての一節を引き合いに出し、[24] それをこの種の「両性具有的な（めめしい）文体」の典型だと非難するのである。

さて、これはすべて、あきらかに、まったくもって、まちがいようもなく詩である。絵は、著者の幅広い読書量と華美な文体をひけらかすために役立つ題材とされている。通常の意味での論証がないのは明白である。（略）われわれに言えるのはこうだ。つまり、上記の一節における論証は、証明できない動機をこの批評家が知っていることを仮定しているのだから、じつは純粋なロマンスであるものを批評と呼ぶ正当な理由はないということだ。場合によってはさらに踏み込んで示すことができるのは、読書ばかりすることで獲得し、現実の観察によって正すことをしない秘密の友愛（フリーメイソンリー）は、じっさいには、判定に必要な鋭敏な賢明さを弱体化させる類のものであることだ。（C2, 411-2）

コータプによれば、ペイターは『モナ・リザ』を素材にして自身の「幅広い読書量と華美な文体」を誇示しており、同時にまた「証明できない動機」を知悉しているかのごとき態度を示している。したがってこの一節は批評ではなく「純粋なロマンス」にすぎない。このように、「詩的散文」や「華美な文体」は、それを駆使する書き手の側の「誇示」と「隠蔽」という姿勢の指標となる点で非難されるのである。コータプはそれを、一般人にはうかがい知れぬ秘密結社のあり方にたとえている。

エッセイの最後でコータプは、昨今大学で流行している「自己崇拝」にもとづくリベラリズムや「自己育成」を非難している（C2, 412）。文学では「分析」が重視され、本来推奨すべき「偉大な行動」が軽視されていると言うのである（C2, 414）。彼によると、現代に求められる教養とは「個人の精神から入念につくりあげられた」ものではなく、日常生活の場から醸成される「社会的、公的、国民的」教養である（C2, 414）。彼の価値基準においては、「公的精神」と「行動」が「個人的精神」と「分析」にたいしてつねに優位に位置づけられている。ペイターはこれにたいする反論を提示することになる。

一八七六年一月の「ワーズワースとグレイ」は、『ワーズワース散文集』の書評という体裁を取っているが、内容はこのロマン派詩人の想像力のあり方と現代におけるその継承者ペイターへの批判である。論点は先のものと基本的に同じだが、舌鋒はさらに鋭い。このエッセイには、のちのペイターの闘争にかかわる重要なテーマがいくつもみられる。以下の要約では、公的精神と個人的精神（あるいは愛国主義と自己中心性）との対比、読者層の問題、素材の選択と想像力のあり方にかんする問題を中心に記述する。文体にかんする言及はつねにこうした問題群との関連においてあらわれるからだ。そして、ここでもジェンダーを示す語が非難を統括する語として機能している。

コータプによると、ワーズワースは「幾世代もの経験によって定着していた」古来の詩作法を転覆し、破壊した（C3, 106）。[25]「力強い感情の自発的流出」というワーズワースの詩の定義は、偉大な芸術に必要な「創意」を排除している点で承服しがたい。詩人がすぐれているのは、理性を用いて必要な効果を知悉し、手段を目的に合わせる技術のためなのだ（C3, 108-9）。一方、グレイの詩は自発的ではなく、よく考慮されている。「吟遊詩人」は読者の愛国的感情を刺戟する一方、建築的な天分を示す。「エレジー」はあらゆるイギリス人の心に訴えかける。総じてグレイは、自分の感情よりも取上げるテーマを優先する。現代詩に蔓延する「自己中心性」という悪が彼には微塵もないとコータプは賞賛する（C3, 110-1）。

コータプによれば、グレイにみられる「自己抑制」と形式感覚は「古典的」である。古典の賞賛すべき点は「公的精神」であって、作品には愛国心と常識が満ちている。文体は「男性的」かつ明晰であり、落ち着いている。古典はわかりやすい思想を「もっとも自然で力強い言葉」で表現する。イギリスでは古典的な感覚は十八世紀の進展とともに衰弱し、それに代わるジャン・ジャック・ルソーの思想は社会への嫌悪の兆候であった（C3, 112）。ワーズワースが提示したのは、市民生活の放棄と原始生活への回帰、それに堕落した言語を汚れなき鄙の言葉によって置き換えることであった。彼の『抒情歌謡集』の「序文」における有名な一節――「これらの詩の主要な目的は、鄙びた生活の出来事や状況を選び（略）、そこに想像力の色彩を投げかけることによってありふれたものの並はずれた側面を精神に示すことである」――は、グレイとは正反対の方法を示す。ありふれたものから選ばれた素材に、構築的ではなく分析的な想像力が行使される。それは多くの外的イメージを結びつけて調和的全体をつくるのではなく、自己のうちに引きこもり、対象にはない特質を提示する。ワーズワースの考える詩人は「通常の人間の範囲を超えた、神々しい才能をあたえられた人物」であり（C3, 114）、想像力を駆使して現象の秘密の意味を読み解く特権的存在である。このように、主題にたいし自己を優位に置くことは芸術の本質を破壊するとコータプは批判する（C3, 116）。彼にとって肝腎なことは想像力の抑制なのだ。

文体については、グレイがテーマに応じて詩の言語を散文から遠ざけたり近づけたりするのにたいし、詩を哲学の一分野と考えるワーズワースは、詩的言語の散文からの逸脱を欠陥と見なすが、コータプによればそれは誤りである（C3, 128-9）。こうした詩的言語と散文との関係についてペイターは「文体論」で問うことになる。コータプはまた、ワーズワースの影響を受けた現代詩人について、彼らの文体それじたいが評価されすぎていると指摘する。彼らの詩的言語は日常の言葉から遊離し、その「言葉による絵画的描写」は凝りすぎであり、韻律法は人工的というほかない（C3, 129）。

コータプは、『ルネサンス』の「序文」に出てくる語を用いることで、ペイターをそれとなく批判しているようにみえる。すなわち、芸術の目的は「快楽」であり、快楽は「相対的」であるから、詩人は「快楽」をもたらしてもよいという人がいるだろう。たしかに健全な想像力の味わう快楽は良き趣味の基準である。しかし、想像力の悪徳についてわれわれはこれを検閲する権利があると彼は主張する。そのための方法が古典の権威をたえず参照することである。サミュエル・ジョンソンが述べたように、ホメロスは普遍的な立場を取り、その表現は自然である。一時的な習慣や移り変わる情景に頼れば言葉に

「曖昧さ」が生じるが、ホメロスの場合そういうことがない。彼は永続的で典型的なものを正しく表現しており、これこそすぐれた詩であるとコータプは主張する（C3, 131）。古典の権威と言語の「曖昧さ」の問題、それにホメロスの評価について、ペイターはのちに持説を提起することになるが、そこにはコータプへの反論が読みとれる。

結末近くになって、コータプはペイターに照準をあわせる。ワーズワースは活動的で政治的な雰囲気のなかで教育を受けたうえに、健全で活力ある本能の持主でもあったから、分析と内省のもつ「人を脆弱にする力」を経験せずにすんだ。それでも彼はいま「一部の『教養』層」に人気のある「去勢された芸術原理」の先祖と見なさなくてはならない。ここで『ルネサンス』の「結語」の一節が引かれている（傍点の箇所は原文ではイタリック。イタリックはコータプによる）。

ロマン派がこれまでに生んだもっとも完全な代表的批評家たるペイター氏に、悟性におよぼす分析の最終結果について述べてもらうことにしよう。

「一見すると、経験はわれわれを無数の外的事物のもとに埋没させ、鋭く執拗な生々しさで押し寄せてくるようにみえる（略）。さらにもし、不安定でつかの間の、一貫性のない（略）印象のこの世界について深く立ち入ることをつづけるなら、それはさらにいっそう縮小し、観察の全領域は個人の精神の狭い部屋にまで収縮してしまう。」

これは、ワーズワースの詩のなかにたどってきた想像力の分析過程にかんするとても正確な記述である！　しかし、このような性質をもつ想像力は、ワーズワースがそのしかるべき滋養分と規定する抽象的な道徳的教訓に満足しつづけるだろうか。ペイター氏にふたたび決断してもらおう。

「この硬い宝石のごとき焔をもってたえず燃えることが（略）人生における成功なのだ。（略）いっさいがわれわれの足もとで溶けているあいだに、どんなものであれ、繊細な情熱や（略）感覚の興奮、奇妙な染料、奇妙な花、不思議な香り、また芸術家の作品や友人の顔をつかもうとするがよい。」

さて、自問してみよう。ミルトン、アディスン、バイロン、スコット、いやだれであれ健全で男性的なイギリスの作家たちなら、こんなものにどう言ったであろうかと。（略）直感的に、創造的分析家の精神は思考と推論を、社会のまさに根底にある問題へと駆り立てはじめるのだが、この問題は、幾時代もの共通の同意と経験によって明確に決定されてきたように思われるものだ。その精神は、宗教への疑問に新しい魅力的な色彩を投げかけ、道徳上の問題にかんする巧妙な詭弁を想像力に訴えるかたちで提示するのである。（C3, 132-3）

コータプはこのあと、アリストファネスの「蛙」のなかのアイスキュロスとエウリピデスとの対話を引き、古典派である前者が非難しロマン派である後者が承認したのは「想像力の際限のない自由」であり、前者は詩的言語を散文の次元に貶めることも非難したと述べる。現代においてアイスキュロスと同じ立場を占めなくてはならないのが「ロマン派の侵攻に抵抗する保守派批評家」である。この立場は詩を社会教育の重要な手段とみるが、ロマン派は道徳と芸術のあいだの関係を否定する。ここでコータプはペイターの「ヴィンケルマン論」（一八六七）の一節を引き、ロマン派の現代版である唯美主義者ペイターの詩観をそれがおよぼす悪影響ゆえに批判する。

> 「芸術のための芸術」という叫び声は、われわれにはあまりにもなじみ深い。「詩というもので理解したいのは」、とペイター氏は権威をもってわれわれに述べる。「内容とは区別された形式により喜びをあたえてくれる力を獲得するあらゆる文学的産物のことである（略）」（略）形式が内容よりもすぐれている詩は、ただ人を衰弱させ堕落させることができるだけだ。（C3, 134-5）

コータプによる古典の参照はまだつづく――エウリピデスは「男らしさと公共精神」を捨て「懐疑主義と詭弁」の側についたが、のちにデモステネスは「アテネの先祖たちの勇気と公共精神」に訴えて同国人を鼓舞した。彼の演説には「真の詩的精神、直感の詩、愛国精神それに信仰心」が漲っていたとされる。結末部分には、ペイターへの強い非難の言葉が、再度ジェンダー語を用いて書かれている。

> 現代の批評に不満のある人びとは、イギリスの詩の古くからの特徴について考えてほしい。つまり、その男性的な活力、健康的な口調、それに簡素で品のある言語である。これらの特徴を、軟弱で感

傷的な現代詩と——自然にたいするその歪んだ表現や非社会的な人生観、懐疑と官能への傾向、その華美でめめしい思考、奇妙に気取った言い回しとくらべてみて、この種の芸術が（略）たえずそれに耽っている人びとの健康にどんな影響をもたらすか言ってもらいたい。大半のイギリス人もそのはずだが、われわれは、現代の芸術的「教養」の代弁者であるペイター氏が社会のなかに喚起しようとしているめめしい欲望を非難する。しかし、このような趣味を抑制できるのはただ、ワーズワースが想像力の役割だと考え、ほとんどあらゆる現代詩の特徴となっているその分析的活動を抑え込むことによるしかない（略）。 (C3, 136)

英詩の伝統は、健全で「男性的な活力」と「簡素で品のある言語」を特徴としている。一方、現代の詩は「感傷性」、「非社会的な人生観」、「懐疑と官能への傾向」、それに「奇妙に気取った言語」によって特徴づけられる。いまや伝統に立ち返り現代詩を一掃しなければ、社会と言語の健全さが損なわれる、とコータプは警告する。彼は「現代の芸術的『教養』の代弁者」たるペイターを「大半のイギリス人とともに」社会の敵として批判する。先の論文における「華美な文体」はここでは「奇妙に気取った言語」と呼ばれている。保守派にとって文体は、書き手の道徳的政治的な立場と密接にかかわっており、非国民かどうかを判断する材料にすらなりうることがわかる。激しい非難をあびたペイターは、こうして文体にかかわる問題を強く意識させられることになるのである。

これまでにみた保守派と同じように、コータプに目立つのは、「病気」の比喩とともにジェンダー語の使用である。ペイターを社会国家の敵とすることからもわかるように、彼の用いる「めめしい」という語は、表向きには「古典的共和主義言説」における「市民としての脆弱さと奇怪な自己耽溺を同時に示す空虚な否定的記号」であるが、同時にホモセクシュアリティの意味が微妙に喚起されている可能性は排除できない。[26]

ヴィクトリア朝の詩の批評に反ロマン派の保守派が存在することをはじめて指摘したのはR・V・ジョンソンであった。彼によると、保守派は、大多数の教養人がほぼ同一の知識や文化を共有していた十八世紀の社会のあり方に固執しており、少数エリート層の出現を可能にした社会的条件を無視していた。そのため、彼らの道徳的警告や訓告はロマン派および唯美主義の興隆に対抗することはできなかった。[27] なるほど、現在の視点からみると彼らの主張はあまりに単純な二元論的発想と用語に依拠しており、その議論の効力に疑問を抱かせるのは否定できない。しかし、十九世紀末において彼らの言説は、ヴィクトリア朝の道徳的な文学観に支えられ、またみずからもそれに貢献していた。シャープがいかに凡庸であろうと、[28] 彼はオックスフォードの教授に就くことができた。言語や文体にたいするペイターの見方も実践も、そうした力との緊張関係のなかに置かれ、またそこで作用し、それを再生産してもいたのである。『ルネサンス』刊行以後は両者の対立がいちだんと激化したとみることができる。

### (三) 共鳴者たちの保守派的見解——ジョン・モーリーとジョージ・セインツベリー

『ルネサンス』を構成するエッセイのいくつかは、リベラルな立場にたつ『フォートナイトリー・レヴュー』に掲載された。[29]編集長ジョン・モーリーは公刊直後に書評し、ペイターを新世代の批評家として高く評価している。しかし、彼の言葉のいくつかはコータプの非難と響き合っている。ペイターの文体にたいして、モーリーはそこにある種の危惧を抱いていた。擁護する場合にも、保守派の批判をあらかじめ想定したうえでそれを行なっている趣がある。彼のような立場の者もまた、文体のポリティクスの場を構築しているのである。

書評の結末近くでモーリーは、生の充実としての「芸術のために芸術を愛すること」を説く教義は、旧来の神学者の「真面目さ」に欠けるとしても、その「息苦しい狭隘さ」から逃れており、われわれに必要なのはこのような「知性の自由な活動と発展」であると主張している。[30]そのあと彼は、予想されるペイターへの批判に先手を打つようにこう述べる。すなわち、唯美主義者が「あまりにも確固たる地位を占め、国内の活力ある社会活動を阻害するのではないかと恐れる理由はない」。[31]彼らは「特別な衝動をもつ少数者」であり、『ルネサンス』はこの少数者のひとりがみずからのテーマに専念した結果にすぎない。モーリーにとって問題は、国民が「神学闘争と愚かな政治的内紛」に熱中しすぎたことにある。[32]この言い方からわかるように、モーリーは旧来の宗教界や政界、蓄財を優先する社会にたいするアンチテーゼとして唯美主義を評価しているのである。[33]モーリーとコータプは、正反対の政治的立場からとはいえ、唯美主義の社会的影響力をともに認めているのだ。ただ、影響力の評価について両者のあいだで相違があるにすぎない。モーリーの立場からすると、コータプの非難は、唯美主義の影響を過大に評価しすぎた結果ということになろう。

文体にかんしても同様に興味ぶかい記述がある。モーリーは、ペイターの文体はある危険性を孕んではいるものの、それを回避したと述べている。上記のことと同様に、この「危険性」の内実もまた保守派の指摘するものとほとんど同じである。『ルネサンス』の文体が呼び起した反応には、賛否は別にして、保守派にもリベラルにも共通するものがあった。もうひとつ注目しておきたい点は、ペイターが保守派の非難に反論するさいの戦略をモーリーの書評から学びとった可能性である。以上の点をふまえて、彼の論をさらに具体的にみてゆく。

モーリーは、ペイターの批評を「生き生きとした内在批評へと向かう若者の運動」のひとつと見なし、その文体について「豊穣さと繊細さ、確固たる一貫性と至高の微妙さ」とを合わせもっているとする。(34)彼は、この文体の孕む危険性を示唆しつつ、ペイターがそれを逃れている所以をこう述べている。

この種の文体を操る二流の書き手につきまとう危険は、めめしく柔弱なマンネリズムの方向にあるが、この危険がとくに大きいのは美的な主題を扱っているときである。そうした主題は感情を膨ませる方へと誘うのだが、これを表現するにはどんな散文も適切な手段とはなりえない。ペイター氏がこの危険を回避しているのは、第一に彼の芸術感覚によるのであって、それは彼に散文の限界をあきらかにし、この限界を自然に尊重する気持をもたせているので、彼はどんな粗悪な熱狂的文章も書くことができない。第二の理由は、明晰で活力にとみ、整然とした思考のおかげであって、これは彼の感覚的印象の分析の根底にあり、しかもそれを構成している（略）。ペイター氏の文体は、その卓越さがあまりにも特異なので、いつの日か過剰になりうる兆しをふくんでいる。すぐれた文体はみなそうしたものである。もしそれが、バークやボシュエのように朗々たる気品ある雄弁の類であれば、それは膨張する芽をもっている。（略）繊細微妙や短調好みは、たえずきびしく鍛錬していない作家を、気取りやある種の感傷性へと誘い込むかもしれない。一方、われわれはペイター氏の知的堅実さ、文学的良心と誠実、何よりも自制を信頼している。このすぐれた自制は、感情の誤った垂れ流しを抑えるという消極的利点のほかに特有の積極的効果があるが、それは繊細で洞察力にみちた暗示を生みだす効果である（略）。[35]

モーリーによれば、この種の繊細微妙な文体は往々にして感情の垂れ流しに終わるが、ペイターの場合は「散文の限界」を教えてくれる「芸術感覚」と「明晰で活力にとみ、整然とした思考」のおかげでそれをまぬがれている。「気取りやある種の感傷性」に傾く危険は「知的堅実さ、文学的良心と誠実、何よりも自制」によって回避されている。強調された「めめしい」や「気取り」は、保守派批評家の常套とする非難の語である。モーリーは、ペイターの弱点となる傾向をあらかじめ示唆することにより、外部からの批判を封じる——とまでは言えないにせよ、批判を緩和しているようにみえる。第三章で論じることになるが、ペイターの論法はこれよりさらに先鋭的である。彼の場合、批判者の言い分をある程度まで認めつつ、しかし最終的にそれを自分の価値規範のなかの劣位に位置づけてしまうからである。

戦略面ではもうひとつ見のがせない点がある。モーリーは、ペイターの文体が「過剰になりうる兆し」をもっていると述べたあと、「すぐれた文体はみなそうしたものである」とつづけている。第一級の文体には過剰がつきものだと言うのである。モーリーは、文体家ペイターを、エドマンド・バークやジャック・B・ボシュエといった偉大な雄弁家たちの伝統のなかに位置づけることで、その弱点をなかば正当なものとし、それへの非難を無効化しようとしているのである。のちにペイターは、シェイクスピアやダンテといった文学的権威を唯美主義の文体の伝統に取り込むことで同じ効果をねらうことになる。これは、あるいはモーリーから学んだことかもしれない。

もっとも、モーリーの忠告でペイターが無視しているものがある。モーリーは「とても些細な欠点」としながらも、intimité, Allgemeinheit, Heiterkeit といった外国語を文中にそのまま持ち込むペイターの方針に異をとなえている。「どんな理由があるにせよ、外国語をひとつでも自分の散文のなかに導入したいという誘惑に用心ぶかく抵抗することは、自分自身の言語を尊重し、その純粋さ、力強さ、わかりやすさを維持しようという立派な願望を抱く作家の義務である——いまではとくにそうみえる」と彼は述べている。[36] 詩は別にして、外国語の散文は英語に翻訳して紹介すべきだというのが彼の主張である。モーリーが「異国風味と官能性」を「明晰さと活力」につくりあげる「力強い文体家」の出現を夢見ていたことからすれば、この指摘はもっともだとジェイスン・キャムロットは言う。[37] しかし、言語（英語）の「純粋さ」と「力強さ」を維持しようとする願望という言葉は、十九世紀中葉の言語ナショナリズムを想起させる。これは、端的に言えば、アングロサクソン系の語のもつ「力強さ」や「簡潔さ」（男性性）を、ラテン系の語の「装飾性」や「晦渋」（めめしさ）よりも尊重する見方である。[38] キャムロットが指摘するように、モーリーの書評が出たときにはすでに言語の異種混交性の認識が生まれており、一言語による国家的アイデンティティは疑問視されつつあった。[39]「ユーフュイズム」と「文体論」でみるように、ペイターはこのような言語ナショナリズムを拒絶している。彼はアングロサクソン系の単語とラテン系の単語を「折衷主義」の原理からともに許容することにより、そうした二元論を無効にするのである。じっさい彼は『ルネサンス』の第二版以後において、原語を英語に翻訳している箇所は一部あるものの、上記の語についてはそのまま残している。

さて次に、序論でも言及したセインツベリーの「現代イギリスの散文」における『ルネサンス』の文体への賞賛について、ここで再度ふれておきたい。セインツベリーが力説するのは、段落から切り離したときの個々の文の「従属的でありながら独立した美」であり[40]、これは現代の散文では稀だとされている。ペイターの文体は、単語、句、節、文、そして段落が優劣関係を保ちつつ、全体として調和している点で高く評価されていた。だが、よく読んでみると、こうした賞賛の言葉には多少とも屈折があることが読みとれる。

この並はずれた「甘美で魅力的な類の優美」を生みだすために、下手な書き手なら現代の流行に従って、強烈な色彩の形容詞や、複雑で詩まがいの韻律をもつ語句、少なくとも差し出がましいほど官能的で柔弱な思考や重々しく引き延ばされた文に頼ったことであろう。ペイター氏はそうではない。彼の作品では、語句を単語のために、節を語句のために、文を節のために、少しでも犠牲にするようなことは見られない。どれもがみずからにふさわしい場と威厳をもち、階層上の上位者の威厳と場にしかるべく貢献している。いかなる読者も、この本の一五頁、一六頁、または百一八頁、百一九頁を開き、この複雑な成功を勝ち取るさいの異例な手腕を(略)確認するがよい。[41]

引用の前半にある「詩まがいの韻律」や「官能的で柔弱な思考」などの言葉は、ペイターを批判するコータプのそれとよく似ている。セインツベリーはそれを「下手な書き手」の特質としてあげ、「ペイター氏はそうではない」と否定する。この引用のまえにも、ペイターが「行なわなかった」ことがいくつかしるされている。[42] こうした否定の反復は、否定されるような特質がペイターのなかにある——少なくともそう見なされる余地があることをかえって暗示するようにみえる。引用の最後でセインツベリーが読者に勧める箇所にあるのは、コータプが「めめしい」「詩的散文」として俎上に載せた『モナ・リザ』にかんする一節である。セインツベリーは、「下手な書き手」にそうした特質を投影することで、この「悪名高い」一節を擁護しようとするのである。

ダウリングの卓見にあるように、「語句を単語のために」からはじまる箇所にみられる執拗な否定形もまた、ペイターの文体の「価値転覆的な力」に非難が向けられないようにするためと思われる。だが、まさにその否定の執拗さにより、そのような力の存在をかえって示唆していることになる。[43]「転覆的」なのは、単語や句や文が段落に従属せず「原子的で断片的」だからだ。[44] これは、ポール・ブールジェがデカダンスの特質として指摘した無秩序な状態を意味している。[45] もっとも、コータプはペイターの「結語」に社会や道徳の土台を破壊する懐疑主義や個人主義を読みとったが、言語表現における無秩序への志向性については何も語っていない。

このように、『ルネサンス』の文体の問題性についてはリベラルな立場の評論家や学者も保守派と多くを共有していた。ただ、彼らは保守派とはちがい、それを直接批判することはせず、否定のうちにそれとなく暗示していたのである。

セインツベリーの否定する言語の断片化に関連して、ひとつ指摘しておきたいことがある。『ルネサンス』の「結語」の一節には、ペイターの言語観の本質的側面が示唆されている。「もしわれわれが、言語によって付与される固定性をおびた事物ではなくて、印象のこの世界に踏みとどまろうとしつづけるなら」（R, 187）という箇所である。言語は事物に「固体性」を付与する。このあとには、印象は一瞬しか存在せず、「それをとらえようとすると消える」とされている。印象は言語でも意識でも定着させることができない、とペイターは語っているようにみえる。しかしペイターは言語を捨て去ったわけではない。じっさいの執筆作業が肉体的な苦役に似ていたのは、とらえがたく流動する印象に対応するだけの言語を、また文体を創出するためだったのではなかろうか。[46] それは、たえず変容しつづける言語、すなわち「流動する文体」ということになるだろう。[47]

ここで、ペイターの文体のもうひとつの特徴を「遅延の文体」という言葉であらわしておきたい。[48] それは、修飾語や言い換え、関係詞の度重なる反復により読者にたいして意味の円滑な理解を遅らせるだけではなく、一義的な解釈を阻害し、読みをいわば宙づりにするはたらきさえしうる文体のことである。「流動する文体」が、どちらかといえば文体それじたいの特徴に比重を置いた表現とすれば、「遅延の文体」は、読者にたいする効果に焦点を当てているといった相違はあるにしても、両者を切り離すことはできない。とくに後者については、第三章以後の肝腎な箇所で援用することになるだろう。

# 第二章　大学内部からの戯画と批判

## 一

### （一）ローズ氏のジェンダーとセクシュアリティ――W・H・マロックの『新しい国家』

一八七六年六月から十二月にかけて、「新しい国家」と題された匿名の作が『ベルグレイヴィア』誌に連載される。それは翌一八七七年三月第一週に二巻本で出版され、さらに一八七八年には一巻本の普及版として出る。このときはじめて作者名が明記された。W（ウィリアム）・H（ハレル）・マロックという人物で、当時まだベイリオル・コレッジに在学中であった。後年の回想でマロックは、オックスフォードの「宗教的リベラリズム」によってどれほど大きな精神的混乱に突き落とされたかを語っている。それによると、『新しい国家』の執筆意図は、リベラリズムのもたらした「道徳的知的状況の全体図」

を戯画的風刺的に描くことにあり、その方法はそれぞれの特徴を極端にまで突きつめることによって不条理を暴露する「背理法」であった。[1]

普及版の冒頭には十誌の評が掲載されているが、そのひとつ『ロンドン』誌は次のようにモデルを列挙している。

ストークはハクスリー教授、ストックトンはティンダル教授、ハーバートはラスキン教授、ドナルド・ゴードンはトマス・カーライル、ジェンキンスンはジャウエット教授、ルーク氏はマシュー・アーノルド氏、ソーンダースはキングドン・クリフォード教授、ローズはウォルター・H・ペイター氏、レズリーはハーディング氏、セイドンはピュージー博士、グレイス婦人はマーク・パティスン夫人、シンクレア夫人はシングルトン夫人（ヴァイオレット・フェイン）[2]。

このあとペイターの戯画であるローズの出来ばえが賞賛されている。[3] ペイターの名はこの人物と結びつき、学内だけでなく一般読者のあいだに広く知られるようになった。その影響と思われるのは詩学教授選からの撤退であり、[4]『ルネサンス』第二版（五月出版）における「結語」の削除である。[5]

ペイターのこの作への反応については、エドマンド・ゴスとアーサー・クリストファー・ベンスンの相異なる証言がある。ゴスは、ペイターが巧妙な書きぶりを賞賛し、著名人の仲間入りを歓迎したとし、[6]ベンスンは、それはペイターの性格からしてありえず、むしろ精神的打撃を受けたと見なしている。[7] 選挙戦からの撤退と「結語」の削除からするとベンスンの方がより真実に近いように思われるものの、作中におけるペイターの文体の巧みな模倣や喜劇的効果を考慮すれば、ゴスの伝える反応にも一理あるように思える。ペイター自身による証言は残っていないので推測の域を出ないけれども、おそらく真相は両者の中間あるいは混在だろう。というのも、ゴスの意図には『新しい国家』以後のペイターが交際からも文学的活動からも完全に遠のいたとする極端な見方への反論があり[8]、ベンスンには反対に、あまりにも楽天的な方向へ振れすぎたゴスの見解への修正のもくろみが認められるからである[9]。さらにはゴス自身、ペイターがローズについて「いささか破廉恥な人物」と述べ、その行き過ぎた描写に「面食らっていた」ことを認めている[10]。

ベンスンは、ペイターに打撃をあたえた戯画化について「風変りで気取った話し方」と「ほとんど淫らで奇矯な行動」を指摘するだけで、それ以外は「もっと不愉快な仄めかしがある」と述べるにとどまっている[11]。そこには男性同性愛の暗示がふくまれている[12]。ローズの同性愛的な欲望が書かれているのはまちがいない。が、それは彼のセクシュアル・アイデンティティが男性同性愛者であるということではない[13]。彼の欲望は多方向的である。それは、ローズがペイター以外の複数のモデルの混成であることと関係がある。マロックの回想によると、彼は著名人の忠実な再現と同時に典型化を意図したという[14]。ローズの場合は唯美主義の典型ということになる。その名 Rose はロセッティ（Rossetti）を想起させるうえに、じっさい彼は「放縦と芸術」を専門とする「ラファエル前派」として登場する（*NR*, 11）[15]。室内装飾業者の店に陳列された「椅子やカーテンのための新しい織物の完璧な模様、壁紙用の新しいデザインや古い陶器の花瓶」に目を奪われたり（*NR*, 164-5）、美的趣味の具現に「新しい国家」を幻視したりする（*NR*, 168）ローズは、ペイターよりもモリスを連想させる。エロティックな本を欲しがったり女性の裸体を思い浮かべたりする姿には、スウィンバーンやロセッティの特徴――というより、ブキャナンの非難する「官能派」の特徴が付与されていると言ってよい。[16]ゴスによると、ペイターは「新聞があらゆる『唯美主義者の』愚かな言動や奇行を執拗に自分のせいにする」ことや、ギリシャ語を知らずに彼を「快楽主義者」("hedonist")と呼ぶことについて不満を漏らしたらしい。[17]要するに、ローズは官能的なものすべてに敏感にかつ率直に反応する人物として描かれている。にもかかわらず、『新しい国家』はオックスフォードのヘレニズムにひそむ男性間の欲望を一般社会の目に晒し物議を醸しただけではなく、その種の欲望をもつ若者たちを刺戟することに貢献した。これは、反唯美主義の保守派であるマロックの想像を超えていたにちがいない。[18]

## 二

ローズにいくらかラファエル前派的な特徴がみられるとしても、彼をペイターに重ねるよう読者を誘導するのは、その「大きな口ひげをたくわえた青白い顔」(*NR*, 11) のためだけではなく、語られる言葉の多くが『ルネサンス』の表現の換骨奪胎であることによる。ローズにかんしてはペイター以外の作家からの引用や文体の戯画化は見あたらないようだ。[19]はじめにその点を原文により確認したい。次の引用はローズがはじめて語る場面である。下線部はあとで引くペイターの言葉とほぼ同じ部分を示す。

[He] said, raising his eyebrows wearily, and sending his words floating down the table in a languid monotone,

"… I rather look upon life as a chamber which we decorate as we would decorate the chamber of the woman or the youth that we love…. We have learned the weariness of creeds; and know that for us the grave has no secrets. We have learned that the aim of life is life; and what does successful life consist in? Simply," said Mr. Rose, speaking very slowly, and with a soft solemnity, "in the consciousness of exquisite living—in the making our own each highest thrill of joy that the moment offers us—be it some touch of colour on the sea or on the mountains, the early dew in the crimson shadows of a rose, the shining of a woman's limbs in clear water, or—" Here unfortunately a sound of "Sh" broke softly from several mouths. Mr. Rose was slightly disconcerted… (*NR*, 21-2)

ここには「結語」と「レオナルド論」の表現の借用や変奏がみられる。対応するペイターの方を引く——"the whole scope of observation is dwarfed into the narrow chamber of the individual" (*R*, 187) / "she has been dead many times, and learned the secrets of the grave" (R, 99) / "Not the fruit of experience, but experience itself, is the end. To burn always with this hard, gem-like flame, to maintain this ecstasy, is success in life"/ "some tone on the hills or the sea is choicer than the rest" (*R*, 188, 189, 190, 188)。[20] このほかに "exquisite"/"highest"/"moment" は「結語」にも出てくるし、"highest thrill of joy" は "ecstasy" の言い換えであろう。文体の模倣は語句のレベルにとどまらない。関係詞（ここでは少ないが）やダッシュの連続使用、同格関係にある語句の列挙にまで及び、全体としてペイターの文体の息の長さが巧みに再現されている。省略した箇所（三行目）では、ペイターで頻繁に使用される等位接続詞が多く用いられている——"tinting the walls of it with symphonies… and filling it with works… and with flowers, and with strange scents, and with instruments of music. And…"『モナ・リザ』

の一節のリズムがここに響いている――"… and [she] has been a diver in deep seas, and keeps their fallen day about her; and trafficked…; and, as Leda, was the mother of Helen of Troy, and, as Saint Anne, the mother of Mary; and…" (*R*, 99) 場合によっては古典語や独仏伊語の原語がそのまま引用され、ペイターのペダントリーが模倣されることもある。[21]

模倣が誇張されると戯画となる。ローズは現代の喧騒に背を向けてイタリアやアテネの文化に注目する人びとや、生を完璧にしようと決意して新聞を部屋に持ち込まない人びとをこう表現する――"men I mean… who with a steady and set purpose follow art for the sake of art, beauty for the sake of beauty, love for the sake of love, life for the sake of life" (*NR*, 166)。これは「結語」の一節"Of this wisdom, the poetic passion, the desire of beauty, the love of art for art's sake has most" (*R*, 190) を下敷きとしている。同型(「～のための～」)の反復使用は唯美主義の主張を戯画化し、その中身の空虚さを示唆する効果がある。これより少しあとでローズはこう述べる――"This much at least of sea-like man's mind has, that scarcely anything so distinctly gives a tone to it as the colour of the skies he lives under." (*NR*, 168)。これは「結語」にある表現"This at least of flame-like our life has, that it is but the concurrence…." (*R*, 187) の借用である。はじめの引用にある"be it ～"もそうだが、ローズの語りのなかに不意にあらわれる文語的表現は滑稽な効果を生む。こうした模倣や誇張がほどこされることにより、元のペイターの文体は一般読者にいっそう注目されるようになったと思われる。

ローズがはじめて話す場面では、しぐさも声も無気力な、[22] しかもみずからの無気力さに自覚的な唯美主義者の姿が描かれている。この先も、物憂い態度や夢みるような視線、独白調の話し方がみられる。活力がなく自閉的でありながら、それを示すことをためらわぬローズには「めめしい」イメージが付与されている。これより先に、それをさらに印象づける場面が出てくる。パーティの開始早々、彼は「テーブルの花瓶から一本の真赤な花を取りだして、厳粛なまなざしで見つめ、その無限の情熱的な美しさを隣の女性に指摘している」(NR, 15)。この数年後、一八八〇年七月一日の『パンチ』誌に「ある唯美的な昼食」というタイトルで、このローズを髣髴とさせる場面が出てくる。[23] デュ・モーリアによる戯画である。ランチの時間、ジェラビー・ポスルスウェイトなる人物がカフェでグラス一杯の水を注文し、切りたての百合をそこに入れたまま、じっと見つめている。ウェイターは、他に注文はないかと尋ねつつ、困惑気味にこの客を眺めている。美的対象としての花への執着は、凝視という非活動的な特質とともに唯美主義者の「めめしさ」を強く印象づける。ウェイターが困惑することを意識している「気取り」もこの印象を増幅させる。ポスルスウェイトは、赤い花に「無限の情熱的な美しさ」を読みとるローズと同じく、一般人にはうかがい知れぬ何らかの意味を一本の百合のなかに読みとっている——あるいは読みとっているふりをしている。この場合、対象は花でも陶磁器でも絵画でもよい。彼らにとって肝腎なのは、対象の文化的価値の高低ではなく、どんな対象であれ、あるいは他人には理解できないかもしれない価値を見いだす自分自身の才能や鋭敏な感覚である。[24] つまり、デュ・モーリアやマロックたち保守派にとっては、ローズやポスルスウェイトにおける自我の肥大化(と映るもの)が戯画の対象となるのである。このような美の鑑賞者の自我と雑多な対象との関係は『ルネサンス』の「序文」の一節にすでに書かれていた——「この歌や絵、人生や書物のなかで出会うこの魅力的な人物は、私にとって何であるのか。(略)美の批評家にとって、絵や風景、人生または書物のなかで出会う魅力的な人物、ラ・ジョコンダ、カッラーラの丘、ピコ・デッラ・ミランドーラは、われわれが薬草やワインや宝石について語るさい言うように、その効力のために価値があるのだ。つまり、そのどれもがもっている、ある特別な独自の喜びの印象をかき立てる特質のためである」(*R*, xix-xx)。

　レズリーが宗教的な激変により「精神的な無秩序」の状態に陥ったと語るのにたいし、ローズが個性の重要性を語る場面がある。「わたしは社会の崩壊をもっとも完璧な生の真の条件と見なしています。というのは、生の中心は個人であって、ただ崩壊をとおしてだけ、個人はふたたび浮上することができるからです」(*NR*, 39)。彼は社会の紐帯を解体することで個性の実現を主張するアナキストであるらしい。このローズの姿は、「結語」の思想に社会や宗教を土台から崩壊させかねない危険性を読みとったコータプのペイター観に重なる。ただ、この側面についてはこれだけしか描かれていない。このあとローズは、自分が「信仰の闘争」や「霊肉相互の問い」を評価するのは、そこからくる「疲労感」を思い出しては「クロッカスの色、音楽の和音の脈動、サンドロ・ボッティチェッリの絵のなかに、深くて精妙な喜びを見いだすからにほかなりません」と唯美主義の非(反)社会性の根拠を語っている(*NR*, 39)。

　セクシュアリティについては、彼は登場人物のなかでもっとも率直に欲望を語り表現している。興味ぶかいのはそのあらわれ方である。ローズは現代を「反省的時代」(*NR*, 173)または「自己意識」(*NR*, 176)の時代と呼び、過去のすべてが現在に流れ込んでいることを意識できる利点があると見なしている。そこで彼の話の多くはさまざまな過去の時代に素材を取ることになるのだが、歴史の話がいつしか自分のセクシュアリティの露呈につながってゆくのである。その移行がさほど不自然でないのは、歴史の素材がすでに感覚的に表現されているからにほかならない。

　はじめて言葉を発する場面でのローズには官能への志向があらわである。彼は「瞬間があたえてくれる最高の歓喜の震え」のひとつとして「透明な水の中の女性の四肢の輝き」をあげ、さらに別の例を示そうとしたところで皆の叱正の声に妨害される。「生という部屋」を飾ることを「愛する女性や青年の部屋を飾るように」（*NR*, 21）と語りはじめることからすれば、彼はそこで美青年の裸体に言及しようとしたと推測される。またパーティのホスト役にたいし、叔父さんが隠していた『ローマ婦人の秘密の崇拝[25]』を三十ポンドで譲ってくれと頼む場面がある（*NR*, 210）。エロティックなものへのローズの愛着についてはアンブローズ婦人がすでにこう示唆していた。「なんて変わった人かしら、ローズさんは！だれのことでも、まるで服を着ていないように話すわ」（*NR*, 175）。ここでローズは「無意識の時代」について言及し、それを自然の風景のなかで満ち足りている純朴な女性にたとえ、「自己意識の時代」については世の終わりを意識し憂鬱な気分に浸っている女性にたとえながら歴史観を披露しているのだが、アンブローズ婦人のその台詞は彼を歴史家から好色的想像力の持主に変えてしまう。それに気づかぬまま語りつづける彼の声は「ふたたび夢みるように」（*NR*, 175）なる。

ローズのセクシュアリティが少年愛を示唆する箇所も散見される。彼は、歴史上「激しくも深い情熱」の例としてハルモディオスとアリストゲイトン、アキレウスとパトロクロスなどの男性カップルに言及し、さらにソクラテスがパイドロスを相手に草の上に寝転びながら恋をテーマに問答する場面を「しだいに沈んでゆく声」で語る（*NR*, 121）。巻毛の美少年の給仕に手伝いを申し出ることもある（*NR*, 148）。

ローズが理想都市「新しい国家」について長々と話してゆくうちに、建築のあり方が問題となる。すると彼は、理想都市の建築は「あらゆるスタイルのルネサンス」であり、「異教とかカトリックとか、古典的とか中世的とかはどうでもいいのです」と語りはじめる（*NR*, 170）。これを説明するために彼は、

「真の趣味人」にとっては「修道院の独房のなかで十字架をまえにしているアクィナスのような人」であれ「静かな泉に映っている自分を凝視しているナルキッソス」であれ、「ひとしく美しい」と言う(*NR*, 170)。ここには、抽象的な事柄を具体的なイメージで語るペイターの傾向があらわれている。[26]このあと、ローズが自分に送られてきた「十八歳の、並はずれて有望な青年」の「すばらしいソネット」を読み上げる場面がつづく(*NR*, 171)。彼はその青年の「教育を方向づけること」に貢献したらしいから、その詩には彼自身のセクシュアリティが間接的に示されていると言ってよい。じっさい、それは先のアクィナスとナルキッソスを素材にしている。ソネットのテーマは「眠りを甘美にしてくれた三つのヴィジョン」である。[27]詩人は「もっとも美しいもの」としてナルキッソスに向かうが逃げられ、ヴィーナスにも逃げられたあとで「痩せたアクィナスのような人物」とともにキリストに憧れたと語る。選択順を重視すれば同性愛が優位にあるとはいえ、それは異性愛を拒絶するものではない。両者のあいだに超えるべき垣根や縮めるべき距離はない。逃げられるとすぐに対象を変えるところにはローズの意志薄弱さが示唆されている。彼のセクシュアリティは多方向的であると同時に、特定の欲望への執着を欠いているのである。彼は、青年の詩は「俗なものや不潔なものを持たぬ現代の唯美主義の、真にカトリック的な精神の真正で愛情あふれる表現」と語っている。美的な観点からのみ、それも最終的な選択としてキリスト教を選ぶ詩人の態度は、マロックのような保守的立場からすると批判の対象となろう。[28]しかも「痩せた」アクィナスとキリストへの愛には、みずから断念したのではなく充足できなかった少年愛と異性愛とが痕跡として残っているかもしれないのだ。

ローズのセクシュアリティは多方向的なままで、異性愛へと特化し成長していないという点では「未熟な」ものである。彼の社会への態度についてもまた、挑戦的とか敵対的とかというにはあまりに邪気がなさすぎる。彼のことを「全体として、自分の言葉が他人にどんな影響をあたえるのか認識していない幸福な快楽主義者」というビリー・A・インマンの指摘が概ね妥当と思われる。[29] そうした印象が生まれるひとつの理由として、ジェンキンズとローズとの関係があげられる。この作品には、ローズの言葉を聞いたときのジェンキンズの苛立ちや怒りが一貫しているが、それはきわめて感情的なもので、しかも脇台詞として出てくることが多い。一方、ローズはそうしたジェンキンズの反応にほとんど気づいていない。たとえば、ローズが、現代は「内省的時代」であって、過去の活動と信仰の美に震えるときだと語ると、ジェンキンズは不機嫌そのものの表情になり「まったくくだらない」とつぶやく（*NR*, 174）。そのあと「情感や感覚能力」、「人生を享受する力」を発展させてきた人間の魂にかんする自作のエッセイを読みたいというローズにたいして、彼は「あまり意味のないことだと思う」と「悪意に満ちたやさしさで」言う（*NR*, 178）。エッセイを読み終えたローズにたいしてジェンキンズは「苛立ちを苦しそうに抑えながら」問いを発するが、ローズは「博士の悪意にはまったく気づかずに」微笑んでいる（*NR*, 194）。つまり、ジェンキンズの態度が欺瞞的であるのにたいし、[30] ローズには邪気がない。この設定は、ベンジャミン・ジャウエットの唯美主義嫌いをあらわしているだけではなく、[31] 彼の思想人格にたいする著者マロックの個人的感情を反映するものでもあろう。[32]

もっとも、ある場面ではローズの無邪気さの孕む一種の冷酷さが示唆されており、注目に値する。それは、テムズ川の川辺をチァリング・クロスからウェストミンスターにかけて気持よく散歩していたときのことである。ローズはそのとき「だれか不幸な女性が溜息橋から身投げしてくれないかと望んでいた」。その夜は「絶望とよく調和していた」からと言うのである。彼にはめずらしく、そのあとこう叫ぶ。「想像してごらんなさい、暗い川に突然、悲しみの飛沫があがったら、心のなかにどれほど無限の感情がかき立てられることか！――しかもそれはすべてあのフッドのひとつの詩のせいなのです」（*NR*, 125-6）。これは、個人の印象を尊重するペイターの唯美主義への辛辣な皮肉とみることができる。唯美主義者は、悲惨な現実をみずからの快楽（「特別な独自の喜びの印象」）のための格好の対象とするのではないか。いや、現実に不幸な出来事を期待しさえするのではないか――これがマロックの問いかけである。ペイターがこの直後に書く「家の中の子」（一八七八）で、他者の苦痛への「同情（共感）」を力説する要因のひとつとしてこのエピソードの存在を想定してみたくなる。[33]

さて、終わり近く、この作品で唯一といってよいジェンダーにかかわる語が出てくる。ローズが執筆中の「能力論」の一節を読み上げる場面である。そのエッセイは「きわだって現代的な愛の情熱」にかんするもので、「この愛の女神はもはやギリシャ人のアフロディーテでもなくキリスト教徒のマリアでもなく」、「神秘的な異種混淆的存在であり、その血管のなかには両者の血が流れている」（*NR*, 195）。ここには『モナ・リザ』の一節が反響している。[34] 読み終えたローズに、ジェンキンズは苛立ちながら訊く――「きみは本当に思っているのかね、話題にもちだすほんの僅かな人びとだけではなく、だれでもそんなふうに感じていると」（*NR*, 194）。これにたいするローズの答えは「世界の進歩に少しでも役割やかかわりをもっている人ならみなそう感じている」（*NR*, 194）というものであり、特権的少数者の能力の誇示ではない。ジェンダーの用語が出てくるのはこのあとだ。ジェンキンズはローレンスにたいし、ローズが語るのと同じ言葉が用いられる小説にたいした思想はない、それらは「めめしく愚かな本だ」

（*NR*, 194）と非難する。その意味は、「男性性」の特徴である知性の欠落ということである。アレンが彼に賛成し、「深みと洗練の度を増した感受性は男たちをめめしくし、仕事に不向きにさせます」（*NR*, 195）と述べる。アレンは、人を活動的にさせる「一種の精神的強壮剤」として男性的スポーツの代表格たる狩猟を奨励する。これにたいしルークは、スポーツをする人たちの大半は洗練された感受性などなくて無目的な力しかもっていないと留保を加える。そこでゴードンが「新しい国家」の紳士は「知的であると同時に男らしく」なくてはならないと主張する（*NR*, 195）。話はまだつづくが、このやり取りのあいだローズはまったく反応していない。この沈黙は、ローズが自分への非難を受け入れているばかりではなく、男らしさをめぐる議論に加わる資格にすら欠けていることを示唆しているのかもしれない。

ジェンキンズはローズに知性の欠落という「男性性」からの逸脱を見、アレン以下はその本質を心身の頑健さからの逸脱と言い換えている。社会的活動（仕事）に有害となるほど洗練された感受性を「めめしい」と呼ぶのは「古典的共和主義言説」の系譜であり、知性を「男性性」と結びつけるのはギリシャ以来の考え方である。もっとも、「古典的共和主義言説」や反唯美主義の保守派からすれば、過剰な知性は「男性性」からの逸脱と見なされる。しかし、過剰な感受性に非男性的な脆弱さを読みとる点では「古典的共和主義言説」とギリシャ以来のジェンダー規範は一致している。これにたいしペイターは、彼の「男性性」の再定義の試みのなかで、知性や論理を取り込む一方、美的感受性を道徳や宗教感情に接続させようとする。また、男性的スポーツとしての狩猟への賞賛に対抗して、生き物の苦痛への共感の重要性を打ちだしてゆくのである。こうした試みについては、とくに第六章において論じることになる。

## （二）エドワード・クラクロフト・ルフロイによる批判

『新しい国家』が刊行されてまもない一八七七年五月、学生新聞『オックスフォード・ケンブリッジ学部生新聞』にペイターを名指しで批判する二本の記事があいついで出る。「異教精神」および「筋肉的キリスト教」というタイトルのもので、後者においてはジョン・アディントン・シモンズも批判されている。記事の書き手はキーブル・コレッジのエドワード・クラクロフト・ルフロイという学生である。ペイターがゴスに、新聞は唯美主義者の愚かな言動をすべて自分のせいにすると不満を述べたときの「新聞」のひとつがこれであった。ルフロイによるペイター批判については従来あまり注目されてこなかったが[35]、ジェンダー・イメージの転覆を図る『マリウス』以後のペイターを考えるさい、コータプの批判やマロックの戯画とともに見のがすことのできないものである。ルフロイは翌年、大学新聞に書いた記事を収録した本を出しているが[36]、全部で二十五本の記事のうち上記二本は収められていない。本名を公にしての批判にためらいがあったかと思われる。

「異教精神」のなかでルフロイは、宗教道徳を因習的と見なし、肉体のかたちや美しさへの異教的崇拝に訴え、「自然に従って」自由に生を形成しようとする知的な男女の存在を指摘する[37]。その拠点はオックスフォードにあり、彼らは「教養」を合言葉に、自分たちの思想がどうすればひそかに承認されるかを考えている。ルフロイによると、このグループは年々影響力を拡大している。彼らの思想が根づいているパブリック・スクールでは、青年たちが美徳の存在を疑問視しており、道徳感覚の麻痺が出来している。若者はオックスフォードにやってくるとたちまち「魔法使いの声」に魅せられてしまうとルフロイは主張する。彼はその「声」を例示するさい、「失敗は習慣を身につけること」と「硬い宝石のごとき焔をもって燃えよ」という「結語」からの一節を引用し、さらにこうつづける。

魔法使いは少年を誘導して、こんな想像をさせるかもしれない——男の人生の最高善とは、ある種の部屋で（描写はしないでおこう）黄色いソファーに横になり、魅力的な人びとに取り囲まれて、めったに手に入らぬ極上のワインを少しずつ飲みながら優雅な話をすること、いや、さらに——これは有害ではないかもしれないが、なんの役にも立たないのはもちろんである。そこが肝腎である。つまり、われわれは、瞬間にたいして「ただその瞬間のためにのみ」享受すること（ペイター氏はどうやらわれわれにそうさせたいらしいが）以外にすべきことがあるということを知らねばならないのだ。われわれが知らねばならないのは、われわれの内部には男らしさがあり、オックスフォードの外の世界だけではなくオックスフォード自身の内部にも、果たすべき男の仕事があるということだ。

ペイターは美青年に囲まれ、ソファーに横になってワインを飲みながら、優雅な談笑に興じている。そのあとのダッシュ（「いや、さらに——」）はもっと危うい行為を暗示している。この箇所のペイターは享楽的人物ローズにそっくりである。朦朧化（「ある種の部屋」）、衒学趣味（「最高善」“summum bonum”）、特定の形容語（“rare”/“exquisite”/“daintily”）の使用にも、ペイターの文体模写を試みた『新しい国家』の影響がうかがえる。「仕事」を「男らしさ」と結びつけている点も考慮すると、この記事はマロックの作に刺載されたと考えるのが妥当であろう。

同じ月に出た「筋肉的キリスト教」は、ペイターとシモンズへの批判を展開している（アーノルドへの若干の言及もある）[38]。ルフロイはふたりをあえて「官能派」に分類し、「擬似ヘレニスト」と見なす。彼によると、このふたりは「自然の刺戟」に従えば誤るはずはないと考えているが、「自然」とは「人間の最悪の情熱であり、もっとも肉欲的な傾向をあらわす」言葉である[39]。ペイターやシモンズの哲学は「束縛を受けない自分自身の傾向に自由に従うよう命じ、たんに官能的な能力を伸ばすよう駆り立てる」。ところがギリシャ人の教育理念は「多面的」であって、彼らは「自制のない肉欲への耽溺は必ず堕落と死に終わる」とわかっていた。他方、ルフロイはヘブライズムを「キリスト教倫理のなかで、ペイター風の異教精神とシモンズ風の詭弁」に直接対立する部分であると規定する[40]。

ルフロイは、自己の立脚点を「筋肉的キリスト教」とする。それはヘレニズムとヘブライズム各々の美点の統合ないし折衷である。ここでチャールズ・キングズリーの言葉が引かれるが、このときにジェンダーの視点が入ってくる。すなわち、「筋肉的キリスト教」とは「健康的で男性的なキリスト教、女性的美点を賞賛しすぎて男性的美点を排除するようなことのないキリスト教」のことだとされる。ルフロイによれば、それは「病的感傷性」を拒否し、「規律の年齢期」にいる青年を「活力の年齢期」へと導く。要するに、それは「ヘレニズムのもっとも明るいものとヘブライズムのもっとも純粋なもの」をふくむもので、「全能力の育成とあらゆる才能の行使」を必要とするものとなる。

ルフロイは「結語」の思想の一部を誇張することにより、ペイターを男性同性愛の放縦な「官能派」として強引に仕立てあげようとする。その論の是非はここでは措く。肝腎なのは、ペイターが若者を思想的にも生活上でも堕落させる危険人物として大学新聞で非難されたという事実である。三月中旬[41]、彼が詩学教授の選挙戦から撤退した背景には、『新しい国家』とともにこの大学内部からの批判があったとみていいだろう。

後年のペイターは『マリウス』や「文体論」、それに『プラトン』のなかの「プラトンの美学」において「規律」や「自制」を「男性性」の重要な特質として取り込むとともに、若きマリウスの享楽主義哲学（新キレネ主義）のなかの「官能的快楽」にかんしては記述を抑制する姿勢を示している。これをルフロイによる批判への応答とのみ考えることはできないにしても、ひとつの応答であったことは否定できないように思われる。

# 第三章　ペイターの闘争と戦略

ブキャナンやコータプ、それにシャープなどの保守派は、唯美主義の文体の特徴を、意味内容の貧弱さを隠蔽する「華美」や意味そのものの「曖昧さ」に見てとり、それを「不誠実」で「病的」だと非難する。彼らにとっては、大多数に理解される「平明で自然な」文体こそが「誠実」で「健全な」、すなわち規範とすべき文体であった。こうした批判にたいしてペイターはどのように反論を行なったのか――本章ではこれについて詳しく検討してゆく。ジェンダーをめぐるペイターの切り返しについては次章以降でみることにする。対象とするおもな作品は、順に「ワーズワース論」(一八七四)、「ロセッティ論」(一八八三)、『マリウス』(一八八五)、それに「文体論」(一八八八)である。

文体のポリティクスにおけるペイターの闘争と、それを実行するにあたって援用するさまざまな戦略を検討するさいに有益なのは、ジョゼフィン・M・ガイの研究である。ガイは、ロバート・ブラウニングの詩の「曖昧さ」をめぐる同時代のポリティクスを跡づけたのち、スウィンバーンやペイターが、この「因習的な人物」を自分たちの「因習的でない活動」を価値づけるために利用するさいの横領の戦略について論じている。[1]「曖昧さ」の擁護が示唆する文学的エリート主義は、一見すると保守的にみえるかもしれないが、一八七〇年代から八〇年代のイギリスの文脈においてはむしろ「価値転覆的」であった。[2]ペイターを取上げた章でガイは、ペイターがホメロス、ダンテ、シェイクスピアといった古典を唯美主義の文体の「伝統」に位置づけ直し、みずからもそれに連なっていると主張することで保守派への切り返しを行なっていると述べている。[3]彼女の分析は、それまで等閑視されていたペイターの闘争のありようを同時代の文脈から明確にした点で画期的であった。ただ彼女は、文体および文体家にまつわるジェンダー・イメージをめぐるペイターの闘争についても、また横領以外の重要な戦略についても言及していない。[4]後者について言えば、擬態としての譲歩、すなわち論敵の価値判断の基準を書き換えつつ自己の基準のうちに取り込むことがそのひとつであり、また、論敵の反論をあらかじめ見越して、それを承認しつつ、いや承認するふりをしながら、その効果を減殺してしまう戦略もある。本章は、ガイの研究に多くを負いながらも、いっそう精緻な読みによりペイターの戦略の解明をさらに深めてゆく。

## 一

### (一)「ワーズワース論」(一八七四)——少数者へのメッセージ

ペイターの保守派との闘争は、のちに『鑑賞批評集』(一八八九/一八九〇)に収められる「ワーズワース論」(一八七四)にはじまる。七〇年代前半におけるワーズワースは、マイケル・レヴィの指摘するような「きわめて安全な話題」というわけではなく、その名声は退潮期にあった。[5] この詩人の価値が再認識されるのは、アーノルドの「ワーズワース論」（一八七九）やワーズワース協会の活動によるものであり、[6]八〇年代後半のことであった。ペイターの見方は、ワーズワースの卓越性を「人間、自然、人間社会」にかんする思想を応用した点にみるアーノルドや、[7]「詩的でない特質をもつ詩人」とするジョン・スチュアート・ミルにくらべ、[8]はるかに「大胆」と言える。この言葉は、ペイター自身がワーズワースの特徴として指摘しているものである。ここでは文体のポリティクスの観点から、主としてワーズワースの言語表現と想像力のあり方、それに彼の詩の道徳性にかんする論述を取上げる。

コータプは、先にあげた一八七二年一月の論文（C1）で、ラファエル前派詩人は現代人の「活動的生活」をとらえられず、また言語と思想において「気取り」を示していると批判し、その元凶をワーズワースにみていた。詩人を衆にすぐれた想像力と知識に恵まれた存在であると見なしたロマン派詩人の考えが、後代の詩人たちによる平明な表現の無視につながったと言うのである。ペイターの論はこれにたいする反駁と考えることができる。[9] それを端的に示すのは、ワーズワースにおける「誠実さ」の強調である。ペイターのいう「誠実さ」はまず、田舎の人びとの感情表現のあり方について言われている。彼らは「自然に近いためにたいてい情熱的になりやすく、情熱の表現においてたしかに率直である」（*Ap*, 51）。[10] ワーズワースが彼らの「素朴な言葉」を大切にするのはそのためであり、彼が田舎の生活を称揚するときは「誠実さ、つまり自分自身の内面にあらわれるものや内部の映像の正確な特徴にたいする完璧な忠実さ」を「間接的に擁護しているにすぎない」（*Ap*, 51）とペイターは語る。「率直さ」は、ここでは鄙人自身の「内面の映像」とその表現とのあいだに成立する密接な関係を意味しており、表現を他者に伝達するさいの態度のことではない。このあとペイターは、「誠実さがなければどんな深い詩もありえない」と上の文の末尾につけ加えることで、この鄙人の感情表現の特質を詩人のそれへと移し変えている（*Ap*, 51）。この意味での「誠実さ」は、以後「ロセッティ論」や『マリウス』で繰り返し主張されてゆくものと同じである。締めくくりでもペイターは、「感覚と言いまわしの絶対的誠実さ」のために、ワーズワースを「もっとも深くてもっとも情熱的な現代の詩の真の先駆者」とするだけでなく、当時の詩の「因習的な熱意」に対抗し、ウィリアム・シェイクスピアやヘンリー・ヴォーンなど「イギリスの古い詩人たち」とも結びつく「誠実な」詩人の系譜に位置づけている（*Ap*, 64）。

そのうえでペイターは、ワーズワースと共通する特質の持主としてヨーロッパ大陸の作家たちをも引き合いに出す。詩人の「自然物の表情にたいする親密な意識」は、セナンクールやゴーチェと共通し、その発展形態はルソーやシャトーブリアンからユゴーにいたる過程にも、「近代の哲学体系」や「厳粛な歴史家の著作」にもたどることができるとされ、またその風景画への影響は、肖像画におけるレノルズやゲインズボローの果たす役割にたとえられる（*Ap*, 43-4）。鄙人を「情熱的な魂の真の貴族」と見なす点において、ワーズワースはジョルジュ・サンドと似ており、悲哀の感情ではマインホルトとユゴーに匹敵する（*AP*, 52）。こうした諸外国の作家との類比の数々は、保守派にみられる自国至上主義や、外国からの——とりわけフランスからの文化的影響力への言及やその優位性の主張にたいする警戒心とは対極にある。

ここでのペイターの重要な戦略のひとつは、論敵の言い分をある程度は認める姿勢を示しつつ、それを全体の構図のなかで劣位に位置づけることである。すなわち、彼はコータプの指摘する「気取り」という非難に対抗して、たんに「誠実さ」を打ちだすのではなく、「気取り」の存在を認めつつ、それを詩人の非本質的な価値とするのである。そのさい機能しているのが、ワーズワースの作品には二種類あるという基本的な考え（全体の構図）である。[11] この見方は、『ルネサンス』の「序文」において「美の批評家」の任務が語られる箇所にすでに示唆されていた。[12]「ワーズワース論」では、後述するように、この考えは意外な方向へと伸びてゆく。

ペイターは開巻まもなくこう語る。

ワーズワース自身の詩においてほど、強烈な個性的力をおびた作品と、まるで個性のない作品とが不分明に混在しているものはない。彼には因習的な感情がかなり残っているし、みずからもっとも深刻な批評的努力を向けて非難したはずの不誠実な詩的表現もある。彼の政治思想における反動は、一七九五年のさまざまな行き過ぎの結果生じたものだが、それにより彼は、道徳的社会的話題にかんしてたんなる熱弁家になるときがある。気のすすまぬうちにペンを取り、杓子定規に書くこともときにはあるようにみえる。こうした欠点につけこむことで、ワーズワース作品の真の美的価値を曖昧にすることができる。 (*Ap*, 40)

ペイターは、コータプの非難するワーズワースの「気取った」言語表現の存在を「不誠実な」と言い換えながら認め、詩人自身のなかに批判されるべき要素がある点を指摘する。これをほかの点とともに強調すれば、彼の作品の「真の美的価値」を見のがしてしまうとペイターは警告したうえで、このあと

「誠実さ」を詩人の真骨頂として主張してゆくのである。引用では、ワーズワースの欠点が彼の保守性と暗に結ばれていることも注目される。残存する「かなり因習的な感情」の指摘や、フランス革命の過激な行動への反発により道徳的な「熱弁家」となり、「杓子定規に書」いたとされる点である。後者については、コータプの批評の根幹をなす「天才は規則に従う」という考えにたいする当てつけと読める。

　では、ワーズワースの「真の美的価値」とされるものは、言語表現の領域ではどう語られているのか。田舎の人たちの「情熱的な誠実さ」を表現するときのワーズワースは、言葉を「人びとが実際に用いる言語に近づけようとした」が、それは「普段会話するときの無味乾燥な次元」のものではなくて、「高揚することでふるいにかけられ高貴なものとなった」言葉である——ペイターは『抒情詩集』の「序文」（一八〇二／一八五〇）にもとづき、こう述べている（*Ap*, 51）。ここで彼は、鄙人の「高揚」をワーズワース自身の想像力の詩的高揚につなげる。詩人が高揚した気分に駆られて詩をつくる場合、その言葉は対象の描写の次元から大きく踏みだすというのだ。それをあらわすのに用いられる比喩は、『ルネサンス』の「序文」の一節と同じく、「熱」と「結晶（化）」、それに「融解（融合）」である。[13] ペイターは、対立する二項の融合を表現するさいにこの比喩をつかうことがある。「ワーズワース論」ではこうなっている——「彼のなかで真に詩的な動機がはたらくと、それは言葉と観念とを絶対的な正しさで結合させた。想像力の焔のなかで、最高の詩的表現の特徴である内容と形式との融合により、どちらもお互いに切り離しがたくなる」。このとき「彼の言葉はそれじたい思想と感覚であり」、「描くもののなまなましさを、読者の意識に直接つたえる創造的言語の類いとなる」（*Ap*, 57-8）。先に鄙人と詩人の表現のあり方にたいして用いられていた率直さ（「誠実さ」）は、ここでは言葉が読者に「直接」とどくあり方を示している。語句の選択と韻律を軽視した詩人というコータプのワーズワース観とは反対に、高揚した気分に満たされているときのワーズワースは、言葉を選択し韻律にのせることを考慮する必要のないほど、言葉はすでに思想と感覚そのものだと言うのである。この一節をふくむ段落全体は、主語が「気分」や「詩的な動機」や「言葉」であり、詩人自身の意識はそれらに左右されているかのように副次的な位置におかれている。「真の美的価値」が発揮されるのは、詩人がいわば受動的な存在になるときなのだ。

ペイターは、ワーズワースの特徴を次つぎに指摘してゆく——現代詩の大きな特徴である「自然の表情にたいする親密な意識」(*Ap*, 43)、古代とはちがい「目と耳の印象にたいする並はずれた感受性」に由来するアニミスティックな認識(*Ap*, 48)、「人間の思想と感覚をつねに特定の土地に結びつける見方」(*Ap*, 48)、「自然を人間の思想に高め」、「人間を自然の程度に抑制する」ことによって人間に「広がりや落ち着きや厳粛さを付与する」こと(*Ap*, 49)、「消えゆく土塊としての人間にたいする畏敬と配慮を示す宗教感情」(*Ap*, 49-50)、そして先に述べたように、鄙人を題材とするのは彼らが「情熱の表現」を「率直」に行なうという「誠実さ」のためであること(*Ap*, 51)。ワーズワースのアニミズムを「目と耳の印象にたいする並はずれた感受性」から生まれるとし、さらにそれは「本質において、ある種の感覚的な喜び」(*AP*, 48)であると述べるのは、ワーズワースを唯美主義の系譜に横領しようとするペイターの戦略にほかならない。[14]

思想や感覚のはたらきを特定の土地へとつなぎとめ、そこから生まれる宗教感情に着目するところには、「結語」における万物流転の思想の穏健化がうかがえるようにみえる。けれども、少し先でペイターはこう主張している。読者は、ワーズワースが「慣習や、宗教感情の問題では習慣的な、土地にかかわり土地に根をおろすものすべてを高く評価した」ことを考慮して、彼を「広く受け容れられた思想の力に守られてはいるものの、やや狭い世界」に束縛されていると見なすかもしれない。だが、ワーズワースはときには「はるかに大胆である」(*Ap*, 54)と。注目すべきは、詩人の「大胆な」側面に「結語」の思想との類縁性が示唆されていることだ。

ペイターによると、ワーズワースの思想の大胆さは、ひとつには、それがプラトン主義者やオリゲネスの空想に類似している点にみられる。この詩人は、不意の偶然事により昔の出来事の記憶や「直接経験」の深層にあるものが蘇ることを表現したり、魂のはてなき転生に思いを馳せたりする。さらに大胆な面がこのあとに語られる――「外部世界が観察者の精神の刺戟を受けて、色と表情を、つまりあらたな性質をおびるようにみえる深い想像力に満ちた瞬間」が存在する。詩人がこれに思いをこらしていると、「現実世界はいわば融解し、断片となって剥落してゆき」、彼自身はその世界の「創造者であり、望むなら解体者」になることがあると言うのである(*Ap*, 55)。ペイターはこの思想を「古代と現代の、精神に異常を来した多くの神秘家」の思想だと指摘する(*Ap*, 55)。そうした神秘家とワーズワースとを結びつけるのは、同時代の文脈にあってはそれじたい大胆な試みだが、この系譜に「結語」の思想も参入することが示唆されている。客観世界が主観の作用を受けて変容し解体されるということは、「結語」の第二段落にしるされていたからである。外界の事物が反省の作用を受けると、それは観察者の精神のなかで雲散霧消し、一連の印象へと解き放たれる、と(*R*, 187)。翻ってみると、ペイターは、名声の退潮期にあったロマン派詩人を大胆な思想家として語り直す過程で、彼を「結語」の思想の文脈に取り込むことにより再評価していると言える。ここで「精神に異常を来した」という表現がいくらか気になりはする。ワーズワースや「結語」へのペイター自身の距離化の姿勢を示しているようにみえるからである。もっともこれは、一般人や保守派批評家の視線をあえて繰りこんでみせたのかもしれない。直前までの記述にワーズワースの「危険性」を察知した人びとは、これによりある種の安堵を抱くことになる。

ワーズワースのもうひとつの大胆さは、道徳への無関心となってあらわれるとペイターは指摘する。この詩人は、みずからの「想像的エネルギー」をも包摂する「万物に浸透しているひとつの精神」、つまり「世界精神」という「昔からの夢」に魅了されている。これは「我を忘れたいと願う者」や「善悪の区別に無頓着になる者」を呪縛するとペイターは語る(*Ap*, 55-6)。外界を解体する観察者の精神にせよ、忘我へと誘惑し道徳観念を棄却させる世界精神にせよ、いずれも社会の安定と進歩を最優先する者にとっては危険きわまりない思想にちがいない。[15] コータプが一八七六年の論文(C3)において批判するのは、このような反社会的な「分析的想像力」の脅威であった。

## 二

「ワーズワース論」における保守派への反論は、ワーズワースを読むことの効用を記述したふたつの箇所にも示唆されている。そこは、一見すると「結語」を非難する者すべてにたいする譲歩のように映るが、じつはそうでないことが判明する仕掛けとなっている。ペイターによれば、ワーズワースの詩の読解は「芸術や詩の作品へのすぐれた類いの訓練」になるが、それは彼の作品に二種類あることが読者に「行間を読む習慣」や「詩の正確な理解には集中力と落ち着いた精神が効果的だという信頼」を生むからである（*AP*, 41-2）。ペイターはこの手段を「知性だけでなく気質の正しい訓練」と言い換え、こうつづけている。

> 彼は、われわれ読者を出迎えるとき、もしも君たちにある種の困難な道をすすもうという気があるなら、自分は多くのもの、きわだって特別なものを提供しようという約束をするのだが、そのために特別で特権的な精神状態の秘密をもっているようにみえる。彼の影響を受けてこの難路を歩んできた人びとは、ある種の参入儀式、ある秘密の訓練を通過した人びとにひとしく、そうした儀式や訓練に従うことによって彼らは、芸術や会話、感情や礼儀のなかの有機的で生き生きとしていて表現力に富むものを、たんに因習的で模倣的な、表現力に欠けたものからたえず区別することができるようになる。（*Ap*, 42）

ワーズワースは読者に、彼のあとについて「困難な道」を歩んで行くと、「ある特別で特権的な精神状態の秘密」を打ち明けてくれそうな期待を抱かせる。その期待に導かれて困難に打ち勝った読者は、ある「参入儀式」を受けたにひとしく、[16]特別な認識能力を付与されると言うのである。ここでは詩人と読者との関係が、神秘教団の教祖と厳しい訓練を喜んで受け容れる少数の信者との関係になぞらえられている。師と弟子、芸術家と信奉者とのあいだの親密な関係はペイター作品にあってめずらしくはないが、作者と読者との親密さについては、「文体論」を別とすれば、すこぶる稀である。開巻早々に出てくるこの一節は、「ワーズワース論」の読者にたいするひとつの「参入儀式」の機能を果たしていると言えよう。[17] ワーズワース読解の「困難な道」を進んで行くことの効用が明記されている以上、ペイター自身、この儀式を受けているはずである。この先には、芸術鑑賞能力を獲得する方法が提示されるかもしれないし、あるいは別の「特別で特権的な精神状態の秘密」が明かされるかもしれない。つまりこの一節は、読者に「秘密」の提示を約束し、「困難な道」を進んで行くよう誘いかけるメタ・メッセージとなっている。すでにみたように、ブキャナンやコータプのような「古典的共和主義言説」の信奉者たちは、少数の特別な読者とのあいだにのみ関係を成立させる作家を「めめしい」として非難した。彼らなら、コータプのいう「デルポイの神託」(C2, 82) の場合のように、「秘密」の共有を誘いかける言葉が魅力的なのはその「曖昧さ」のためだと主張するだろう。しかし、少なくともここで約束されている「秘密」は、その内容を受け容れるかどうかは別にして、曖昧なまま放置されず、エッセイの後半で明かされることになる。

ペイターはこの先も、特定の読者に訴えかけるワーズワースの側面について語ってゆく。この詩人は「情熱の集中的な表現を尊重し、男女を情熱にたいする感受性により評価したり、情熱的光景を提供してくれる芸術や詩を評価したりする人びと」(*Ap*, 52) にとっては大きな魅力となっている——この「情熱」の強調は、あきらかに「結語」の最終段落を下敷きにしている。[18] これによりペイターは、ワーズワースを唯美主義者の格好の素材として横領する。見のがせないのは、ワーズワースの大胆な思想を少数読者の理解にふさわしいものとするさいの語り方である。

彼は大胆な純理論的思想をもたえずある種の倫理的な範囲内にとどめておくために、彼のどんな言葉も、人類の大半を占める純朴な人びとのうちでもっとも純朴な人さえも不快にさせることなどありえない。だがそれにもかかわらず、こうした思想との、そこにある思索的な大胆さとの接触こそ、少なくともある人びとにとっては、彼の最上の詩の多くのものにある秘められた魅力をなすものなのだ。

(*Ap*, 57)

ペイターは、ワーズワースの大胆な思想は「大多数の純朴な人びと」にも受容可能だとする一方、それが生みだす「秘められた魅力」を味わうことができるのは特定の「ある人びと」に限られていると述べる。二種類の読者の存在を認めつつ、少数読者に向けて彼らだけが入手可能な「秘密」を保証し、その共有へと誘うこと——これがペイターの言説の特徴であり、また戦略と言ってよい。

ワーズワースの危険な一面を語ったペイターは、こんどはそれを緩和するかのように、末尾ではワーズワースの道徳性について語りはじめる。だが、この場合の「道徳性」もまた、選ばれた少数者に結びつけられるかたちで再規定されている。先の「困難な道」と同様に、読者を選別し、かつ誘惑する言葉として機能しているのである。ペイターは、「詩人の役割は道徳家ではないし、ワーズワースの詩の第一の目的は読者に特有の喜びをあたえることだ」という言葉からはじめる。これはまぎれもなく唯美主義の考え方である。しかし彼は、ワーズワースが詩の喜びを通じ「実践にかかわる並はずれた知恵」を読者に提供するとつづけることで、その道徳的効用を語りはじめるかにみえる。が、ペイターは「もし人が教訓を必要とするならば」とラスキン流の道徳的な芸術観を皮肉りつつ、「並はずれた知恵」を「情熱的な観照」の「至高の重要性」と敷衍する(*Ap*, 59-60)。「情熱的な観照」とは何か——ペイターはこれにはすぐには答えずに迂回する。ここで引き合いに出されるのが「大多数の人間」(Ap, 60)の日常である。彼らは「手段と目的」という思考の枠組で生活をおくっており、しばしば目的によって手段を正当化することがあると語られる。この枠組は「古代ギリシャの道徳家」すなわちアリストテレスにより正当化されているが[19]、「実際の人間生活」そのものの図式化なので「高い倫理の基礎にはならない」ばかりか、「成すこと」よりも「在ること」を、つまり「もっとも深い意味でも、もっとも単純な意味でも、道徳そのものである礼儀」を理想とする人びとの「もっともすぐれた特質」を取りこぼしてしまう(Ap, 61)。「手段と目的」という思考習慣をペイターは「機械装置」と呼んでいる(Ap, 61)。[20]彼の主張によると、ワーズワースの詩は「あらゆる偉大な芸術や詩」と同じく、この「機械装置の支配にたいするたえざる抵抗」なのだ。その詩は「手段によって目的を正当化せよ、果実がどうなろうと花と葉を確保せよ、と語っているようにみえる」(Ap, 61-2)とペイターは主張する。ここには「経験の果実ではなく、経験そのものが目的である」という「結語」の一節が響いている。[21]

ここまでくるとペイターの意図が明瞭になる。彼は、生の目的が「行動ではなく観照」であることは「あらゆる高い道徳性の原理」であって、詩や芸術の「真の精神」に入り込めば、その原理にふれることになると語る(Ap, 62)。それらは「何も生みださないからこそ、ただ見るという喜びのために見る典型」である(Ap, 62)。「生を芸術の精神で扱う」ことは、生を「手段と目的が一致したもの」とすることであり、この扱い方を育むことこそ「芸術や詩の真の道徳的な意味」なのである(Ap, 62)。ワーズワースおよび彼と同じ系譜にある詩人たちは、この「情熱的な観照」の「専門家」であり、彼らの作品の存在理由は「教訓をあたえるためでも規則を強制することでもなく、また高貴な目的へとわれわれを刺戟することでもなく」、「しばしのあいだ、生のたんなる機械装置から思考を逸らし」、「人間生活の偉大な事実の光景に、ふさわしい感情とともに思考を向けること」にある（*Ap*, 62-3）。

この一連の記述におけるペイターのねらいは、「行動」にともなう道徳性を否定し、「情熱的な観照」にともなう「高度な倫理」と、それを促す詩や芸術の「真の道徳性」とを顕揚することにある。言い換えると、「結語」の思想を、その焦点を行動から観照へと移すことで語り直すことにある。じっさい、ここでは「結語」で目につく動作動詞（pass/ burn/ grasp/ get）が影をひそめ、代わって「在ること」と「見ること」をあらわす動詞や名詞が目立つ（being/ beholding/ witness/ spectacle）。この変化は『マリウス』の第十六章「再考」に継承されるだろう。「ワーズワース論」はそれに先立つ「再考」であると言ってよい。[22]

共同体のための公的「行動（活動）」は「古典的共和主義言説」の根幹を支えるものだ。コータプは「偉大な行動」を萎えさせる現代の分析偏重の詩を批判し（C2, 414）、「活動精神」を喚起する詩を奨励していた（C3, 136）。したがって、「観照」の意義を語るペイターには、保守派とくにコータプへの批判が見てとれる。これにたいしコータプも黙ってはいない。彼は『鑑賞批評集』の書評のなかで、「生の目的は行動ではなく観照である」からはじまる一節を引用し、「あらゆる偉大な作家の作品においては――ホメロス、ウェルギリウス、ギリシャの劇作家たち、シェイクスピア、ミルトン、それにダンテにすら――『在ること』よりも『成すこと』の方がはるかに彼らの芸術の根幹にある」と主張しつつ、他方「現代の詩人の欠点」は「彼らの作品にある観照的要素の過剰な支配のためだ」と持説を繰り返している。[23]両者の対立が解消することはなさそうである。

## （二）「ダンテ・ゲイブリエル・ロセッティ論」（一八八三）――闘争の本格化

ペイターが保守派との闘争を本格化させるのは、「ロセッティ論」冒頭の長い一段落においてである。「ワーズワース論」ではなくこちらをそう呼ぶのは、論じる対象の性質によるところが大きい。すなわち、ロセッティはこの十年前にブキャナンとの論争を行なっていたし、その後も保守派の批判に曝されつづけていた。ペイター自身、『新しい国家』で「ラファエル前派」とされたことも与ってか、ここでの書きぶりにはいつにない緊迫感がみとめられる。

ペイターはまず、ロセッティの詩が草稿段階で熱心に読まれた点についてふれ、それは「神秘的な孤立感」を漂わせた、「特別な、限られた読者」にのみ訴える詩人にふさわしいと語る（*Ap*, 205）。[24] このあとを引用する。

> そのラファエル前派のグループと彼とに共通し、また両者において何よりも重要なのは、**誠実さ**という特質（略）、完璧な**誠実さ**であって、これはもっとも**率直**で因習にとらわれない表現を思慮深く用いるさいに効果をあげるのだが、詩に求められるあり方についてどんな因習的な基準も認めない詩的感覚を伝達するための態度である。（略）ここにはたしかにもうひとりの新しい詩人がいたのであり、詩の構造と音楽、語彙、語調はまちがいなく新しいとはいえ、それは無理やり注目を浴びるために採用されるたんなる形式的なトリックとは感じられなかった。その語調はむしろ、ある

個人に特有の話し方に押された現実感覚のしるしそのものとして重要に思われる——ちょうどその話し方じたいが、彼のじっさいに感じたり見たりした驚くべきもののまったく自然な表現であったように。ここにいる詩人は、読者に、まずは少なくとも自分自身に差し出すべき内容をもっていたが、それはすこぶる価値があり、生き生きとして明確であるために、詩における形式あるいは表現にかんする彼の第一の目的は、そのような内部の事実(データ)とそれを正確に対応させることに他ならなかった。この言語における透明性という才能が彼にあったこと——内的な動きにただ従順に変化しつつ明確なかたちをとる文体を手にしていたことは、あとになって(略)「初期イタリアの詩人たち」からの翻訳書によって証明された。このような透明性こそまさにあらゆる真の文体、真にある特定の個人にのみ属しうるようなあらゆる文体の秘密である。彼自身の言おうとするところはいつも個人的で晦渋ですらあり、ある意味で学問的で詭弁的、ときには複雑で曖昧であった。とはいえ、語はいつも、彼だけが知っている魂の特有の局面の、まさしく彼の知っているありようの正確な写しとして、多くの競争相手から慎重に選ばれていることが見てとれるのであった。

(*Ap*, 205-6. 強調点と傍線は引用者による。)

ここではじめてペイターは、文体のもつ個人的性質について語っている。それは彼の文体観の核心であって、同じことは『マリウス』の「ユーフュイズム」でも「文体論」でも主張されることになる。ここにはいくつかのレベルで保守派への反論がみられる。まず目につくのは、否定形をともなう記述である。引用第一文の後半の、ロセッティの「詩的感覚」は「どんな因習的な基準も認めない」という表現は、

「古典の伝統」を権威とするコータプ流の見方へのそれとない批判であろう。ロセッティの詩の言語は新しいが、「無理やり注目を浴びるために採用されるたんなる形式的なトリックとは感じられない」という否定をともなう表現もまた、保守派がロセッティやペイターにみる「気取り」や「不誠実さ」への反論と考えられる。つづく文でペイターは、ロセッティには読者に伝えたい「生き生きとして明確」な内容があると主張することにより、その曖昧さや空虚さを言い立てる論敵に対抗する。

　しかし、冒頭部分の真の戦闘性は、保守派の拠って立つ基盤じたいを横領するところにある。その基盤は強調点をほどこした語により提示されている。第一文の「誠実さ」は、先にも示唆したように「気取り」の反対語である。それは「率直で」「自然な」表現にあるとされているから、一見するとペイターは保守派の基準をそのままロセッティに適用するかたちで彼らに対抗しているようにみえる。ところが、そうでないことがすぐに判明する。ここでの「誠実さ」や「率直」や「自然」といった特質は、通常意味するような、表現じたいにそなわっているものではなく、ロセッティ自身が「じっさいに感じたり見たりしたもの」とその表現とのあいだに成立する関係を指し示しているのである。「透明性」についても同じである。それは、書き手の意図した意味内容が読者に円滑に伝達されるありようを示すのではなく、書き手自身の「内部の事実（データ）」とその表現とのあいだのあり方だとされている。したがって、この文体は「内部の動きにただ従順に変化しつつ明確なかたちをとる」。動きが複雑であれば、表現もそれに応じて屈曲や陰影を示すことになるだろう。さらにペイターは、この意味での「透明性」を特徴とする、個人に特有の文体を「あらゆる真の文体」の伝統のなかにあらたに位置づける。ペイターはこのようにして、論敵の価値基準を、その意味をずらしたうえで取り込んでしまうのだ。

もうひとつ見のがすことのできない仕掛けがある。保守派から非難されたロセッティの「曖昧さ」（傍線の語）の存在をすすんで認めること——むしろ認めるふりをすることで、それへの非難を緩和することである。表現上の「曖昧さ」は、それが「内部の事実（データ）」の「正確な等価物」であるなら当然生じうる事態であり、かくべつ非難には値しないのだ。このような、あらかじめ予防線を張っておく「予弁法」（プロレプシス）は、後述する「ユーフュイズム」でも採用されることになる。付言すると、ここでの「曖昧」（obscure）という語は、並列関係にある六つの形容詞のひとつとして最後に出てきており、そのうちふたつの語、すなわち「晦渋」（recondite）と「詭弁的」（casuistical）は学問的な色合いの濃い、やや難解な言葉であるために、当の語は目立ちにくく、また気づいてもその問題性は希薄化されてしまう。これもペイターの戦略のひとつと言ってよい。

保守派にとって主要な問題は、作品（ひいては作者）と読者との関係である。またコータプやシャープの一節にみられるように、想定される読者は論者をふくむ「われわれイギリス人」という、少なくとも表面上は均質なものであった。これにたいしペイターの場合は、作者の「内部の事実（データ）」（「文体論」では「内面の構想（ヴィジョン）」）と言語との対応関係が肝腎となる。ロセッティの読者は「特別な、限られた読者」である。その文体の「透明性」を感知できる読者についてペイターは、この長い段落の最後になってそれとなく、しかし効果的に示している——「（私は／私のようなひとは）見てとれる」（one could see）と。ここでの人称（"one"）が意味するのは、書き手自身つまりペイターであり、また彼によって想定された、同じく洞察力に恵まれた読者のことである。このような読者にたいして、ここに保守派への反論と横領の戦略を読みとることが期待されているのだ。

この先の展開においてペイターは、ロセッティを擁護するためにたびたびダンテを引き合いに出し、彼との共通性を指摘する。ロセッティの場合、死や運命などの「神秘的な力」のなかで中心的役割を演じるのは、「完璧ではあるが、風変わりなタイプの肉体的あるいは物質的な美にもとづく愛の理想的な強烈さ」(*Ap*, 212) だとされる箇所は注目に値する。ペイターは、この「肉体的あるいは物質的な美」という表現は誤解をまねくとし、こう説明している。

精神と物質とを誤った対照または敵対関係のうちに対立させてきたのは、もっぱらスコラ学者たちであって、そのような抽象的なものは、じつは彼らのわざとらしい作り物なのである。われわれの現実の経験にあっては、物質と精神という言葉でただ大雑把に区別しているにすぎないふたつの系列の現象は、分かちがたく作用して、相互に浸透している。(略) ダンテにとって物質的なものと精神的なものとは、烈しく熱をおびた着想のなかで融合し混ざり合っている。精神的なものが水晶のような視覚的明確さに達するなら、物質的なものはその粗野と不純とを失うのである。ここでもまた、直感の力によって、ロセッティはダンテと一体化する。(略) ダンテのように、ロセッティは、精神が官能的あるいは物質的にならないような領域など知らないのだ。(*Ap*, 212-3)

「肉体的あるいは物質的」という表現は、「官能的」と同意であると誤解されかねないし、「官能派」非難の論者に言質をあたえかねない。心身二元論に固執する者たちを「スコラ学者」とするすとき、ペイターの仮想敵はブキャナンからルフロイにいたる保守派であろう。心身が相互に作用しあい融合する

「現実の経験」に照らすなら、そのような抽象的な二分法は彼らの「作り物」にすぎないとペイターは主張する。ペイターは読書で得た知識を「現実の観察」によって訂正しない、というのがコータプの批判であった（C2, 412）。ほぼ同じ言葉を用いたペイターの反論がここにある。「わざとらしい作り物」もまた、ロセッティやペイターなどの唯美主義者にたいする非難の言葉であった。それをペイターは論敵にたいして用いることで切り返しを行なっているのである。彼はダンテを根拠に持説を補強し、ロセッティもまたダンテと同じ見方をしていたと述べる。「肉体的あるいは物質的な美」という表現は、「現実の経験」を近似的暫定的にあらわすものにすぎない。「精神と肉体という言葉」はそれぞれの現象を「大雑把に区別しているにすぎない」のである。言語はその固定性ゆえに流動する印象を把握できないとする「結語」の言語観によるなら、保守派は「現実の経験」だけでなく言語の不完全性にも盲目であることになる。ペイターの戦略は、「肉体的あるいは物質的な美」をその表現ともどもひとまず容認しつつ、しかしそれと精神の美しさとを対立させる二元論思考を書き換え、無効にすることにある。

横領の戦略は、最終段落でもっとも挑発的なかたちであらわれる。ペイターは、ロセッティが「王の悲劇」において「ひろく人間的」（*Ap*, 217）なモチーフを取上げた、と「通俗批評」の言葉で指摘し、それを「感動的で、すこぶる大衆的な演劇性をもっており、生き生きとした詩」であるとして、「はじめてロセッティを知りたい読者」にすすめる（*Ap*, 218）。ところがこのあとペイターは、この詩人の作品はもっぱら「秘教的な類い」のものだと語るのだ（*Ap*, 218）。こうして、保守派に評価される作が初学者用とされ、(25)非難の対象となる晦渋な作が少数の目利き向けとして分類される。ペイターは、大衆性や一般性を重視する保守派の価値評価を容認するふりをしながら、その容認の仕方において論敵の根拠を転倒させる――ロセッティの詩の真価がわかるのは、「特別な、限られた読者」であると言うのである。最後の箇所にも戦略的な擬態が用いられている。

けれども、詩というものはいつもふたつの明瞭な機能を発揮する。それは、ありふれたものの理想的な側面をだれの目にもあらわし露呈することができるが、これはグレイの流儀である（もっとも、グレイもまた、これは忘れずにおいた方がよいが、同時代にあってはジョンソンにとってすら、曖昧にみえたのだ）。また詩はじっさいに、生まれたときから理想的なものを想像力によって創りだすことで、それじたい詩的で並はずれた題材の数を増やすことができる。ロセッティは、前者の類いの詩のいくらか、いくらかすぐれたものを作りはした。しかし、彼の特徴的な、彼の真価をほんとうに示す仕事は、あらたな理想の創造において、新鮮な詩的題材を、新しい種類の現象を、詩につけ加えることにあった。（*Ap*, 218）

詩には一般に理解しやすい身近な題材を扱うものと、想像力により「それじたい詩的で並はずれた題材」を創造するものとのふたつがある。先に述べたように、前者の典型とされるグレイはコータプによ り古典派を代表する詩人、「想像力を分別でコントロールし、理性に従属させるべきだと考える」詩人として賞揚されていた（C3, 128）。ペイターによると、ロセッティはこの点で見るべき仕事をいくらか残したとはいえ、真価は後者にある。ここでのペイターの戦略もまた、両者を肯定するふりをしながら、保守派にとって上位にある詩の機能を自己の価値基準のなかで下位に位置づけ、保守派に非難される種類のはたらきを高く評価することである。

巧妙なのは括弧のなかの記述である。そこには保守派との争点をなす語「曖昧」が出てくる。コータプは「ワーズワースとグレイ」をこう締めくくっていた――「われわれは、詩が一般人の想像力を高貴な対象へと導き、自然な表現によって行動の精神を目覚めさせる姿を見たいと思う。もしこうした成果をふたたび勝ち取ろうとするのであれば、われわれはワーズワースの分析的精神を拒絶し、グレイの構成的精神を復活させなくてはならない」(C3, 136)。観点はやや異なるとはいえ、ペイターもまたグレイの作品を一般に理解されやすい種類の詩に分類している。だが、括弧内はそれが擬態であることを告げている。彼は、グレイが同時代のジョンソンにすら「曖昧」にみえた可能性を示唆しているからだ。[26] この十八世紀の詩人と同時代の代表的な批評家との関係が、ロセッティと現代の保守派との関係になぞらえられているのだから、これは反唯美主義者、とりわけグレイを古典的規範とするコータプへの痛烈な当てつけにほかならない。ここでのペイターの問いは、「曖昧さ」は詩人の書く言葉に内在するのではなく、時代の趣味嗜好や個々の読者の教養の質に応じて感じられるものではないのか、したがってロセッティを非難する保守派には教養や学識が欠けているのではないか、というものである。

ちなみに、括弧内の一節は「遅延の文体」の好例である。原文はこうなっている――"(though Gray too, it is well to remember, seemed in his own day, seemed even to Johnson, obscure)." 主語と動詞("seemed")は挿入節に阻まれ、その動詞も補語("obscure")に行きつくまでにふたつの挿入句に阻まれているため、読者は円滑な理解にたどり着くのに少しだけ時間がかかる。だが、またそれだけ補語に注意を引きつけられる。目立たぬところで漏らされるこの挑戦的な言葉は、それじたい少数の読者に向けられたひそかなメッセージと言ってよい。このように「ロセッティ論」は、ペイターの闘争戦略が如実にうかがえるエッセイなのである。

## (三)「ユーフュイズム」(一八八五)——挑発的横領

第一章でふれたように、ジョン・リリーにはじまり十六・十七世紀に流行したユーフュイズム(装飾的文体)は、ヴィクトリア朝においても、奇をてらう文体や過剰に装飾的な言語、さらには文学的創造力の枯渇と結びつけられ、非難の語として流通していた。したがって、『マリウス』第六章「ユーフュイズム」は、その擁護というだけで画期的な意味をもっている。[27] むろん、ペイターが最終的に視野に入れているのは、現代版ユーフュイズムとされた唯美主義の文体および文体観の擁護である。彼はすでに『愛の骨折り損』論」(一八七八)のなかで、シェイクスピアのユーフュイズムを擁護している。ペイターは、「流行」(fashion)が「内面の洗練度や選別能力を示す一種の鏡」として「もっとも洞察力のある多くの人びと」の関心を引きつけ、最良の場合は「内容にたいする形式の芸術的支配」の例として「独自の美」をもつと述べたあと、これは「エリザベス朝の古いユーフュイズム——優雅な言語と奇抜な表現にたいするあの誇り」についても当てはまるとつけ加える(*Ap*, 165)。彼によれば、そこには「真に愉快な面、まったく『気取って』いない特質」がある(*Ap*, 166)。ここでもペイターの論法は、「それを嘲笑するのはたやすいし、またそれはしばしばみずからを嘲笑の的にした」と、ある種の弱みを認めたうえで、しかしその根底には「適合性や繊細さにたいする真の感覚がある」と肯定するところにうかがえる(*Ap*, 165)。同じ擁護の仕方は「ユーフュイズム」の章でも用いられている。この第三節では、その章におけるペイターの戦略を詳しく分析する。なお、ペイターはそこで登場人物フレイヴィアンを通じて唯美主義の文体を擁護しており、彼にたいし距離を取っている可能性はある。また、だからこそ挑発的になりえたと言うこともできる。このことに留意しながら検討していく。

『マリウス』第五章「黄金の書」で、マリウスと学友フレイヴィアンは、アプレイウスの『変身譚』のなかの「黄金の驢馬」を読んで感銘を受ける。マリウスは、魂が具現化した人体の理想美や「完璧なものは隠れている」という発想をそこに見いだす。「ロセッティ論」の一節と同じように、次の箇所にも保守派の心身二元論にたいする異議申し立てが読みとれる――「物質のあらゆる美のなかで最高の潜在力としての美しい人体は、そのとき彼にとってもはや物質ではなく、天上の炎をおび、目に見えるとはいえ真実の、ものの魂あるいは精神としてみずからを主張しているように思われた。」(*ME*, I:92-3)。[28] 同時に、マリウスの資質について以下の記述がある。すなわち、そうした理想にくらべ、物語中にしばしば出てくる「現実の人間の愛」は、彼にとって「いくらか卑俗であさましく思えたかもしれない」(*ME*, I:93) と。ペイターはマリウスに、女性の官能美が純化し精神的なものとなる経験をさせながら、生殖のための性をいくらか嫌悪させているのである。これもまた「官能派」という非難にたいする抗議と考えられるだろう。

一方、フレイヴィアンはもっと実際的な計画を実行にうつす。ラテン語の再生である。当時のラテン語は「色あせ、活気を失い」(*ME*, I:94)、「慣例と倦怠で瀕死の状態にあった」(*ME*, I:96)。ペイターはその特質を「作り物のようで」「衒学的」(*ME*, I:95) としている。彼は、ユーフュイズム (つまり唯美主義の文体) につきまとうイメージを当時のラテン語の特徴として転移させ、逆にユーフュイズムの方を瀕死のラテン語を蘇生させる治療法として再定義しているのである。また、当時の才人のあいだにはギリシャ語による執筆が流行していたが、ペイターはそれを「気取り」とし、ユーフュイストたるアプレイウスがそれを拒否し、母語ラテン語で執筆していることを評価する（*ME*, I:95）。これもまた、ユーフュイズムに投じられた非難の言葉を他に転じる方法と言える。

学問の言葉としてのラテン語が「ますます野蛮なほど衒学的」になる一方、口語表現は数多くの「宝石のように優雅な、または絵画的な表現を提供していた」（*ME*, I:95）とあるので、フレイヴィアンの改革は後者を大幅に採用することなのかと思わせる。が、そうではない。ペイターはこのあり方を政治思想的、また階級的にこう特徴づけている。

> したがって、その文学的な計画は、文学の道具の扱いにおいては部分的に保守的または反動的である一方、いわば言語のプロレタリアートの権利を主張するのだから、部分的に大衆的または革命的な作品ということになるだろう。（*ME*, I: 95）

フレイヴィアンのユーフュイズムは、あくまで「文学の道具」たる書き言葉を扱い、その再生をめざす点で「保守的または反動的」であるが、他方で「プロレタリアートの権利」である生きた話し言葉を取りこむために「大衆的または革命的」とされる。話し言葉は書き言葉のなかで重要な役割を演じるものではあるが、あくまでその一部にすぎない。それは、フレイヴィアンの書きすすめる作品のなかに、ピサの若者の歌の一節が反復句として採用されるところに示されている。この人物には、解放奴隷を父とする貴族的な反動的革命家という特徴づけがなされている。ペイターにとっての文体家は、ある特定のグループの利益や立場を代表するのではなく、相反する特質を混淆的に体現した存在であるらしい。フレイヴィアンは、民衆の言葉から離れ衒学的な度合を増してゆく母語の再生のために、「それを真面目に研究し、あらゆる語句や単語の正確な力を計り」、「後代の連想を解きほぐし、各語の最初の本来の意味に遡る」。この作業は、さながら『オックスフォード英語大辞典』の項目執筆を彷彿とさせる。[29] それは、何よりも「思想と表現、意味と言葉とのあいだに自然で直接的な関係をふたたび構築し、言葉にその始原の力を回復させる」ためであった（*ME*, I:96）。「ロセッティ論」の場合と同じように、「自然で直接的」という表現は、一般読者の理解を保証する平明な語彙や表現のことではなく、書き手の苦闘の末に、自己の内的印象と言葉とのあいだにようやく生まれうる対応関係のことである。ペイターはユーフュイズムを、「文学的良心が、言語にたいする忘れられた義務に目覚めたあらゆる時代」の理論と評価し、これまでの否定的な見方を一挙に転倒させる（*ME*, I:97）。このあと彼はこうつづける。

> みずからを隠すのが芸術のはたらきである（*ars est celare artem*）ということわざは、不正確な引用によって誇張されており、文学的であれ何であれ、どんな隠し技も持ち合わせていない人びとの手でいちばん頻繁に、またいちばん自信をもって引き合いに出されてきたものである。（*ME*, I: 97）

この一節は保守派への痛烈な当てつけである。第一章でみたように、コータプによれば、ロセッティやモリスたちの目的は「あらゆる機会に自分たちの技巧を隠すのではなく見せびらかすこと」（C1, 83）

である。これにたいしペイターは、「平明率直」な文体を主張する保守派の側に、そもそも「隠し技」と呼びうるものがあるのかと問うているのである。

ペイターはあえてユーフュイズムの弱点にも言及するが、「ロセッティ論」でみたように、その目的は先手を打ってそれを擁護することにある。弱点のひとつは、「気取った表現や癖のある言い方」に堕す傾向とされている。ペイターは、ロセッティや自分への非難のさいよく指摘されるこの点を時代精神から正当化している。すなわち、それは「洗練され、批判的で自己意識的にならざるをえない時代」の「玩具（キケロの言葉）」としてみれば、「まったく不愉快というわけではないし、少なくとも許すことができる」（*ME*, I:98）と。[30] 時代が円熟し、人びとが対社会的な自己を意識するようになると、言葉を装飾品や玩具のひとつとして尊重するようになるということだろう。ここでのペイターの戦略は、あらたな視点の導入と言い換えにより焦点を拡散し、問題を希薄化することである。時代が「洗練され、批判的で自己意識的」であれば、言語の装飾は「玩具」にすぎないから、それは「不愉快ではない」、いや「許すことができる」。こうして、当初の問題は無化されるか希薄化されてしまう。[31]

ユーフュイズムのもうひとつの弱点は、新造語への愛好とされている。これはエリザベス朝のユーフュイズムやフランス・ロマン派にも共通するものであった。ペイターはこの弱点を擁護するためにいくつかの視点を用意している。まず彼は、それを「流行」と言い換え、『流行』の力は完璧な理想にたいする人間の深い憧憬の念を明瞭にあらわす」（*ME*, I:98）との一般化を行なって正当化を図る。けれども、これだけでは十分に説得的でないと判断したのか、または慎重を期したのか、数ページあとでは次のように述べている。すなわち、フレイヴィアンは上記の弱点をかろうじて免れていたのだが、それは、

「少なくとも自分にとってとても生き生きとした提示すべき内容があると意識していた」（*ME*, I:102）からであると。ペイターは、まず歴史のなかで反復されるユーフェイズムへの志向を時代意識と流行とから擁護したあと、さらに個別的にフレイヴィアンのそれを肯定的に評価するのである。

フレイヴィアンが表現したい「内容」は、万物が生命の息吹に満たされるという「春の原理」（*ME*, I:104）であった。そう語られるまでに、「内容」は「強烈な個人的直感」（*ME*, I:103）と言い換えられており、それがフレイヴィアンにとってたんなる素材ではなく、彼の内面に深く結びついていることが印象づけられる。そして「ロセッティ論」と同じく、最後に念を押すようにフレイヴィアンの「誠実さ」が強調される――彼の「たんなる形式上の細部にみえるかもしれないものへの熱中」は、「強烈な個人的直感」を「誠実に、完全無欠なかたちで」あらわすことになったのであり、また「自分が感興を覚えるときを知ること」により「自分自身にたいするきわめて良心的な文学的誠実さ」が生まれたのである（*ME*, I:103）。ブキャナンやコータプらは、言語表現への過剰な意識を、内容の空虚さを隠蔽するための不誠実な方策と見なした。これにたいしペイターは、細部への過剰な執着のようにみえる作業であっても、それは「生き生きとした内容」を言語化するために必須の「誠実な」態度であると反論しているのである。

以上にみられるペイターの方法は、「ロセッティ論」でも指摘したように、ひとつは度重なる言い換えやあらたな視点（「玩具」「流行」）の導入により焦点を曖昧にしたり拡散させたりすることである。もうひとつは、当の問題（たとえば「細部への過剰な意識」）をそれ以外の、より重要な問題（たとえば「個人的直観の言語化」）に関連づけることである。これが反論の方法としてどれだけ有効であるか、また有効であったかについては疑問の余地があるかもしれない。ただ、方法の有効性が問いとして成立するのは、議論の参加者が一定の前提を共有している場合であろう。ところがペイターの方法は、保守派の前提を共有したうえで反論を行なうというより、前提そのものを切り崩したり（「透明性」という語の用法）、議論の枠組みじたいをずらしたりすることへと向かう。これは、事態がよくわかっている保守派（もしいたとすればだが）にたいしては、火に油を注ぐようなものではなかったか。

まさしくそのような挑発的で挑戦的な記述が次の一節からはじまる。

> 年配の顧問らというのは、どんな時代にあっても文学とその信奉者たちが演じている小さな悲喜劇のなかでお決まりと思われる役をつとめているものだが、彼らはそうした入念な形式の洗練のうちにある種の気取りや非現実性を感じとり、よくこう尋ねたものである——言うべきことのある人びとは、率直に言えないものか。むかしのギリシャの作家たちのように、どうして簡素で明快に言わないのか。（*ME*, I: 99）

イアン・スモールによると、「年配の顧問ら」はジャウエットを示唆しているという。[32] しかし、単純率直な文体を規範とし、形式への執着を「気取り」とする点で、ブキャナンやコータプら一群の保守派が皮肉の対象であることはまちがいない。「小さな悲喜劇のなかでお決まりと思われる役」をつとめているといった侮蔑的表現を考慮すればなおさらである。「顧問ら」の問いを受け、フレイヴィアンは、みずからの生きる二世紀ローマの「知的状況」と古代ギリシャのそれとの差異について思考をめぐらせる。それは堅牢な論理の着実な積み上げといったものではなく、直観的で散漫な、相互に矛盾する複数の視点から成り立っている。フレイヴィアンの内面に生じるさまざまな問いと暫定的な答え（もしあればだが）は、一定の方向性を欠き、ただ浮かんでは消えてゆく。それを端的に示すのは、一連の問いの断片的性質である。それらはふたつの部分から成っており、前半部は連続する四つの文の集合体、後半部は同じく五つの文の集合体である。そして、いずれの部分にも文と文との論理関係を示す表現（接続詞）は存在しない。ただ、だからといって相互の関係性が皆無とまでは言えない。ここでは一連の問いに多少の筋道をあたえながら、その挑発的戦闘性を考察してみたい。とくに注目すべき論点は、単純率直な文体の実現可能性と古典の規範性である。これらはたがいに切り離すことができない。

フレイヴィアンは、「ギリシャの天才」を「模倣の完全な欠如」にみる（*ME*, I:99）。これにくらべると、現代の作家には「新味や独創性の余地がない――彼らはただ忍耐強く、いつ実現できるかわからぬまま、完全無欠を求めるしかなさそうだ」（*ME*, I:100）。独創と模倣という観点から、彼我の差が解消不能な絶対的距離として措定されている。この一節には、遅れてきた者の「影響の不安」を指摘することができるだろう。[33]が、この措定そのものがまもなく問いの対象となる。無数の問いを自分ひとりで考えるという「たいへんな苦行」を経験したフレイヴィアンに、「詩的な美」は絶対的ではなく、時代の趣向や流行に依存した相対的なものではないかとの疑問が生まれるのだ（*ME*, I:100）。これについで、後代の詩人は初期の時代の詩的感覚を回復できるのか、いつの時代も詩にとっては同等なのか、詩はいつでも現実生活を照らす「反射光」にすぎないのか――こうした問いが連続的に提示されている。これらはそれじたい重要というよりも、先に措定された彼我の絶対的距離を相対化する機能を果たす点で意味があるようにみえる。時代と詩との関係、詩と実生活との関係を問うことを通じ、ギリシャの詩人が発問者にとっていつしか身近な存在となるからである。それはこのあとのホメロスへの言及に示される。『イーリアス』の一節を思い浮かべたフレイヴィアンは、「単純なできごと」を「何の造作もなく」語る詩人としてホメロスを賞賛する（*ME*, I:100-1）。これだけなら当初と変わらない。しかし、このあとの一群の問いのなかで事態は一変する。フレイヴィアンはまず、このギリシャ詩人の作が「もともと本来的に詩的な時代」――語りさえすれば「理想的効果」を生むことのできた時代の「機械的な写し」である可能性を示唆する（*ME*, I:101）。ホメロスの偉大さが時代の特質に還元されることで縮小してしまうのだ。するとこんどは、ホメロスの時代の特質についてまったく別の想念がフレイヴィアンにおとずれる――「注意ぶかい学者」なら、ホメロスは自分の実体験を読者に伝える媒介者の役割を演じ、「みずからを新味がなく陳腐だと感じている時代」にあって「黄金の錬金術」にふれる機会をじっと待っていたことに気づくのではないかという問いである（*ME*, I:101）。「注意ぶかい学者」という少数の目利きを示す語句は、ペイターにとって重要な事柄が読者にそれとなく示されるときの信号と言ってよい。事実、ホメロスの時代をこのように現代のローマと共通する特質をそなえていたととらえるなら、フレイヴィアン自身にとってこの太古の詩人は一気に身近なものとなる。そしてもちろん、この特質は十九世紀末のイギリスにも当てはまるとペイターは考えている。次の問いでフレイヴィアンは後代の視点から現代を照射し、また相対化してみせる――「倦怠」を感じる後代の人びとは「距離の魔法にかけられた誤謬」を犯し、この時代を理想化するのではないか、「倦怠」はいつの時代の人びとにも取りついているのではないかと考えるのである（*ME*, I:101）[34]。このあとの彼の最後の問いに、ペイターのもっとも挑発的で挑戦的な言葉が鮮烈にしるされている。

同時代のある人びとにとっては、ホメロスでさえ、その詩的飛翔が非現実的で気取っているように みえたのではないか。このことは、どの文学でも、順次起こっているように思えるのだが。

(*ME*, I: 101-2)

ちょうどグレイがジョンソンにとってそうであったように、また唯美主義者が保守派にとってそうであるように、ホメロスもまた同時代人にとって装飾過多で気取った文体家にみえていた可能性が示唆されているのだ。はるか遠い時代のギリシャ詩人が、ユーフェイズム、あるいは唯美主義の文体という創造された系譜のなかに位置づけられるのである。[35] このときフレイヴィアンにとってホメロスは、もはや範とすべき権威ではなくなり、自分と同じく当時の「保守派」や「年配の顧問ら」によって非難されていたかもしれない身近な存在として立ちあらわれるのである。注意ぶかい読者にとってこの一節は衝撃的である。とはいえ、それはあくまでも登場人物の心中に不意に去来した問いという形式をまとうことにより、その挑発的で挑戦的な性格を半ば隠蔽し、半ば緩和している。これもまた、保守派や一般読者の目を逸らすための韜晦戦術と言えるのではなかろうか。

コータプの反応について付言しておきたい。彼は『マリウス』と同じ年に出した評論集のなかで、この小説を「繊細な才能と想像力に満ちている」と賞賛したのち、「ユーフュイズム」からホメロスの一節とそれにつづく後半部の最初の問い(作品より時代が重要なのかどうかという問い)を引用し、みずから肯定の解答を出して、それ以下を打ち切ってしまっている。これはコータプによるペイターの横領（都合のよい利用）であろう。[36] 真に問題を共有して考察しようという気はなさそうである。

フレイヴィアンは最後の問いについても問いのまま放置し、「ギリシャ初期の知的状況」と現在のローマのそれとの大きな相違にあらためて注目する。これは振り出しに戻ったようにみえるが、そうではない。フレイヴィアンにとってホメロスの平明率直な文体は、当時の知的状況と切り離しては考えられない。「年配の顧問ら」の忠告どおりそれを実現できるのかどうか。彼はきわめて慎重な物言いで、こう暫定的な結論を出す。

もしかすると意識的な努力によって手に入れられるのは、せいぜい人工的な無技巧にすぎないのかもしれない。この特質もまた、十分に率直で感覚的なユーフュイズムの魅力をそれなりにもっているだろうけれども、ギリシャ初期の真の新鮮さにくらべると、それは広大な平野ではなく、暖められた部屋にある一束の野の花の新鮮さとしてだけ意味があるにちがいない。 (*ME*, I: 102)

ホメロスの文体を実現しようとしても、得られるものはせいぜい「人工的な無技巧」でしかないと言うのである。[37] 年代としては後になるが、オスカー・ワイルドの『ドリアン・グレイの肖像』（一八九一）の登場人物ヘンリー卿の警句を想起させるこの逆説的表現により、[38] ペイターは保守派の価値基準の根幹をなす「自然」を横領する。この意味での「自然な」文体が「率直で感覚的なユーフュイズムの魅力」をもっているとされるときの「率直さ」もまた、先に指摘したように横領されている。「ユーフュイズムの率直な魅力」や「新鮮なユーフュイズム」という表現は、保守派にとっては形容矛盾以外の何ものでもないだろう。その比喩である「暖められた部屋にある一束の野の花」は、期せずしてペイター自身の戦略の比喩となっている。「野の花」は元の場所から摘み取られ、「暖められた部屋」の花瓶に入れられることで、あらたな意義を獲得するだろうからである。

### (四)「文体論」(一八八八)——学問的闘争

次は「文体論」である。このエッセイは一八八八年十二月の『フォートナイト・レヴュー』に掲載され、翌年『鑑賞批評集』の冒頭に収められた。ペイターの文体観を集約したものと言ってよい。まずは全体の見取図を示しておきたい。

全体は四つの部分から成る。第一部でペイターは、詩と散文との峻別に異をとなえ、両者の相違を「事実にたいする想像的感覚」という視点で融解したのち、「真の芸術(散文・文体)にそなわる条件」を提案したいと述べる(*Ap*, 5-8:17)。[39] 第二部は、事実を「転写」する科学にたいし、芸術は「魂の事実」を誠実に写しとることにあり、現代では「想像的散文」がもっとも適切な手段であるとされるところまで(*Ap*, 8:18-12:2)。第三部では、文学者は言葉の歴史的変遷を熟知した学者であり、「折衷主義」に依拠し、「知性」と「魂」を通じて読者に訴えると語られる(*Ap*, 12:3-21:5)。ここまでが全体の約七割を占めている。第四部でペイターは、ギュスターヴ・フローベールの書簡を引用しつつ、この作家の「唯一の言葉」を発見するための苦闘を持説の補強に用いている(*Ap*, 21:6-38)。最終段落では、「良き芸術」の条件に内容の重みが加わってはじめて「偉大な芸術」になると語られる。

　ペイターの主張の眼目は、個人に特有な文体の擁護、表現のための格闘の必要、それに「折衷主義」の効能である。これらの点は、先の「ユーフュイズム」における主張と重なっている。もっとも、“Euphuism”に代わって“eclecticism”という語の使用が示唆するように、「文体論」においては「ユーフュイズム」のような論争的姿勢よりも、学問的な性格が強く打ちだされている。とはいえ、戦闘性や挑発性が消えてしまったわけではない。終わり近くでペイターは、どんな種類の文体であれ、それが「真に特徴的であるか表現力に富んでいるかするかぎり」(*Ap*, 36) 正当だと主張したあと、こう述べている。

> 委ねてしまうことになる、と言われるかもしれない――文体を個人の主観性、たんなる気まぐれに委ねてしまい、そうなるとすぐに凝りすぎた技巧的特質（マンネリズム）に変えてしまうにちがいないと。そうではない！　というのは（略）、内面の構想（ヴィジョン）のひとつひとつの特徴に対応する言葉はただひとつ、ただひとつの言葉しか受け容れることはできないからであって、それを認めることができるのは鋭敏な人びと、この点で「知性をもっている」他の人びとである。（略）文体、形式がその人物そのものであるのは、無意識であるにせよ気取っているにせよ、推論にもとづかず、じつに個性のない気まぐれを示すからではなく、自分にとっていちばん真に迫っているものをかぎりなく誠実に認識しているためであろう。　(*Ap*, 36)

作品の主観的な解釈、一般読者のあずかり知らぬ知識を誇示したり装ったりする文体、形式に凝りすぎた表現といった点は、いずれも『ルネサンス』批評のなかにあった。[40] ペイターはそれらを再現し、また「文体論」のそこまでの記述にたいする同種の批判を予想して、あらかじめ反論を行なっているのである。その意味では慎重な自己防衛策と言える。彼の主張の根拠は、内なる構想のどんな局面にも対応する言葉はただひとつしかないというフローベールの見方と、その対応関係を認識できるのは言語の法則を知悉した学者たる文学者のみであるという自身の考えである。「ロセッティ論」や「ユーフュイズム」と同様に、ペイターはここでも「自分にとって真に迫っているもの」を認識し表現することを「誠実さ」と呼んでいる。彼はこのあと、「フローベールが信じるのは大文字のスタイル、つまり、ものをそのあらゆる強度と色彩において表現する絶対的で独特なある方法であった」という書簡集の編者の言葉を引くことにより、ジョルジョ＝ルイ・ルクレール・ド・ビュフォンの「文は人なり」という見解の孕む「危険性」、すなわち「文体を個人の主観性や気まぐれに委ねること」を排除しようとする。フローベールに依拠するなら、文体とは「非個人的な」ものである（*Ap*, 37）。ペイターの意図は、個人に特有の文体のもつ「非個人的」性質という逆説を語ることで、それにたいする批判を封じこめることにある。[41]

文体にかんする保守派の規範である「率直さ」や「自然」は、ペイターにとって「内面の構想（ヴィジョン）」と「表現」とのあいだに成立する関係として再定義されていた。だが、「文体論」において、それが保守派と同じ意味で用いられている箇所がある。これはどういうことかと思った次の瞬間、それはここでの価値基準の劣位に位置づけられることが判明する。ペイターは、「表現としての真実、もっとも繊細で、もっとも親密なかたちの真実」こそ「唯一の不可欠な美」であり、そこに貫徹しているのは「折衷主義の原理」だと述べたあと、こうつづけている。

言いたいこと、意志をもって言おうとすることを、いちばん簡潔な、いちばん率直で正確なやり方で、余分なものを加えずに、言うがよい——そこにこそ、「完全、円滑、円満」という強運をもって生まれたために句読点を必要としない文の正当な理由があるのだが、さらにまた（そこが肝腎だ！）、この上なく練り上げられた人工的な文の根拠もまた、もしその練り上げ方が正しいならば、そこにあるのだ。（*Ap*, 34-5）

「簡潔」と「率直さ」は肯定されているものの、あくまでも「折衷主義」により実現するひとつのあり方にすぎない。後半では、「この上なく練り上げられた人工的な文」も肯定されており、しかも括弧内の語句は後者の重要性を示唆している。ペイターの戦略は、保守派の基準を肯定しつつ、それを「折衷主義」により実現される「表現としての真実」の一種として相対化することである。どちらを選ぶかの最終的な判断は、作家個人とその「内面の構想（ヴィジョン）」のあり方に委ねられる。

興味ぶかいことに、上の文じたい「簡潔」や「率直さ」から少なからず逸脱している。前者の主張部分を原文で示す——"Say what you have to say, what you have a will to say, in the simplest, the most direct and exact manner possible, with no surplusage:—there, is the justification of the sentence so fortunately born, 'entire, smooth, and round,' that it needs no punctuation...." 冒頭の動詞の目的語はすぐに変奏されているが、それは「もっとも簡潔に」という尺度から必要なのか。「余分なものを加えずに」という付加的表現についても同じ

である。ダッシュのあとの引用句らしきものの挿入は、読者に出典への興味を喚起することで、すみやかな理解を阻害する。つまりこの箇所はむしろ、このあとに主張される「練り上げられた人工的な文」の典型例になっているのではないか（「練り上げ方が正しい」かどうかは不明）。他方、後者の主張はこれとは反対に、比較的簡潔に表現されている。こうした「文体のパフォーマンス」の視点を導入すると、[42]「文体論」は別の相貌を示すことになろう。これについては補遺で扱う。

ペイターは、文学者は「必然的に学者である」（*Ap*, 12）と述べている。これは、当為（「学者でなくてはならない」）ではなく、自明の理か事実の記述のような表現だが、見方によれば当為表現以上に強い当為の意味を示している。このことはペイターに横領の戦略の始動を容易にさせている。彼は、農民の話し言葉を詩語に採用することを主張したワーズワースにも「学者の才能」（*Ap*, 15）があり、折衷主義の典型であるテニスンの作品にも「繊細で綿密な学識」（*Ap*, 17）が漲っていると語っている。[43]彼の前提からすれば、たしかにそれ以上の説明は不要である。

文学者が学者である所以とは何であろうか。ペイターはこう述べている。

ひとつの言語は、無数の多様な精神と相争う国民の産物であり、曖昧で微細な連想から成っているため、そこには夥しい、しばしば晦渋な独自の法則があるのだが、それを習慣として簡潔に認識していることが学者のあるべき姿である。作家は（略）、そのような法則、つまり語彙や構造といったものの限界を制約と考えるかもしれないが、もしも真の芸術家であれば、そこに好機を見いだすであろう。（略）作家は法則の拘束だけではなく、みずからの言語にある親和的表現や忌避的性質、好みの言いまわしの拘束をも感じるだろうが、これらは文学の歴史におけるさまざまな連結を通じて言語の性質の一部となっており、じつに表現力に富むものとして思いつくかもしれない多くの新造語や多くの破格、多くのジプシーの語句を排除するよう命ずるのである。（*Ap*, 12, 13）

ひとつの言語は雑多な言葉の産物であり、微細な意味や晦渋な文法法則、連結や排除といった傾向をもっているので、学者にしか手に負えない。そして「真の」文学者なら、そのような法則や限られた語彙および構造を「制約」とは考えず、かえって「好機」ととらえるとされる。省略した箇所では、文学者は「言語の差異をたえず抹消しようとする大多数の人びと」やそれに乗ずる「安易な作家」に抵抗すると主張されている（*Ap*, 13）。「ユーフュイズム」とはちがい、引用部の後半で新造語の却下が言明されるのは、ここでは学者に必要な規範的な立場に比重が置かれているためであろう。のちには「破格」が条件つきで容認される箇所が出てくる（*Ap*, 35）。

ダウリングによれば、[44] ペイターのここでの考え方は、彼の文体論における「革命的瞬間」である。当時の科学的言語学は、書き言葉としての英語を「死んだ言語」と見なし、「言語的現実」を「生きている話し言葉」に置いた。これにたいしペイターは、前者の点を認めながらも、最終的には書き言葉としての英語を擁護している。それは、言語の法則性を「文学の歴史におけるさまざまな連結」を通じて形成されると述べていることから見てとれる。

ところで、上の引用の直前には、文体のポリティクスの観点から見のがしえない一節がある。「文学者が仕事に用いる材料は、彫刻家が用いる大理石と同じく、みずから創りだしたものではない」（*Ap*, 12）

という箇所である。この彫刻家と大理石の比喩はコータプの論文にも出ていた。ペイターは同じ比喩を用い、しかも事態を複雑化することで論敵の思慮の浅さを批判しているとみられる。コータプは、「彫刻家が大理石を支配するのと同じように」、ラファエル前派の詩人たちは、自分らが言語を支配しているという信念から「まったく新しい言語の効果を生みだす」ことができると考えているが、これは誤りだと主張していた。というのも、言語は「大理石とはちがって生命のない自然の産物ではなくて、人間に発する、生きている流れ」なので、詩人に自由は無きにひとしいからである（C1, 84）。これにたいしペイターは、コータプの比喩の不適切さを指摘している。すなわち、大理石の比喩は何よりもまず、素材にたいする彫刻家の支配可能性ではなく、その物質的異物性とそれゆえの支配不可能性をこそ意味すべきなのだ。大理石も言語も独自の性質を多くもっており、専門家でない人が簡単に操作できるものではない。専門家であっても未熟なら、素材に翻弄されるだけだ。しかも言語には歴史という要素が加わっているので、その異物感は大理石の比ではない。さらに、文学者に自由は乏しいとコータプは主張しているが、ペイターによれば、言語の性質を熟知した「真の」文学者なら、そこに「制約」ではなく「内面の構想（ヴィジョン）」に対応する表現への「好機」を、したがって自由を見いだすはずなのである。このように、文学者と言語との関係を言語固有の性質から考察するペイターからすれば、コータプの見解は浅薄というしかない。

言語を「生きている川」にたとえるコータプが下す結論は、「その川底は国民の生活」であり、「国民性が主要な水路をつくりだす」というものであった（C1, 84）。これにたいし、折衷主義を原理とするペイターが、ひとつの、しかも均質的な「国民（性）」を「良き芸術（散文）」の生まれる母体とすることはありえない。彼の想定している文学者は、「絵画芸術の術語」も「偉大なドイツの形而上学運動の術語」も「神秘神学の言葉」も、また今後は「科学の語彙」をも取りこむだけでなく（*Ap*, 15）、「触覚や視覚のようにわれわれに身近な精彩あるアングロ・サクソンの短母音の語」と『第二次的意味』に満ちた、深い味わいのある長いラテン系の語」とを混ぜ合わせもする（*Ap*, 16）。こうしてペイターは、第一章で言及したアングロ・サクソン系語彙の優先的使用を主張する保守派の思想を相対化するのである。同時にまた、彼は文学者が硬直した権威からも自由であることを示唆している。すなわち、文学者は人びとの「変化する思想とともに変化せざるをえない要素そのもの」を「拡大するとともに純化する」（*Ap*, 15）という規範的な姿勢を取るとはいえ、「発する言葉の自由を制限するような、もとはたんなる偶然にすぎなかった正用法の権威」であろうとはしないからだ（*Ap*, 16）。

「文体論」には、ある文体が書き手と読者との緊密な関係の構築に貢献するという記述がある。これは「ワーズワース論」における、読者を選別し、かつ誘惑する機能をおびている言葉と響き合う。ペイターは、文学者が「文学的経験の豊富な学者」である読者に訴えることから、前者に「格闘、自制と克己の感覚」が生まれ、それが「感受性の強い読者にたいして、精緻に考えるよう求める効果がある」としている（*Ap*, 13-4）。少しあとにこの点への再度の言及がある。

真に精力的な精神の持主にとって、絶え間のない努力にたいする要求には心地よい刺戟があるものだが、これは著者の意図をより確実に、より親密に把握することで報われる。自制、手段の巧みな節約、克己というものにも独自の美がある。ここで想定している読者にとって、単語を最大限に利

用した、倹約的で緻密な文体には、美的満足感があるだろう。(*Ap*, 17)

第五章で述べるように、「自制」や「克己」は後期のペイターにおいて重要な役割を演じているが、ここでは言葉の「巧みな節約」を行なった「緻密な文体」をあらわす語であることが判明する(このあと省略の重要性が繰り返し力説されてゆく)。この種の文体には「独自の美」があるから、「精力的な読者」は「美的満足感」に刺戟されながら、努力の結果、「書き手の意図」を確実に、親密に把握することになる。ペイターは作家と読者との関係を、同じ学者どうしのあいだに成立する親密なものととらえ、それを媒介する文体に道徳と美の一致を見いだす。これは、唯美主義の文体の特徴を自己満足的な閉鎖性とする保守派の非難への反論とみることができよう。また、読者は書き手の意図を「より確実に、より親密に把握する」のだから、保守派の言う「曖昧さ」の要素が入り込む余地はない。唯美主義の表現が「曖昧」にみえるなら、それは読み手の感受性が貧弱か、読み手が必要な努力を払わないためということになる。

言葉の「巧みな節約」という考え方の意義は、当時を代表する思想家の文体観を引き合いに出すといっそうあきらかとなる。[45] ハーバート・スペンサーは「文体の哲学」(一八五二)のなかで、「読者や聴き手の注意を節約するという重要性」を繰り返し主張している。[46] スペンサーによれば、言語にかんしては「その構成部分が単純であればあるほど、またうまく配列されていればいるほど、生まれる効果は大きくなる」が、反対に「ひとつひとつの文を受けとり理解するのに必要な時間と注意が大きくなればなるほど、ふくまれる思想に向けられる時間と注意は少なくなる」とされる。[47] ここには、言語を「思想にとっての障害物」ととらえる見方がある。[48] スペンサーが「節約」の方法として奨励するのは、ラテン系の語よりも、短くて力強く、またなじみ深いために連想力のあるサクソン系の語の使用である。[49] もっとも結末で彼は、「完璧な才能のある人は、無意識のうちにあらゆる文体を用いて書く」と主張している。その表現方法は思想感情に「自然に」従い、「努力することなく」、「効果の法則」に順応すると述べている。[50] これにたいしペイターは、スペンサーと同じ「節約」という語を「読者の注意」にではなく「言葉」にたいして用いることにより、かえって読者に大きな努力を要求する。先にみたように、ペイターが主張するのは、サクソン系とラテン系の語の双方の適切な使用であった。スペンサーとの決定的な相違は、ペイターが、英語を学問対象として徹底的に意識化することを現代の文学者に求めている点だ。そして何より注目すべきは、彼の「流動する文体」あるいは「遅延の文体」が、「読者の注意の節約」のためにスペンサーが奨励する文章作成法に真っ向から対立することである。スペンサーによれば、修飾語と被修飾語とが離れていたり、同時に記憶しておくべき修飾語句が多かったりすれば、それだけ「知力」が消費され、生まれる効果が減少するから、このような「宙づり状態」は最小限に抑えなくてはならない。[51] こうみると、文体をめぐるペイターの闘争相手は、唯美主義を非難する保守派だけではなく、もっと広い射程をもっていたように推察される。だが、この点についての十分な議論は本書の範囲を超える。

ペイターの語るような学識を現実に獲得している文学者と読者は少数派である。彼らは「選ばれた少数者」であり、いつも文学に「現実世界のある種の野卑からの避難所を求める」(*Ap*, 18)。彼らにとって「リシダス」や『ヘンリー・エズモンド』や「大学の理念」(J・H・ニューマン)などの「完璧な」作品は「いくらか信仰上の『隠れ家』のような効用がある」(Ap, 18)。この「選ばれた少数者」は、「文学にたいしてさまざまな時代に数多くの要求を行なう」(Ap, 17) 人びとと対照をなす。しかし、ここでもこの少数者は特定の専門職や地位とは関係がない。げんに、「選ばれた少数者」には学識者だけではなく、「私心のないあらゆる書物愛好家」がふくまれており、彼らは「繊細な気質の人びと」(Ap, 18) と言い換えられている。ガイの述べるように、ペイターのエリート主義は、当時の専門知を定義づける「正式な学術言語の使用と、合意を得た手続きおよび基準により証拠を補強し確証する必要性」とは相容れない、ほとんど対立するといってよい存在である。[52]

最後に指摘したいのは、『鑑賞批評集』冒頭の「文体論」と同書の最後に置かれた「あとがき」の結尾との呼応である。後者は一八七六年のエッセイ「ロマン主義」に手を加えたものだが、その結尾の加筆部分は「文体論」のいくつかの主張と同じである。ペイターは、現代の文学者にとっての問題は「われわれの経験や知識の歪んだ不均衡な蓄積に秩序をもたらすこと」であり、そのためには「これまでたいてい無意識になされてきたことを意識して行なうこと」、つまり英語を「学者が書くべきやり方で書く」ことが重要だと述べている (Ap, 260)。そして現代は「折衷主義の時代」であるから、個々の作家の評価は「組み合わせる美点の数と、それらを相互に浸透させる力」によると語るのだ (Ap, 261)。このように、ペイターは「あとがき」の結尾で「文体論」の主張を繰り返している。最後の一文には強い非難の言葉が出てくる。彼は、ロマン主義と古典主義を対立的にみる見解を批判し、代わりに「内容に鈍感な愚かさ」や「形式に鈍感な粗野」を示すか否かを分類上の試金石とする見方を提起するのである (Ap, 261)。

一八七六年十一月に出た「ロマン主義」は、「良き芸術はみな盛期にはロマン派であった」(Ap, 255)

とするスタンダールの見解を引いているから、コータプへの反論を意図していたと想定できる。古典主義を賞賛し、ロマン主義とその直系の唯美主義を批判するコータプの「ワーズワースとグレイ」が発表されたのは同じ年の一月であった。ただ、「ロマン主義」には文体にかんする記述は皆無に近い。ペイターはこのエッセイを改題して『鑑賞批評集』に収録するさい、「文体論」の主張を結尾に書き加えたのである。それは、文体をめぐる保守派との闘争をいっそう明瞭に打ちだすためであったと思われる。「愚かさ」や「粗野」といった強い非難の言葉はそれを端的にあらわすものである。

コータプは書評のなかで、ペイターのフローベール評価にかんしては異論を提出しながらも、「文体論」の主張については「しばしば正当で適切である」と述べている。(53) これは論敵の発言としては意外な感があるが、「文体論」の学問的性質に目を奪われるあまり、その戦闘的性質を見のがしてしまったのかもしれない。

# 第四章 「結語」から『享楽主義者マリウス』へ――文体の戦略

## 一

ペイターは、『ルネサンス』第三版（一八八八）で復活させた「結語」の注で、ここに提示した思想は『マリウス』のなかで「もっと十分に扱っておいた」と述べている（*R*, 186）。その箇所は、第八章「さまよえる小さな魂」と第九章「新キレネ主義」にほかならない。これらの章では、フレイヴィアンの死を契機として肉体と魂の関係にかんする思想を研究するようになったマリウスが、「万物流転」を説くヘラクレイトスと、美による瞬間の充実を実践するキレネ学派の創始者アリスティッポスへの共感を通じ、みずからこの系譜につらなろうとするさまが描かれている。のちにマリウスは、マルクス・アウレリウス帝の家庭教師であり友人でもあるコルネリウス・フロントーの講演を聴いたことにより、キレネ主義に反省の目を向け、昔の道徳や宗教をいたずらに拒否せずに受け容れる姿勢を選ぶようになる。これは

第十六章「再考」で展開される。マリウスの「再考」にペイターの姿勢を重ねるなら、彼は「結語」の思想の未熟さあるいは狭隘さを認め、それを批判した保守派への一定の譲歩または妥協を行なっていることになる。しかし、上記のふたつの章で「結語」の思想を「もっと十分に扱っておいた」というペイターの言葉ははたして正しいのか。両者を比較検討すると、文体のポリティクスの観点から興味ぶかい事柄がみえてくる。

これまで「結語」と『マリウス』のふたつの章を綿密に比較しているのはインマンだけである。彼女によれば[1]、「流動、認識の主観性、快楽主義の価値観の合理性」という思想内容の点で後者は前者の忠実な再現であるが[2]、文体が異なる。前者は、鮮明なイメージや感情に訴える語句の使用、動詞と目的語の近接、単文と重文の多用、主語としての一人称複数形の提示などにより、読者を引きこむ直接的なメッセージを打ちだしている。これにたいし後者は、鮮明なイメージや比喩の欠如と抽象名詞の多用、統語上の挿入と複文の頻出により、読解を困難にしている。インマンによると、この文体の相違はそれぞれの発表媒体におけるペイターの姿勢の差に由来する。「結語」は「ウィリアム・モリスの詩」（一八六八）の最終部分を独立させたものだが、ペイターはもとのエッセイでは、モリスの詩を「いかなる哲学的、道徳的、社会的メッセージも提供しないために」快く思わないにちがいない『ウェストミンスター・レヴュー』誌の読者に向けて論争的な姿勢を取り、他方『マリウス』においては「学者的、批判的、道徳的な読者」にたいし自己弁明を行なっていると彼女は指摘する[3]。

両者の文体の特徴はインマンの詳細な分析のとおりである。本書の第三章（一）で「ワーズワース論」を取上げたさい、そのエッセイには「結語」で目立つ動作動詞が希薄であることを指摘したが、インマンはこれを『マリウス』の当該の章の特徴として論じている。しかしながら、思想内容はほんとうに同一であろうか。また、抽象度あるいは具体性の落差は思想内容と無関係と言えるだろうか。『マリウス』の文体の抽象度の高さ、つまり晦渋さが「学者的」読者だけを想定したことによるとは思えない。「結語」が非難を呼んだ理由のひとつに具体性と鮮烈な比喩とがあったとすれば、ペイターはそれを避けたかったのではないか。『マリウス』のふたつの章の文体が「読者の集中力」を阻害し、すみやかな理解を忌避しようとする傾向すらあるのは[4]、それが「学者的」であると同時に、ペイターに「共感的な」読者だけを対象としているからであり、文体の晦渋さはその選別の実践なのではなかろうか。本章では、「結語」の思想と『マリウス』の上記ふたつの章および第十六章とを比較検討することで、「結語」の注の言葉と小説に仕掛けられた戦略について考察する。

## 二

「結語」の冒頭ふたつの段落で語られるのは、エピグラフとして掲げられたヘラクレイトスの「万物流転」説の現代版である。議論の都合上、所どころ原文の表現を付して簡単に振り返っておく。——事物とその原理を変転きわまりなき様態と考えることが現代思想の傾向である。われわれの物質生活を考えると、それは諸元素のたえざる運動であり、科学はこれをさらに「基礎的な力」(elementary forces) に還元している。われわれの生とは、各自の道を行く力が一瞬ごとに更新される集合にすぎないという「焔のごとき」(flame-like) 性質をもっている (*R*, 187)。次に内面世界を考えてみると、焔はいっそう烈しく「焼きつくす」（devouring）ようであり、「中流の早瀬」（the race of the mid-stream）にひとしい（*R*, 187）。一見すると、われわれは日常、氾濫する外的事物に圧倒され、無数の活動形態へと駆り立てられているようにみえる。が、思考の作用を受けると、そうした鋭く執拗な力をもつ事物は雲散霧消してしまう。つまり、どの対象も観察者の精神のなかで色や匂いや肌理といった一群の印象になって消えてしまうのだ。言語によって「固定性」（solidity）を付与された事物ではなくて、この変転きわまりなき不安定な印象の世界を突きつめていくと、観察の全領域は「個人の精神の狭い部屋」（the narrow chamber of the individual mind）に縮小する（*R*, 187）。経験は「個性という厚い壁」（that thick wall of personality）に囲まれたままで、主体相互のコミュニケーションは成立しない（*R*, 187）。どの印象も孤立した個人の印象であって「個々の精神は孤独な囚人として世界にかんする己の夢を見つづけている」（each mind keeping as a solitary prisoner its own dream of a world）（*R*, 188）。印象は「たえず飛び去って行き」（in perpetual flight）、ただ一瞬しか存在せず、把握しようとすると消えてしまう（*R*, 188）。われわれの生の現実的なものは、過ぎ去った印象の「つかの間の」（fleeting）痕跡をかすかにとどめた「ひとつの鋭い印象」（a single sharp impression）へと縮小する（*R*, 188）。この分析の終結点は「われわれ自身のたえざる消失」、「奇妙にも、われわれ自身が果てしなく織り成され解きほどかれるさま」である（*R*, 188）。

　ここまでの思想は次の三点に要約できるだろう。ひとつは「自己の外と内なる世界双方の果てしなき流動」であり、もうひとつは「主体の孤立と主体間のコミュニケーション不全」、そして最後は、もっとも過激な「安定した主体という概念の解体」である（三点を示す括弧内の表現は論者による）。また、言語は流動する印象をとらえられず、仮にとらえてもそれを他者にそのままのかたちでは伝達できないとの見方にもあらためて注目しておきたい。

第三段落では、前半の認識論を後半の実践論へと転じる問いが提示される。哲学の役割は「たえざる熱心な観察」(*R*, 188) へと精神を刺戟することにある。ある瞬間に、その瞬間にだけ、なまなましく魅力的になるものがある。われわれの生命には「限られた数の脈動」しかあたえられていないから、「どうすれば点から点へともっともすばやく移動し、最大の生命力がそのもっとも純粋なエネルギーをもって融合する焦点にたえず存在できるのか」が問題となる (*R*, 188)。

『マリウス』において、「結語」前半の認識論に相当するのは「さまよえる小さな魂」の以下の部分である。ヘラクレイトスの「流転の教義」によると、事物とわれわれの意識は「焼きつくす焔」(devouring flame) または「中流の早瀬」(the race of water in the mid-stream) のようにあまりに迅速に変化するので、真の認識は不可能である (*ME*, I:131)。これは先の思想の一点目である「自己の外と内なる世界双方の果てしなき流動」を語っている。そしてマリウスは、内部の生き生きとした印象の世界と「向上しない、高められることのない周囲の人びとの現実生活」(*ME*, I:133) との乖離、さらにはわれわれが外部世界を認識するさいの「欠陥」の可能性、つまり「認識の主観性と呼ばれるものの教義」(*ME*, I:137) を受け容れる。こうして「個人が彼にとって万物の基準」(*ME*, I:133) となる。「われわれはみな真に固有の個性をもっているので」(each one of a personality really unique)、他者の感情を真に知ることはできないし、同じ言葉をどれほど同じ意味で用いているのかもわからない。これは二点目の「主体の孤立と主体間のコミュニケーション不全」に相当する考えといってよい。「結語」と同じく言語への不信についても語られている。すなわち、確実性の根拠として持ちだされる「共通経験」(“common experience”) とは「言語という固定したもの」(a fixity of language)にすぎない(*ME*, I:138)。(5) 以上、「結語」前半における認識論の二点が『マリウス』第八章で再現されていることを確認した。ただし、安定した主体という概念を解体し、それを印象の瞬間的な離合集散の場ととらえる見方はしるされていない。

「結語」の第三段落に対応するのは以下の箇所である。哲学の価値はただ「精神の書板」から「亡霊のような過去の印象」や「誤った認識」を一掃することである(*ME*, I:141)。ここから引き出される「実践上の理想」が、「結語」の、「硬い宝石のような焔」からはじまる後半に相当する。

快楽ではなく生の全般的な完成こそ、この反形而上学的形而上学が真に指し示す実践的な理想であった。このように充実し、また完成した生、多様でありながら選ばれた感覚からなる生にむけて、何よりも直接的で効果的な補助手段は、ひとことで言えば、洞察にちがいない。魂の自由、われわれの経験のなかのある要素を犠牲にして別の要素を際立たせるにすぎない、偏っており過っているすべての教義からの解放、過去への悔恨と将来への打算の両方から生じるすべての当惑からの解放。これは教育の真のなりわいにとって予備的なものにすぎないだろう——すなわちそれは洞察、われわれが存在しているごく短いあいだ、現在という瞬間がわれわれのために保管しているすべてのものを、教養を通じて洞察することである。生の目的としての生という行動原理から、実践的帰結として導き出されたのは、内的および外的直観のあらゆる道具を洗練すること、あらゆる能力を発展させ、そこで自分自身を試し訓練することの望ましさであったが、やがてわれわれの性質全体は、世にあるわれわれの現実体験にかんする洞察——われわれがもしほんとうにそれを望むのであれば

「至福にみちた洞察」——のための、ひとつの複雑な受容媒体となるにいたる。(*ME*, I: 142-3)

この哲学のめざすところは「快楽」ではなく「生の完成」、すなわち「多様でありながら選ばれた感覚からなる生」であり、その手段は「現在という瞬間がわれわれのために保管しているすべてのもの」への「教養」による「洞察」だという。この一節は、さらなる記述の具体化がないかぎり、あまりに抽象的すぎると言わざるをえないだろう。インマンは、教養が現在の瞬間への「洞察」をあたえてくれるというのは「結語」の思想——「哲学と宗教それに教養の、人間精神にたいする貢献は、それを刺戟して、鋭く熱烈な観察をさせることである」——の敷衍だとする。[6] なるほど、「洞察」は「結語」の第三段落に出てくるとはいえ、それはあらゆる瞬間に完璧なものとなる例として「情熱」や「知的興奮」とともに並べられていたにすぎない。[7] 一方、ここでは他のふたつの情動語が消されて「洞察」だけが単独であらわれ、しかも大文字表記で強調されている。両者の意味合いを同一と考えることはできない。

次章「新キレネ主義」においては、アリスティッポスへのマリウスの共鳴にそくしたかたちで、直前の章の認識論と実践論とが反復されている。認識論から実践論への転換をなす箇所は以下のとおりである。もしわれわれの経験のなかで確実なものは、ただ現在の瞬間という「鋭い尖端」(sharp apex) でしかなく、現実的なものは顔や声や陽光といった「一連のつかの間の印象」(a series of fleeting impressions) にすぎないならば、またわれわれが「個性という密閉された部屋の壁」(the walls of the closely shut cell of one's own personality) の外に出て行けず、外部の世界について抱く観念が「白日夢」(day-dream) にすぎないならば、「どうすれば巧みな能力の鍛錬によって、過ぎ行く瞬間に最大のものを生みだすことができるのか」

(how such moments as they passed might be made to yield their utmost)。現在の経験の一歩先にあるものについての形而上学的疑念にさらされながら、「いまここにあるものを可能なかぎり利用するにはどうすればよいのか」(*ME*, I:146)。この箇所は、物質世界の流動への言及以外は、先の認識論を反復している。

上記ふたつの章を「結語」と比較すると、文体の相違はともかく、焔、早瀬、壁、夢といった比喩をふたたび用いることで、印象の流動および主体の孤立と相互のコミュニケーション不全を再現することに成功していると言えるかもしれない。けれども、先にふれたように、主体を印象の瞬間的な生成と解体の場ととらえる「結語」の考察は『マリウス』には出てこない。つまり、もっとも過激な思想は削除されているのである。

では、実践論はこの章でどのように語られているのか。

このために彼が要求したいのは教養(略)、換言すれば、広く完全な教育であったが、この教育というのは、人の能力の真の限界を確定するものとしてなかば否定的であるとはいえ、ほとんどは肯定的であって、とくに受容能力の拡大および洗練に向けられる。とりわけ、つかの間の現象に直接かかわる力である、感情と感覚の能力の拡大と洗練である。このような教育はいまなら「美的」教育と呼ばれようし、またたしかに感覚を通じて喜びをあたえるものの側面に大いに専念するものであるから、ここではもちろん、洗練されたあらゆる文学をふくむ芸術が、大きな役割を果たすであろう。(略)想像力の産物は、それじたいもっとも完璧な生のかたちを提供すると見なすべきである——そのかたちとは、ともにもっとも純粋で、もっとも完璧な条件にある精神と物質であり、情熱的な観照の適格きわまりない対象のことだが、この観照こそは、最高の種類の道徳や宗教と同じく、知的鍛錬の世界において「完璧な人びと」の本質的な役割であると見なさねばならない。(略)このように、真の美的教育は、観照的生活のあらたな形態であり、固有の「至福にみちた洞察」——完璧な人びとや事物の洞察——にその主張の基礎を置くものとして実現可能となるであろう。

(*ME*, I: 147-8)

マリウスが求める「教養」は「感情と感覚の力」という「受容能力の拡大と洗練」であり、これは「美的教育」、さらに「観照的生活」と言い換えられている。芸術は「完璧なかたち」の提示によりこれに貢献する。「美的教育」の最終目的は「完璧な人びとや事物の洞察」だという。ここでも「結語」にあった「エネルギー」が消え、「力」が「受容」と結びついている。他方、抽象的な語句が具体化をともなわずに用いられている。認識論では「結語」の語句が多用されていたから、実践論におけるこの変化は意図的なものであろう。これに見合うように、「結語」に列挙されていた「手や顔」、「丘や海の色調」、「情熱や洞察や知的興奮」という雑多なものが消去され、代わりに芸術の特権的な役割が強調されている。だがそのときの表現は、「結語」のそれにくらべ、[8]きわめて抑制的である——芸術は「大きな役割を果たすであろう」し、真の美的教育は「実現可能となるであろう」と、いずれも控えめな推量をあらわす助動詞(would)を用いて語られるのだから。内容面にかんしては、芸術による受容能力の育成が「完璧な人間やものの洞察」を準備するという点は「結語」にしるされていなかった。また注目すべきことに、引用後半の省略部分でペイターは、のちの「再考」への移行をすでに暗示している。すなわち、マリウスの「観照的生活」について、それは「一種の宗教とすら――それじたい『うるわしく心地よい』日々をいまここで過ごそうとする努力のために、内面的、想像的、神秘的な信仰あるいは宗教とすら、見えるようになるかもしれない」（*ME*, I:148）と、ここでも控えめな推量を示す助動詞（might）とともに語っているのである。

ところが意外なことに、マリウスの新キレネ主義は、高度な抽象性と微温的とも思える特質にもかかわらず、「結語」と同様に道徳的な非難を巻き起こしたとの設定がなされている。この「美の哲学」は「熱烈な経験の具現化の要求」を「公認道徳の要求」よりも評価し、「道徳律廃棄論をとなえ」、「ときには現実の道徳的秩序の限界を踏みこえていく」（*ME*, I:149-50）と言うのである。この哲学を「快楽主義」と呼んで非難する知人すらいたとされている。これはもちろん、『ルネサンス』への非難を暗示したものである。[9] ペイターはその呼称を粗雑であり不当であるとする。

> マリウスの血もこころもいまだに清らかであった。入念に考慮した実践理論に励まされ（略）自分に向いているようにみえる学究としての仕事に打ちこむ気でいることが自分でわかっていた。とはいえ、知人のなかには、彼が「享楽主義の悪の巣」により、快楽を（略）生の唯一の原動力としているという結論に飛躍する者がいた。彼らは、事態を仰々しい一般語で覆うことにより正確に評価しようとはせず、むしろその語の漠然とした性質のおかげで、この厳格で刻苦精励の若者を卑しくも遊女とたわむれていると見なすことができるのであった。「快楽主義」のような言葉は（略）「論点を巧みに回避する語」の最悪の例であった（略）。快楽哲学をあらわすためにそのギリシャ語由

来の非難の言葉を用いる人びとは、古のギリシャ人自身に劣らず、すこぶる注意ぶかく正確な倫理的結論にいたることはまったくなさそうであったが、というのはそこでの論法は一般的な語からはじまるもので、しかもその語は葡萄酒や愛、芸術や学問、宗教的熱狂や政治的企て、長期間の真面目な研究に満足する趣味や好奇心といった、いかなるものの快楽をも意味しうる包括的なものであったからだ。

(*ME*, I: 150-1)

「快楽主義」は意味するところがひろく曖昧であって、酒と愛の快楽も学問芸術の快楽も宗教的熱狂や政治的企ての快楽も意味しうる。ある者はこの曖昧さを利用して、心身ともに汚れのない学究の徒マリウスを高級売春婦と交わる卑俗な者たちと同一視するという勝手な意味づけを行なったと述べられている。ここでは非難の内実の方が具体的である。このような見方が悪意に発するのか、それともそれを誘発する言動がマリウスに多少ともあったのかについては何も語られていない。引用にはマリウスが「厳格で刻苦精励の若者」とあるから、彼が学問芸術の追求から生まれる「快楽」と無縁であるはずはなかろう。だが、ペイターはあたかも「快楽」という語がひとり歩きするのを恐れてでもいるかのように、立ち入った記述を回避している。代わりに主張されるのが「快楽ではなく、生の充実と『洞察』」の重要性であった。しかし、これらの言葉についても具体的な説明を見ることなく、抽象的なレベルにとどまっている。小説としては少なからず不満が残る。

このような具体化の回避は、しかしながら、ある意味でペイターの戦略を反映してもいる。というのも、彼は「思想の受容は気質による」との見解をふたつの章で提示しているからである。第八章では、

「形而上学の定式を受容するさい、その現実的最終的結果については、すべてはそれが入りこむ人間性というあらかじめ存在する土壌の質によって決まる」(*ME*, I:135-6)と語られている。第九章には、「食べて飲もう、明日は死ぬのだから[10]」という一節の解釈は「食卓につく客の生来の趣味と後天的な判断力」によって千差万別だとする箇所がある(*ME*, I:145)。これらがともに示すのは、ペイターが読者に「快楽主義」や「快楽」といった言葉の解釈をゆだね、それにより各自の気質的傾向を問うていることである。ある読者がマリウスの哲学と実践を俗悪な意味での「快楽主義」と同一視するなら、それはみずからの気質的傾向を暴露しているにすぎないということになる。

「結語」と『マリウス』のふたつの章における相違点として最後に指摘しておきたいのは、これまで何度かふれた時間的視野の拡大という点である。なるほど、後者にも「生の短さ」への言及はあるものの、切迫感は緩和されている。第九章冒頭にある「食べて飲もう、明日は死ぬのだから」という一節は、解釈の多様性を説明するために引かれており、生の短さの表現としてではない。これに代わって反復される「すべては空虚」(*ME*, I:136, 144)、「ものは影にすぎない」(*ME*, I:135)、「われわれの日々は影にすぎない」(*ME*, I:137)などの言葉は、印象の流動と「認識の主観性」をあらわすものとして提示されている。ここでは「結語」の第三段落以後で繰り返される「生の短さ」への切迫感は希薄である。これは「再考」の章においても確認されることになる。

マリウス自身、過ぎゆく現在を一歩こえた視線を内在化させている。彼は、「現在の行為における主要な経済の問題は、来年の今日それがどう見え、どう評価されるかという問いである」と考えるのだから(*ME*, I:154)。同時に「彼の一種の矛盾」として、次の願望がしるされている。

たとえ完璧な表現の断片のなかにすぎないとしても、もしできるなら、割り当てられた時間を少し超えて、創造し、生きること――こうして、「不断の流動」のただなかにあって固守すべきものへの彼の希求の念が明確になった。

(*ME*, I: 154-5)

「結語」が生の短さと瞬間の輝きへの執着を表現していたのにたいし、ここでは未来から現在を眺める視線と、執筆を「不断の流動」に対抗する手段にしようという意欲とがしるされている。この発想は「結語」にはなかったものだ。図式化すれば、「結語」では、いかに最大の生命力を受容し消費するかが問題になっていたのにたいし、ここでは「書くこと」すなわち生産や創造への方向性が示されている。死の意識に駆り立てられたエネルギーの瞬間的燃焼から、後世に残すべきものにたいする配慮への焦点の変化がしるされているのである。すなわち、「結語」と上記の章とでは、みたところ同じ問題意識を共有しながら、提出された解答にはあきらかな差異が生じているのだ。両者の文体の差異は、こうした時間意識の差に対応していると言えるだろう。『マリウス』の文体は、認知の終結という「死」をできるだけ引き延ばそうとしているのである。

以上の検討からすると、「結語」と『マリウス』におけるふたつの章の関係はかなり錯綜している。「結語」前半部の印象流動論と独我論は、主体を印象の離合集散の場とする過激な見方を別にすれば、後者においてほぼ忠実に再現されている。が、後半部の実践論では、表現の面では極度の抽象化がほどこされ、時間意識は拡大し、「生の短さ」あるいは死への切迫感は希薄になっている。マリウスの新キレネ主義は一種の宗教であるとされ、のちの「再考」における妥協的姿勢が示唆されてもいる。それにもかかわらず、ペイターはマリウスの実践哲学を宗教や道徳と対立しかねず、人びとの非難を惹起した思想としている。つまり、「結語」が受けた非難をそのまま反映させているのである。

このペイターの改変はきわめて戦略的である。マリウスの新キレネ主義（「結語」の思想）の実践的指針を抽象的表現にとどめておくことにより、彼はその思想を不道徳とか反社会的とか非難する者こそが自己の「快楽」観念に束縛されていると反論することができる。また、「結語」の思想の急進性を緩和させながらも、それにたいする非難があることを書きしるすことにより、『マリウス』の読者にはもちろん、『ルネサンス』初版の読者、とりわけ「結語」の思想に共感した読者にも、そうした非難の不当性を印象づけることができるのだ。こうみると、『マリウス』において「結語」の思想を「もっと十分に扱っておいた」とする「結語」の注そのものが、戦略的な意図に裏づけられていることが判明するのである。

## 三

ペイターは、第九章「新キレネ主義」の実践論で「結語」の思想を穏和化しているにもかかわらず、第十六章「再考」ではマリウスに自己の思想への反省を行なわせ、宗教や道徳への譲歩を行なわせている。その論理はどのようなものなのか。ペイターは冒頭で、マリウスのキレネ主義を「得失の理論」とし、もしもこの哲学が、「ほかの実践理論がふくむことのできることを見のがし」、「不要な犠牲をはらっていたとすれば」、それは「自己矛盾をきたし、理論的な完全性に欠けているにちがいない」と指摘する（*ME*, II:15）。これが「再考」の根幹をなす論理である。この点はしばらくあとにまた出てくるが、それまではキレネ主義の、青年期に特有な思想という特徴から生まれる長所と短所が語られてゆく。そこには「結語」批判への切り返しが見てとれる。ただそれは、ここではいくらかの苦渋をともなっているようにみえる。

アウレリウス帝の友人で家庭教師のフロントーの講演に刺戟を受けたマリウスは、みずからのキレネ主義哲学の妥当性を見直す。そのさいペイターは主人公の内面を離れて、後世の哲学史家の視点に立ってその特徴をこう総括している。すなわち、「キレネ主義はつねに若者に特徴的な哲学であって、熱狂的だが狭い研究態度を示し――誠実だが一面的または狂信的にすらなりがちである。それは経験の一側面の真実の、狭いからこそ生き生きとした認識（この場合、世界の美しさと人間の生の短さの認識）にもとづく主観的で一面的な理想のひとつであって、これをあらわすのが若者の特別な使命だといってよかろう」（*ME*, II:15）。こうして、キレネ主義は青年期に特有な長所と短所とをかねそなえた思想とされる。その「もっとも心地よく、もっとも快活ではあるがもっとも賢明なかたち」が「ヨーロッパ思想の青年期」たる「新鮮なギリシャ世界のキレネ学派」にみられるのだが、それは「ほとんどあらゆる若者」のなかで「しばし若々しく蘇る」（*ME*, II:15）。

ペイターがキレネ主義哲学を若者のそれに特化する理由は、『新しい国家』のローズに典型的な、衰弱した快楽主義者という、みずからにまつわるイメージを払拭するためだと思われる。ペイターはマリウスのキレネ主義を「倦んだ享楽主義者」の思想ではなく、「思想と感情がもっとも生き生きとした頑健な若者」のそれであると力説する（*ME*, II:16）。「倦んだ享楽主義者」の場合、思想は「誠実」にも「熱狂」にもなりえないと言うのである（*ME*, II:15）。これに先立つ冒頭の段落では、まるでローズを否定すべく呼び出そうとしているかのように薔薇の比喩が用いられており、[11] さらに段落の末尾では、マリウスの時代と現代とが「多くの共通点」をもっているために、この二世紀ローマの若者から「彼の現代における後継者」へと記述が移っているようにみえても容赦してほしいとの一節が示唆的に書きそえられている（*ME*, II:14）。「後継者」の名は言及されていない。「結語」を書いたころのペイター自身、そのひとりだろう。マリウスのような享楽主義者への誤解は歴史的に反復される——つまり、キレネ主義とそれに重ね合わせた「結語」を若者に特有の思想であり歴史的に繰り返し登場するものと見なすことにより、特定の個人への批判をいくらか緩和しようというのがここでのペイターの戦略のひとつである。

ペイターはまた、キレネ主義が若者に特有の哲学であるというところにその「しかるべき処方箋」があると指摘する。それは「他を排除したり、肯定するよりも否定したりする」ためにどうしても不満を引き起こすから、「何かより大きな制度の補助的な影響力」を受けて、そこに「しかるべき場所を見いだす」（*M*, II:19）必要があると言うのである。このあとは次のようにつづいている。

「疾風怒濤」と呼ばれる精神のあり方、半面の真実の熱狂的で固有の認識——若者の場合、真実への強い愛着はこれを情熱的に、またいわば「預言的に」支持するところに——いちどに巨大な円周のただ一点だけを認識することに——具現化することがよくあるものだが、このあり方はのちに、歴史にあるように個人の場合でも、われわれの性質の成熟した知恵だけでなく、弱さやたんなる疲労によっても、無事に落着してゆく。なるほど、よく言われるように、真実は「全体に」――こうした調和や調整に――あるとはいえ、その固有の認識に、この意味での「全体」のなかで十分な価値がいまだにあるのは、あの青年期の、認識への一面的ではあるが熱烈な没入のためであろう。

(*ME*, II: 19)

青年期の「熱狂的で固有の認識」は「成熟した知恵だけではなく、弱さやたんなる疲労」によって「無事に落着してゆく」。つまるところ、キレネ主義は人の自然な成長過程のうちにいつしかその急進性を緩和し、より「大きな制度」のなかに包摂されていく、というのがここで述べられていることである。そこには他の思想との烈しい衝突や葛藤、あるいは想定外のあらたな展開といったものは視野の外にある。「弱さとたんなる疲労」という表現は、思想的成長にともなう否定的要素すら示唆している。第二文ではより明確に、真実の全体性以上に「青年期の、認識への一面的だが熱烈な没入」の価値が語られている。ペイターはキレネ主義の限界を語りつつ、しかしその肯定面を評価することを忘れないのである。いやそれどころか、彼がほんとうに書きたいのはじつは後者ではないかとさえ思わせる記述がこのあとにつづいてゆく。

ところで、モンズマンは引用の第一文について「もっとも『ペイター的』」と述べている。[12] それ以上の説明はないが、度重なる語句の挿入により読解を阻害する「遅延の文体」の典型例と言いたいのであろう。そのとおりではあるが、しかしそれを言うなら、初版にはこれよりはるかに「ペイター的」な文、その極北ともいうべき例が出てくる。キレネ主義を「異端説」としたあと、その意義一般を語るくだりである。説明の都合上、以下に原文と日本語訳とを示す。

And the drift of the evolution of morals has certainly been to allow those theories, which, as I have said, may easily become heresies; theories which have, from time to time, expressed the finer, or the bolder, apprehensions of peculiar spirits—Bentham, Shelley, Carlyle, the old or the new Cyrenaics—theories, the motive of which is to bring special elements, or neglected elements it may be, of our common moral effort, into prominence, by explaining them in unusual terms, or in the terms of some non-moral interest in human life, so much influence, but only so much, as they can exercise, in proportion with that system or organization of moral ideas, which, in Christian lands, are the common property of human society. And the moral development of the individual may well follow the tendency of that larger current, and permit its flights and heats, its *élans*, as the French say, only so much freedom of play as may be consistent with full sympathy with, and a full practical assent to, the moral preferences of that "great majority," which exercises the authority of humanity; and is actually a vast force all around us. Harmonised, reduced to its true function, in this way, Cyrenaicism, old or new, with its ardent pursuit of beauty, might become, as I said, at the least a very salutary corrective, in a generation which has certainly not over-valued the æsthetic side of its duties, or even of its pleasures.... and it is in this way that Cyrenaicism, with its worship of beauty—of the body—of physical beauty—might perform its legitimate moral function, as a "counsel of perfection," for the few. (Underlines added)[13]

道徳の進化の方向は、先に述べたように、容易に異端説になるような理論にたいしてある許容を行なうことであったのはまちがいない。（ところでこの理論は、ときには特異な精神の持主――ベンサム、シェリー、カーライル、新旧のキレネ主義者――のすぐれた、あるいは大胆な認識をあらわすものであり、その動機は、われわれに共通する道徳的努力のうちの特別な要素、おそらく軽視された認識だろうが、それを独特な言葉で、つまり人間生活にたいする非道徳的な関心という観点から説明することによって際立たせることである。）つまり、キリスト教国において人間社会の共通財産となっている道徳観念の体系や組織と調和するかたちでその理論がおよぼすことのできる影響力、ただそのかぎりでの影響力にすぎないが、それを許容することであった。そのため個人の道徳的発展が、その大きな流れの傾向に従い、みずからの高揚と熱、フランス人が「飛躍」と呼ぶものに、ほんの限られた意味での自由なはたらきしか認めないことであるのは無理もないが、このはたらきは、人間一般としての権力をふるい、現実にわれわれの周囲で巨大な力となっている「大多数者」の道徳的嗜好に完全に共感し、かつ実際上も完全に賛成できるかぎりで許されるものである。このように調和され、真のはたらきに還元されるなら、熱狂的な美の追求を行なう新旧のキレネ主義は、先に述べたように、一般理論のなかで少なくともきわめて健全な矯正手段になるかもしれない、というのもそうした一般理論は、キレネ主義の任務の、いや喜びの美的側面すら、大いに評価したということがないからである。

異様に長い第一文では、動詞“allow”の直接目的語“so much influence”は動詞から遠く離れた位置に置かれている。そのあいだに間接目的語“theories”が三回あらわれ、そのたびごとに関係代名詞節により修飾され、情報が付加されるが、修飾語句がしだいに多く長くなり読解への負荷が増していくにつれて、当の動詞と直接目的語とのつながりは薄れてしまう。しかも目的語がついに書かれたあとも、その意味を限定する説明がつづき、全体はなかなか落着しない。読解にかなりの忍耐を要するこの文は、読者を選別するはたらきをする。言い換えると、このあとでキレネ主義のより明瞭な肯定を行なうために設けられた試金石なのだ。つづく文のうち三つは、述部に控えめな表現（下線部）を装いながら、一般道徳との齟齬を招来しないかぎりでの「飛躍や高揚」を肯定し、「義務の美的側面」を重視しない時代においてキレネ主義が「すこぶる健全な矯正薬」として作用し、「少数者のために」道徳的な役割を果たすことを主張してゆく。ペイターがこの箇所を第三版で削除した理由のひとつは、チャンドラーの指摘にあるように「著者個人による介入と哲学的正当化」の特徴が顕著だからかもしれない[14]。その削除によりペイターの基本的な姿勢が変わることはないとしても、キレネ主義の評価にまつわる苦渋の痕跡、あるいは偽装の努力がより明瞭にうかがえるのは初版の方である。

話を元にもどす。先の引用（*ME*, II: 19）につづく箇所では、キレネ主義からその反社会性を抹消するためであるかのように、それと犬儒（キニク）学派との親近性が語られている。すなわち、それらは一見対立しているようにみえるものの、それぞれの「もっとも高貴な精神」にあっては「抑制」や「脱俗」を体現している点で共通しており、キレネ主義は「古くからの、または伝統的な道徳」に接近すると主張されている（*ME*, II:20-1）。キレネ主義は旧道徳に対立しているのではなく、その「ひとつの特別な動機の強調」にすぎないとペイターは示唆しているのである（*ME*, II:21）。

こうしてキレネ主義の道徳性が語られたのち、章の冒頭でふれられた功利主義的な視点に焦点が当てられる。それにより判明するのは、ここにも葛藤や断続ではなく、拡大や連続性の論理がつらぬかれていることである。キーワードとなる「経済」は、「新キレネ主義」において、「現在の行為における主要な経済の問題」は未来の視線を繰り込むことだとするマリウスの考えにあらわれていた。なるほど、「結語」においても、過ぎゆく現在を「最大限に利用するにはどうすればよいか」という問いや、経験の「犠牲」を強いる哲学思想への拒否に同様の発想は出ていた。ただしそこでは、生の短さに駆り立てられるあまり、内省や「再考」の余裕は想定されていなかった——「われわれが見たり触れたりするものについて理論をつくる時間はない」（*R*, 189）。この「束縛し、制限し、高くつく」（*ME*, II:21）あり方を、マリウスは同じ「経済」の視点から「再考」するのである。問題はここにある。

『マリウス』を書評したハンフリー・ウォード夫人は、「再考」の視点を「大きな知的弱点」と批判し、将来「ある種の人びと」には「異常な魅力」となるが、伝統的な宗教の側からすれば「信仰への裏切り」として反感を買うだろうと述べている。[15] というのは、ここで示されるのはもっぱら宗教や道徳の美的な「効用」であり、それらの内在的で固有の価値の尊重ではないからである。「自然な大きな力」で成長し「多くの世代にわたって大きな意味をもっていた」ギリシャの宗教にキレネ哲学が反発したことは「無数の共感」を犠牲にしたにひとしく、その点で彼らは「過てる経済学者」であったとマリウスは考える。それはよい。けれどもそのあとに来るのは、宗教の「大きな意味」の啓示やあらたな解釈による興奮を語る記述ではなく、ギリシャの宗教は「哲学的懐疑論者にとっても効用があったであろうと思われる」というつつましい一文だけである（*ME*, II: 22）。これは読者の予想を覆さずにはおかない。ギリシャの道徳についてはもっと率直に「美しい」とされている。マリウスはそれを「かき乱したくない調和、音楽」という比喩に転じ、「生全体をたいへん優雅に包んでいる魅力的な慣習のなかの、精選された作法の美しい秩序を目にすれば、美的感覚だけを取上げても、それは正当な満足感をおぼえたであろう」とつづけるのである（*ME*, II:23）。ペイターの総括的な言葉によれば、マリウスにとって「外部にある、感情と思想の由緒正しい制度」は「実践の変化というよりも共感の変化――共感のあらたな出発であり拡大を明確にした」のである（*ME*, II:27）。もちろんそれは、セシリアを中心とする初期キリスト教の共同体に具現化される「共感」とそれにたいするマリウスの「共感」につながってゆく。しかし、保守派の読者が期待するのは、伝統的な宗教や道徳へのマリウスの譲歩の具体的な記述であろう。これは見事なまでに欠落している。上の「共感の変化」にかんする記述のあとには「自分の自由を少し切り詰める」必要性が語られており、保守派の期待を刺戟するが、次の瞬間、譲歩の対象は「きわめて多くのすぐれた人びと」の実際的な「作法、卓越した点」であるとされ、その「権威」は「学者の忠誠心を規定するものとしての、微妙ではあるが現実的な影響力」をもつ「古典的な趣味」に比せられる（*ME*, II:27）。つまり、この「制度」や「権威」は既存の、また特定の社会集団に帰せられるようなものではないのだ。ペイターはそれを「人間生活」や「法律、言語、習慣化してしまった礼儀作法」のなかに浸透しているものの、「いくらかは実現されていない理想であるとまだ感じられる」とも述べており（*ME*, II:27）、「制度」や「権威」の実在性がさらに希薄化されている。こうしてみると、一連の記述は保守派読者の期待を喚起しつつ裏切りつづけるもの、翻弄するものであるとさえ言えるだろう。

「再考」は一見すると、マリウスが自己の自由を一部とはいえ既存の宗教や道徳に譲り渡す決意を示す章であり、ペイターが不本意にも保守派への譲歩を行なった転向告白のようにみえる。だが、これまでみてきたことからすると、それは誤りである。ペイターは屈折したかたちではあるが、また苦渋の痕跡を文体上に示しながらも、美的印象による生の充実という思想を手離してはいないのである。

# 第五章　「家のなかの子」（一八七八）——社会的自己像の修正

一

一八七八年、ペイターは「家のなかの子」を『マクミランズ・マガジン』に発表する。副題「想像的画像」が示すように、この作は『想像的画像』（一八八七）に結実するジャンルの嚆矢となった。第七章でみる「イギリスの詩人」は、同じ副題をもつ後続作である。この二作は、「結語」の思想にたいする保守派の非難がいまだ冷めやらぬ時期に書かれている。前年にペイターはローズとして戯画化され、大学新聞で批判されたため、『ルネサンス』第二版出版のさい「結語」を削除した。その影響は「家のなかの子」にどのような影を落としているのか。作中、主人公の職業は不明であり、また文体にかんする記述もないが、この「想像的画像」第一作にはすでに保守派への反論がうかがえる。もっとも、それは論争的とか挑発的というより、世間に流布された「快楽主義者」のイメージを修正する試みと言う方が適切である。すなわち、基本的な姿勢は「結語」の削除と同じ方向にある。とはいえ、一見すると保守派への譲歩とみえるこの試みは、かえって彼らとの対立軸を鮮明にする結果となっている。このうちどこまでがペイターの意図した戦略であったのか、エッセイとくらべると容易に判断のつかない場合がある。これは小説というジャンルにともなう問題であろう。この点に留意しながらペイターの保守派との闘争の戦略を読み解いてゆく。

この短篇はこうはじまる。

フローリアン・デリールは、ある暑い日の午後、散歩していると、道端でひとりの憐れな老人に追いついたが、その老人が道のりに疲れているように思われたので、しばらくのあいだ、彼の荷物をもってやった。老人が身の上話をはじめると、たまたまある地名が口にされた――大都市近郊の小さな場所で、フローリアンがかつて幼年時代を過ごしたものの、それ以後は訪れたことのない土地であったが、老人は語り終えると、心慰められて旅路を進んで行った。（*MS*, 172）

その夜、「情けをかけた見返りのように」（*MS*, 172）フローリアンの夢にその「場所」、とりわけ家の姿があらわれる。このエピソードは、そのとき考えていたある計画を実行にうつす契機となる。それは、「われわれひとりひとりが現在の姿になるにいたる頭脳構築の過程にある出来事を記述すること」（*MS*, 173）であった。

冒頭では、フローリアンが老人と出会ったときの年月日も季節も場所も、また彼が幼年時代を過ごしたとされる土地の名も、すべて特定されないままである。これによりバニヤンふうの寓話的効果が生まれている。[1] ふたりの出会う「道」は人生行路を暗示し、そこを歩いているフローリアンがいまだ人生の途上にあるのにたいし、老人は生への疲労を感じている。が、老人は「身の上話」をフローリアンに語ることで安堵する。「荷物」とは胸中ふかく語られずにいた話、あるいはその心理的負担である。それを老人から託されたフローリアンは、こんどはいわば読者への手渡し役を演じることになる。感受性や気質面においてフローリアンはペイターにほぼ重なるとみてよい。執筆当時、著者は三九歳だから老人とは言い難いが、作中の「老人」はペイター自身の晩年の仮想モデルかもしれない。あるいは、保守派からの非難に疲弊した現在の姿の心理的投影なのかもしれない。

この短篇のねらいは、子どもの「頭脳構築の過程」で、幼年時代の家とその周囲の環境がいかに当人の想像力や感受性の根幹部を形成するかを描くことにある。その特異性を端的に指摘すれば、ペイターの関心が家族関係や家庭生活のあり方ではなく、建築物としての家の方にあることだ。それは、たとえば、「ささいなかたちや声や偶然的なできごと――朝の日光が枕に落ちる角度――が否応なく、われわれを束縛する大きな鎖の一部になる」（*MS*, 178）という箇所に見てとれる。全体は感覚的印象の束から成っており、冒頭と結末を別にすれば、プロットは無きにひとしい。このような作品のなかで保守派への切り返し、あるいは「快楽主義者」のイメージの修正の試みがそれとなく行なわれている。よく指摘されるように、[2] 主要な論点は唯美主義の道徳性にかんするものである。子どもの人格形成上に果たす美的感受性の重要性、また社会性をそこにふくめてもよい。つまり、この短篇は、『マリウス』の「再考」

に先立ち「結語」の思想の修正を行なっているのである。以下、「結語」で用いられた表現がこの作品で微妙に変奏されていることに注目しながら、まず三点について述べたい。

はじめに指摘すべき点は、個人の主観的精神の孕む危険性が緩和されていることである。『ルネサンス』の「結語」では、世界は元素あるいは印象の不断の流動と解体の場として把握されており、それをコータプは宗教や道徳の伝統的基盤を揺るがす思想だと非難したのであった。これにたいしこの短篇では、幼少期の「家」が主人公フローリアンに「安定への、いつも確かな立脚点あるいは睡眠の場への愛着」を育むばかりか、思想を「矯正」し、のちには「精神的放浪のさなかの健全な抑制の原理」として機能したとされている（*MS*, 180）。「家」は、万物が流動する世界のなかで唯一の立脚点であり、また道徳的な矯正役を果たす。これに呼応するように、幼少期に受けた「感覚的なものの影響」は「消しがたい」とされている。すなわち、そうした影響は「われわれの純真な魂という白紙、滑らかな蠟にかたどられ」、「かたちと特徴」を「幼時の感覚と思想の経験にあたえる」のだが、この経験は「ある特定のかたちでいつまでも残る」（*MS*, 177）。印象の瞬間的な離合集散を前提とする「結語」にくらべ、こちらの方がはるかに穏健である。さながらペイターは、みずから招いた「反社会的非国民」のイメージを払拭しようとしているかのようだ。それに貢献しているのが、引用部の「かたちと特徴」のあとの「記憶のなかのいわば割り当てられた部屋」という比喩である。「結語」における「部屋」（chamber）は個人の精神が住まう「狭い部屋」であり、そこでは精神は「孤独な囚人」として思いのままに「世界の夢を育んでいる」とされていた（*R*, 187）。保守派にとってその閉ざされた空間は、反社会的な空想を肥大化させかねない危険な場であった。だが、ここでの「部屋」（house-room）は、幼少期の経験を記憶にとどめる保管庫であって、そうした危険性は除去されている。

二点目は「共感／同情心／憐れみ」の強調である。[3]「結語」では、個々人にとって他者の存在は「個性という厚い壁」のせいで仮説的なものとされていた。すなわち、「その壁をつらぬいて、現実の声がわれわれのもとへとどいたことはないし、またわれわれから、外にあると推測しかできないものへとどいたこともない」（*R*, 187）。一方、この短篇では、他人や動物の苦痛にたいする主人公の「同情」や「憐れみ」の発動がそこかしこに描かれている。第六章で述べるように、この点は『マリウス』に引き継がれてゆく。フローリアンは、ジャック・ルイ・ダヴィッドの描くマリー・アントワネットの「憐れんで許してほしい」と訴える表情を見て、「万一、残酷なことをしたい気持になったときには」それを見ようと決心する（*MS*, 182-3）。自分が加害者の側にいたと感じることもある。ペットの椋鳥とその雛たちが呼び交わす声を聞き、籠から母鳥を逃がしてやったとき、彼に良心の呵責がおとずれる。「自分もまた、生き物の繊細な神経組織で苦痛の遁走曲を奏でるよう精巧につくられた、あの巨大な機械の発条と把手」（*MS*, 184）を動かしてしまったと後悔するのである（この箇所は第六章でも引用する）。親鳥は籠の「囚人」とされている。これは「結語」における個人の精神の比喩、「狭い部屋」にいる「孤独な囚人」を想起させる。憐れみにかられたフローリアンの、親鳥の解放とそのあとの良心の呵責は、そうした独我論的な精神のあり方を社会的活動により解放する可能性を示唆していると読める。[4]袖にとまった蜘蛛に怯える妹の表情は「ささいなことにも怯える人びとにいつも彼が抱くある種の憐れみ」の源であり、彼らのために「どんな自己犠牲をも行なうことができる」と思わせる原体験である（*MS*, 183）。叔母がインド駐在中の父の死を伝えにやってきたとき子どものように泣く姿は、「もっとも痛切なものとして」細部にいたるまで記憶にとどめている（*MS*, 183）。これらの例によってペイターは、テムズ川に投身自殺しようとしている不幸な女を「特別な喜びの印象」のために探し求めるローズのイメージを払拭し、さらには転倒させたかったのかもしれない（本書五二頁一六行目～五三頁八行目を参照）。

「共感／同情心／憐れみ」は、物語の開始と終結の契機となることで印象を強めている。冒頭の場面についてはすでに述べた。結末では、フローリアンの引越しにまつわるエピソードが描かれている。十二歳の彼は転居の日を待ち焦がれるあまり、病気になった家族にたいし「少し配慮に欠けるところがあった」（*MS*, 195）。当日の朝、出発してすぐに彼はペットの鳥を置き忘れたことに気づき家にもどる。フローリアンは、「閉ざされた家のなかで餓死するままに残された人のような、はげしく訴える表情とつよい自己憐憫を心に抱いているにちがいない」と思ったのである。だが、探索のさい印象づけられるのは「ひどく青白い顔をして横たわっている」（*MS*, 195）いくつもの部屋であった。とくに「何もなくなった小さな白い部屋」、つまり彼の私室であった空間が「死者の顔のように」衝撃をあたえ、「家恋しさ（ホームシック）の苦痛」（*MS*, 195）を彼にもたらす。[5] このときはじめてフローリアンは、「家」が自分の魂の一部であったことを認識するのである。結末は、老人への憐れみが思案中の計画を実行にうつす手助けになったとされる冒頭と対照をなしている。ここには幼年期の自己との決別という意味が込められているのかもしれない。[6] けれどもそれは青少年期への成長を示唆しはしない。「家恋しさ（ホームシック）の苦痛」という表現からすれば、結末はむしろ生との決別の痛苦を暗示するだろう。フローリアンにとって「家」が育んだものは、「平常いだいているこの世への愛と、死への恐怖の大部分」（*MS*, 178）なのだから。「家」そのものが「死者」になる結末は、そうした感情、とりわけ「死への恐怖」を一気に増幅させる。

肝腎なのは、「共感／同情心／憐れみ」が美的感受性と周到に結びつけられている点である。幼少期のフローリアンは、霧から煙突に落ちる真紅の光、小塔や舗道に光る白、道端の蒲公英（たんぽぽ）の黄金色など、ありふれた風景の細部に「感覚的なちがい」を感じている（*MS*, 175）。やがて平穏な家と彼の魂のなかに「外部の広大な世界」から「ふたつの印象の流れ」が周囲の「高い庭壁をこえて」侵入してくる。[7] それは、ものの感覚的な美を「とてもなまなましく、いくらか横暴な要素」ととらえる認識と、生き物の悲哀を「無視できない」とする認識であり、これらはいずれもフローリアンの関心をかき立てずにおかない。それらが次のように言い換えられるとき、美への感受性と苦痛への感受性とは同一の感覚的反応としてしるされている。

> 彼は、この時点にまでふたつの際立った精神的変化の過程をたどることができた——苦痛の光景にたいするほとんど病的なまでの感受性の成長と、それに並行した、明るい色やすぐれた形に魅了される能力の急速な成長であり（略）、これは並はずれた鋭敏な感覚が彼のなかにあることを早くもあらわしていた。（略）こうして、ものの脆さと色彩にたいするそのふたつの基本的な認識が彼のなかで急速に成長し、あとになってから、その源が幼年期の生までたどることができるとわかったのである。
>
> （*MS*, 181-2）

美への感受性と苦痛への感受性とは「並行」して成長し、しかもともに「並はずれた鋭敏な感覚」を示している。フローリアンは「二種類の印象」が融合した音楽を聴いて涙を流し、森に遊びに行っていた妹がようやく帰ってきたときは緊張感から解放されて泣き、どちらも大人たちを驚かせる（*MS*, 182）。

フローリアンの美的感受性と結びついた「共感／同情／憐れみ」は、社会全般にひろく受け容れられる美徳である。W・E・ホートンは、『マリウス』よりも少しまえの時期の道徳的姿勢を示す特質として「共感」と「慈悲」に言及している。彼はその社会的重要性を説いた代表格としてチャールズ・ディケンズとジョージ・エリオットをあげたのち、モーリーの「カーライル論」（一八七〇）から、「心情を硬化させ共感を枯渇させた」プロテスタントに対抗して「広い共感と色彩豊かな理解力を取り戻そうとする」動きが起こっているという言葉を引いている。[8] ヴィクトリア朝における「動物への配慮」の変遷を研究したジェイムズ・ターナーによれば、この時代は「頭脳と心情という問題──知性の要請に対抗する情緒・感性の要請」が人びとの注意を引きつけ、世俗的ロマン主義や福音主義が「心情の宗教」を説いた時代である。[9] 人びとは、宗教の弱体化と医学の進歩にともなって苦痛を嫌悪するようになり、また都市化と産業化により崩壊していく社会的絆の心理的補填として他者の苦痛に感情移入するようになる。[10]

ペイターは、美的感受性が「共感」と結びついていることを繰り返し主張することで、前者だけを取り出して非難する保守派に対抗している。それは、自己修正的ではあるものの説得的な議論と言えるかもしれない。しかし無視できないのは、一連の記述には保守派との対立をいっそう激化する点がつきまとっていることである。上の引用で言うなら、感覚の鋭敏さに付された「並はずれた」という語句にみられる少数者性の暗示である。[11] フローリアンの「苦痛の光景」にたいする感受性は「ほとんど病的」であり、ものの色や形に魅了される彼の「目の欲望」は、のちの人生に「疲労」をもたらすとされる

（*MS*, 182）。冒頭に出てくる老人の疲労には、この意味での早老が暗示されていたことになる。山査木をめぐる名高いエピソードについても同様のことが言える。その衝撃の深度は、主人公の「並はずれた」感覚を示している。ある夏の夜、ふだんは閉ざされている庭の門が開いていたため、山査木の「乾いた木の真ん中から出た、羽毛のように柔らかい真紅の焔」[12]を偶然目にしたフローリアンは、それをたくさん持ち帰り、子ども部屋を飾る。だが彼は、その美しさのせいで「熱にうなされ」（*MS*, 185）、「不可解な興奮」をおぼえて「とまどい、自由になりたいとさえ思った」（*MS*, 186）。後年の回想のなかで、このときの体験は「感覚の横暴」のはじまりとして位置づけられることになる（*MS*, 186）。[13]「病的」で「疲労」をもたらす抑制不能な感受性のあり方は、伝統的なジェンダー観からすれば「めめしい」ものである。じっさい、当時の書評にはこの点に言及したものがある。[14]フローリアンがよく泣くのも、感情に左右されやすい女性的特質のあらわれとされるだろう。望郷の涙は「最後の涙がどんなものか」をあらかじめ味わうような気にさせるとされる（*MS*, 180）。それがたとえば戦地でのふるまいなら、厳しく咎められるにちがいない。泣くことは「エメラルド・アスウォート」の主人公においても問題となるだろう。

三点目は、キリスト教にたいする肯定的評価である。フローリアンは「感覚的な手段や契機」（*MS*, 186）を重んじ、「現実の男女に味方して、たんなる灰色の、現実味のない抽象物に抗議する」（*MS*, 187）。これは『ルネサンス』の「序文」における、美の抽象的な理論の否定（*R*, xix-xx）とも、また「結語」で主張される「経験の犠牲を要求する」理論や思想の排除（*R*, 189）とも呼応している。見のがせないのは、そのあとに「精神的実体を目に見えるものに移し変えてくれた」キリスト教にたいする感謝の念がしるされていることだ（MS, 187）。フローリアンはまた、幼いころからある高潔な人に大切にされたこともあって「早くから宗教的印象に身をゆだね」ている。それは知性の一角を占めるだけでなく、日常生活の場面を聖書の記述や宗教的理想に重ねて理解する性質を育んでゆくとされ、具体例がいくつもあげられている（MS, 192-5）。この一連の記述にも、異教の快楽主義者という非難を受けたことによる自己弁護や釈明がうかがえる。付言するなら、『ルネサンス』第三版で「結語」が復活されたとき、否定的な文脈に置かれていた「宗教」や「道徳」などの語句が削除されている。たとえば、雑誌掲載時と初版までは「経験の犠牲を要求する」可能性のあるものとして明記されていた「宗教的観念」や「抽象的道徳」という表現が抹消されたのである。[15] この点だけをとらえるかぎり、ペイターは「結語」の思想への非難を受けたあと、旧勢力との無用な対立を回避しようとしたとの印象をあたえずにはおかない。そうした一面は否定できないにしても、他方で彼が保守派への反論を継続的に行なっていたことはこれまで述べてきたところである。

この短篇でも、キリスト教が「古代ギリシャ人の宗教に劣らず」（MS, 187）感覚に訴える、と異教と同列に評価されている点は、通常のキリスト教信仰からすれば非難の余地が十分にあるだろう。フローリアンは、「不治の病にかかった」ジュリアンを「甘美な花のような肌が損なわれた」と見なし、「幼くして死んだ」セシルを「百合や黄金の夏の日や女性たちの声」から切り離されたのだと考え、[16] 貧者に施したいものは「大半の人びと」とは異なり「美しい薔薇」と「それを味わう力」だと思っている（MS, 187）。教会の灯や聖なる杯や聖水盤などを「それじたいとして愛する」（MS, 193）こととともに、これは信仰とは本質的に無縁な表層的感覚的姿勢にすぎず、異教的快楽主義者のしるし以外の何ものでもないと受けとられる可能性がある。まさしく、フローリアンが宗教の「外面的しるし」にだけ満足することや、信仰の真偽にかんする知的探求を放棄していることへの不満が当時の書評にみられる。[17]

ペイターは、「結語」の思想への保守派の非難、とりわけ個人の主観性への沈潜と反社会性にたいする間接的な自己弁護を「共感／同情心／憐れみ」を軸として行なっている。いくつかの表現は読者を「結語」との比較へと誘うように書かれている。[18] だが、「共感」と美的感覚的反応とが融合し、異教とキリスト教とを同じ視点から感謝の対象とする主人公の感受性においては、ジェンダーをめぐる保守派との対立軸は解消されるどころか、より明瞭になっている。前年の「結語」の削除を考慮すると、この対立軸の鮮明化はペイターの意図的な戦略というよりも、むしろ「快楽主義者」というイメージの修正の試みが逆説的にもたらした事態とみる方が適切かもしれない。次節では、ペイターの意識の層の、さらに不透明な部分に降りてゆき、文体のポリティクスからの解釈を行ないたい。

## 二

先に述べたように、「家のなかの子」の特徴のひとつは、主人公が育った土地についても年月日についても記載が無いことである。フローリアンの家は「大都市近郊の小さな場所」にあり、「都会の陰鬱や喧騒からほど遠くないところに、高い庭壁に囲まれて立っていた」(*MS*, 176) とされている。その大都市は「何層もの渦巻く雲や煙を天に向かって吹き上げる」(*MS*, 175) ことから、おそらくロンドンであろうと推測できるものの、明記されることはない。しかし、フローリアンの家はいかにも家らしかったと述べる一節につづき、めずらしく地名をふくむ一節が唐突に出てくる。

多くの放浪を重ねたあと私が思うようになったのは、イギリス人にとってはサリーとケントが真の風景、ロンドン周辺の真の州ということであったが、それはひとつには、針金雀枝(はりえにしだ)の茂みの下の黄色い土の土特有の暖か味や、雨が降ったあとの丘の窪地の灰青色の霧のためであって、この霧は疲れた目に心地よく、またそれより南部では見られないものである。そのようにして、ここで描いているような、赤レンガと緑とがうまく調和し、抑制された秩序にかろうじて感じとれるほどの単調さを際立った特徴とする家は、私の考えるところ、少なくともイギリス人にとっては典型的な家らしい家なのである。(*MS*, 179-80)

ペイターの幼年時代の家はロンドン近郊の州のひとつミドルセックスのエンフィールドにあり、ケントには親類がいた。[19] これは、フローリアンの家が「大都市近郊の小さな場所」にあるという記述と符号する。だが、目を引くのはそうした伝記的事実よりも、ある特定の風景や州、ある家の特徴が「イギリス人にとって」真なるものへと規範化されていることである。前半ではサリーとケント両州が「真の風景」であるとされ、後半ではフローリアンの家が「家らしい家である」と語られている。フローリアンの家が上記の州のいずれかにあると想定するなら、それはイギリス人にとって「真の風景」のなかにある「典型的な」家ということになる。[20] ここでの「私」の不意の迫り出しは、[21] フローリアンが「頭脳構築の過程」を記述しているという枠を破り、語り手(あるいは背後にいるペイター)自身による読者への直接的な語りかけとなっている。イギリス的風景の細部描写とも相まって、引用箇所にはやや場違いな熱気と迫真性とが感得される。

マーティン・ウィーナーによると、[22]十九世紀後半のイギリスでは、産業主義と都市化の弊害を見直し、田園生活に真のイギリス的価値と伝統を見いだす気運が高まってゆく。大量の田園文学が「真の」イギリスを明るみに出すと称し、その典型を古くて歴史的由緒のある、快適な住み心地の鄙びた南部にあると見なしていた。この種の作品を書いた作家としては、リチャード・ジェフリーズ、モリス、エドワード・トーマス、ラドヤード・キプリング、それにトマス・ハーディなどが有名である。「家のなかの子」は田園文学ではなく、あえていうなら「大都市近郊」の文学である。けれども、「真の」イギリスらしさへの関心という点で、少なくとも上の一節はそうした動きと関連しているようにみえる。[23]じっさい、フローリアンの家は過去との結びつきを示す「古い家」であり、羽目板も「古風」とされている(*MS*, 174)。

南部田園地帯の「イギリスらしさ」は、帝国主義の支持者にも魅力あるものとして映っていた。ここで唐突ではあるが、ほぼ同時代の有名な作品を参照したい。コナン・ドイルの『四つの署名』(一八九〇)のなかには、「家のなかの子」と同じくサリーとケント、それにインドへの意味ぶかい言及がある。逮捕されたジョナサン・スモールがインドのインジゴ農園主のもとで人夫監督をしていたころ、インド大暴動(一八五七)が勃発する。彼は当時を回想してこう述べる。「突然、何の前ぶれもなく暴動が起こって、困ったことになった。ある月のインドはどう見てもサリーやケントみたいに平穏無事だったのに、次の月は二十万人の黒い悪魔が解き放たれて、その国はまったくの地獄となった[24]」。スモール自身はインドの平穏無事を説明するために上記二州を引き合いに出しただけかもしれないが、テキストの言葉としてはそれ以上の効果をおびてくる。すなわち、両州のように平穏な地域でも、植民地から移住してきた者たちによる暴動の危険性があるということだ。「イギリスらしさ」が外国人の手で破壊されるのではないかという不安である。[25] じっさいにその不安を根拠づける設定がある。アンダマン諸島出身でスモールの手下になっているトンガという男が、サリーに近いロンドン郊外に住むイギリス人を吹矢で毒殺するのである。

「イギリス人にとって」「真の」風景や州や家を強調する「家のなかの子」の一節の背後に、十数年後に書かれるドイルの作品の示唆するものと同様の不安がどこまで潜在しているのか。これは容易に判断ができない。それは作中に明示されていないので、根拠のない推量にすぎないかもしれない。ただ、ある奇妙な書きぶりがこの点に関連して認められる。それは、インド駐在の軍人として死ぬフローリアンの父の扱いである。幼年期の息子が無意識のうちに感じる父の亡霊への不安を通じて、ペイターは――というよりもこの作には、帝国の維持拡大にともなう自国民の犠牲、さらには帝国それじたいの衰退や崩壊の予兆への不安がそれとなく書き込まれているのではなかろうか。

主人公の両親についてはわずかな言及があるにすぎない。おそらくは兄弟であろうジュリアンやセシル、無名の妹や病死するアンゴラ猫などとほぼ同じ扱いといってもよい。それでも、母とフローリアンについてはある親密さが暗示されている。「リンデンの木の小さな花の香りが雨のように空中を通って、読書しているふたりに落ちた。時間が蜜蜂のささやきにあわせてゆっくりと動いているようにみえ、やがて六月の午後にはほとんど止まってしまった」(*MS*, 177)。一方、父は職業すら不明である。彼は当初、

「いっしょにいるときに」子どもたちにラテン語を教える人物とされるが、その後は死者としての意味を付与されるばかりである（なお、母の生死については何の言及もない）。それはいくつかのエピソードにより、しだいに無気味なものへと変容していく。その導入の役割を果たすのは、死者の「蠟のような無抵抗の顔」（*MS*, 190）にたいするフローリアンの恐怖である。父の亡霊への恐怖もその一部であり、肉親であることは関係ないようにみえる。

フローリアンは「正しき者の復活」ということを耳にしていたこともあり、インド駐在中に熱病にかかって死んだ父は「自分を守るために、いまだこの世をうろついている――威厳はあるが、もしかすると恐ろしい、美しい軍服を着た姿」をしており、死体は「見捨てられた住家に残された、すりきれた服にすぎない」と思っていた（*MS*, 190）。ある夏の日、彼は母と墓地を歩いていると、子どもを埋葬するために掘られたばかりの墓に遭遇する。そのとき「子どもでも死ぬことがあるのだという確信とともに、死への肉体的恐怖」がやってくる（*MS*, 191）。するとフローリアンは、あの「優しい威厳のある姿」を想像することはもはやできず、「みすぼらしくも憐れな数本の骨だけがあり、もしかするとその上には見たくないような類の姿が見えるかもしれない」（*MS*, 191）と思うようになる。というのも、家のひとが話すエピソードをたまたま聞いたからである――病気の女がある眠れない夜に、自分を呼びにやってきた死者がそばにいるのを見たと言うのである。フローリアンは「死者はすべてが本当に教会の墓地に行ったわけではなく、また見かけほど動かないのでもなくて、かつて過ごした家のなかで、秘密の、ほとんど逃亡者のような生活をおくっているのであり」、「家の住人にあまり好意を示すことはない」（*MS*, 191）と考える。こうして、途切れがちの眠りのなかでも目が覚めてからも、亡父の姿が彼を悩ますようになる。「それまで憐れに思っていた死者を憎むこともできた」(*MS*, 191)。語り手は、「あとになって」フローリアンは「家に帰ってくる亡霊」を「憐れを誘うものとして、泣いているか、空しく戸をたたいているものとして」考えるようになったと述べるが、しかし死者への恐怖と嫌悪感が去ることはなかったとつづける。「どんなに陽気な仲間といても、どんなに楽しく瞑想にふけろうとも、顎をこわばらせ、奇妙に微笑み、足をまっすぐ硬直させた姿が、空中から不意にカーペットの上にあらわれるのであった」(*MS*, 192)。[26]

不思議なのは、父の死がフローリアンに何の反応も呼び起こさないことである。彼は、その知らせを告げたときの叔母の「階段での泣き声」(*MS*, 183)については語るが、みずからの感情についてはまったくふれていない。[27]「遠方の駐屯地にいる兵士」は、死ぬまえに短い時間でも故郷の家ですごしたいと望むものであり、それが叶わない場合は故郷の墓に眠ることを考えてみずからを慰めるものだと語られていた(*MS*, 178-9)。その境遇にいる父はまさにそうした気持を抱いて死んでいったはずだが、息子がその点に思いを致した気配は皆無である。父は「はっきりしない存在」(*MS*, 191)として無気味な姿で息子に死の不安をかき立てるにすぎない。他者の痛みに共感し、家の「死相」にさえ反応するフローリアンが、瀕死の父の苦痛を想像してみることすらしないのは、何とも奇妙というほかない。父の軍務については、たとえば後年の回想のなかで愛国心や厭戦気分などに言及する、といったこともない。

父の亡霊にたいするフローリアンの恐怖と、特定の風景の「イギリスらしさ」の強調とは、直接的ではないにしても、いくつかの回路を介して結びついているのではなかろうか。すなわち、植民地を拡大し維持する帝国のあり方にたいする作者の意識下の不安である。フローリアンの病的に敏感な、保守派からすれば「めめしい」感受性のなかにその不安が投影されているのではなかろうか。だが、この点はいくら追求しても答えは返ってきそうにない。その問いへの答えらしきものは、作者晩年の作「エメラルド・アスウォート」において示唆されるだろう。そのとき家のなかの子は、長じて「外の広大な世界」の「現実や激情、喧騒」に、こんどは直接ふれることになる。

# 第六章　共感、論理、自制——後期ペイターにおける「男性性」の再規定

## 一

　本章では、『ルネサンス』刊行後の、主として『マリウス』および『プラトン』（一八九三）といった後期のペイター作品におけるジェンダーにかんする記述を取上げ、そこにみられる「男性性」の再規定について概観したい。そのさい有効なのはジェイムズ・イーライ・アダムズの視点である。彼によれば、『マリウス』以後のペイターは、「めめしい」という語の孕むセクシュアリティの逸脱にたいする疑念に答えるために、ヴィクトリア朝にあってなじみ深い「男性性」規範を唯美主義の精神のなかにあらたに書き込んでいる。[1] 長期間に及ぶこの時代から単一の「男性性」規範を抽出するのは困難であるが、ペイターが目をつけたのは利己的感情の「抑制」や欲望の「自制」といった特質である。みたところそれは、第二章でふれたルフロイの主張の根拠と同じであり、当時普及していた「筋肉的キリスト教」の鍵概念

といってよい。デヴィッド・ニューサムによると、一八七〇年代に確立されつつあった「筋肉的キリスト教」により唱道されたのは、「愛国心の義務や運動競技による道徳的肉体的美しさ、スパルタ的習慣と規律による健康効果、男性的なものすべての養成と『めめしく』非イギリス的で、過度に知的なものすべての排除」であった。[2] 後期ペイターが部分的にではあれ、これらを取り入れていることに疑問の余地はない。[3] もうひとつ見のがせないのは、ギリシャ以来の「男性性」の根幹をなす知性や論理をペイターが重視していることである。とはいえ、この主張がしるされた文脈や小説の設定を検討すると、そこにはたえず「めめしい」特質がつきまとっていたり「女性性」との並存が示されたりしており、前者の優位が成立しているとは言い難い。ペイターによる横領の戦略がここにも作動しているのである。のちに取上げるように、それを如実にあらわすのが『プラトン』の最終章の一節である。

『マリウス』における「男性性」の再規定の重要性は、第十四章のタイトル「男性的娯楽」に端的にあらわれている。マリウスは、皇帝マルクス・アウレリウスの娘ルキッラと皇帝の弟ルキウス・ウェルスの婚礼の祝典として行なわれる「見世物」(*ME*, 1:236) を見るべく、円形競技場に観客のひとりとなる。出し物は、百頭のライオンを弓で射殺したり、イカルスに見立てた犯罪人を空中から落したり、マルシアス役の男の全身の皮膚を剥いだりする行為である。マリウスの、そしてその背後にいるペイターの批判の対象は、傍観している皇帝をふくむ観客の「鈍化した想像力」(*ME*, 1:239) にほかならない。

アウレリウス帝については相当に厳しい評価が下されている。彼は、ほとんどのあいだ「見世物」から顔をそむけ、読書したり公務にかんする書き物をしたりしているが、結局のところ「無関心にみえた」(*ME*, 1:240)。皇帝は、「苦痛を知覚することはできない」と熟考していたのであろう。「民衆の野蛮な気質」がもし万一、一般の男女をもその対象とするようになれば、その逆説が「言い逃れに役に立つだろう」と考えているのかもしれない（*ME*, I:240）。マリウスは、「見世物」にたいする皇帝の「許容」の態度から、彼を「正義という問題において、自分よりも今後永遠に劣った人」であると見なす（*ME*, I:241）。ここには「真の善と、彼の周囲にある真の悪との激烈な対立」があるとマリウスは痛感するが、皇帝はそれに「気づいていなかった」（*ME*, I:241-2）とされる。このようなマリウスの視線を通じたペイターの辛辣な言葉には、アーノルドの「マルクス・アウレリウス」（一八六五）を筆頭とする、この皇帝を高く評価する同時代の見方への厳しい批判が込められている。[4]

　軍人でマリウスの友人コーネリアスは、「見世物」を黙って見るに耐えず、競技場の指定された席から立ち去る。「男性的娯楽」を拒絶するのは、ひそかにキリスト教を信仰する彼とマリウスだけである。ペイターは「男らしさ」の威を借りる人びとについてこう語る。「見物人たちは、罪人の苦痛を笑いものにすることにより、その受難者にたいして真の、また偽物の男らしさを持ちだし、まちがった感情たる同情心をすべて抑えこむよう努めるのだ」（*ME*, I:239）。「男らしさ」とは「同情」を抑圧し、残虐行為を正当化するために利用される社会的規範である。ペイターの批判は次の言葉に集約されている――「円形劇場の残酷な娯楽が、マリウスの時代の盲目の罪、良心の麻痺と愚昧との結果であるのはたしかであった。そしてマリウスの心の光は、その悪を見のがさなかった」（*ME*, I:242）。この「盲目の罪」は、「奴隷貿易」や「宗教的な大迫害」というかたちで現代にも存在しており、それに加担するかどうかが「選ばれた少数者の誤ることのない良心の試金石」であると語られる（*ME*, I:242）。大多数を占める「野蛮な気質」の民衆とそれを黙認する皇帝に対抗するのはふたりだけである。章全体を締めくくるのが次の言葉である――「マリウスの選んだ哲学はこう語っていた――目を信じよ。具体的経験にかんしてつねに正しくあろうとせよ。印象を歪曲せぬよう注意せよ、と。（略）たしかに悪は現実に存在していたのに、賢人アウレリウスはその感覚を欠落させていたのだ。直感的な選択により正しい感覚の側にいなかったのは、人生に失敗したということであった」（*ME*, I:243）。「印象」を正しく認識せよという言葉から想起されるのは、『ルネサンス』の「序文」の第二段落にある一節だ――「美の批評において事物をありのままに見るための第一歩は、自分のありのままの印象を知ることである」（*R*, xix）。マリウスが「男性的娯楽」を道徳的な視点（「良心の麻痺」、「盲目の罪」）から批判できたのは、自己の「印象」をありのままに認識したためということになる。つまり、美的印象主義の道徳性がここではそれとなく主張されているのである。はじめに道徳的な意味合いで用いられた「盲目」という語が、あとで感覚的（視覚的）意味に転じている。もっとも、残虐な娯楽を楽しむ群集もまた、彼ら自身の「印象」に忠実であったのではないかとの疑問が生じるかもしれない。だが、同じ「序文」の一節や「盲目」（の罪）、（良心の）「麻痺」という言葉からすると、ペイターは「印象」の正確な認識を、とりわけ一般大衆にとってはきわめて困難な作業と考えていたのであろう。また、「悪」に無関心なアウレリウス帝について指摘される「人生に失敗した」という表現は、「結語」の第三段落の冒頭をかすかに反響させている（「われわれの失敗は、［人生において］習慣を身につけることである」）。「人生の失敗」は、反唯美主義的な「習慣を身につけること」から道徳的視点（悪への無関心）へと巧妙にずらされている。

「盲目の罪」が「非人間的」でも「反人道的」でもなく、「男性的」とされるところには、「男性性」を規範とし、そこから逸脱した唯美主義者を「めめしい」と非難する保守派への根底的な批判が込められている。[5] ペイターは、保守派が賞賛する「男性的活力」なるものは群集の「鈍化した想像力」と表裏一体であって、人や動物にたいする残虐行為を嬉々として享受する罪深いものだと批判する。この批判は、内的な印象を見極め、それに忠実な態度を取る唯美主義であればこそ可能なのだ、というのがペイターの主張である。「鈍化した想像力」という言葉は、コータプがペイターの非国民的な危険性の特質として指摘した「分析的想像力」への切り返しと解釈できよう。

残虐な「見世物」を楽しむ「男らしさ」に対抗して強調されるのが「共苦」や「同情」、「共感」の価値である。前章で確認したように、ペイターはすでに「家のなかの子」において、他人の苦痛をわがことのように感じる主人公フローリアンを「苦痛の光景にたいするほとんど病的な感受性」の持主と表現していた。飼っている椋鳥が雛の呼び声に応じて鳴いている声を聞いてフローリアンが逃がしてやる場面では、彼の心情がこう書かれていた――「生き物の繊細な神経組織で苦痛の遁走曲を奏でるよう精巧につくられた、あの巨大な機械の発条と把手を、ささやかな力のおよぶかぎり彼もまた動かすことで共犯者になったのだ、という悔恨の気持がおとずれた」(*MS*, 184)。『マリウス』の「男性的娯楽」の群集は、この「巨大な機械」を大規模に始動させたのである。

『マリウス』においても、「共苦(感)」は主人公の感受性の根幹を形成している。[6] 彼は「ヌマの宗教」の儀式に用いる「犠牲の動物とその恐怖のまなざし」に「心の底からの憐れみ」(*ME*, 1:9)を感じ、ピサの町で見かけた大蛇にも「嫌悪感」とともに「憐れみ」を感じる(*ME*, 1:23)。こうした感情の動きは、ふたりの女性の特質でもある。マリウスの母は「誤ることのない憐れみと庇護の点で、まさしく母性愛の典型」(*ME*, 1:22)である。のちに出会うキリスト教徒セシリアに彼は「清らかで気高い魂の哀れみの心」（*ME*, II:186）を感じる。生き物の苦痛を憐れむその心にふれると、世の中の「英雄的なふるまい」は、マリウスにとって「たんなる舞台装置」に見えてくる（*ME*, II:187）。彼は、屠場に連れられてゆく動物や貧しい親子への同情を日記にしるし、「苦痛へのすみやかな同情」こそ「つねに信頼に足る唯一の原理」であり、「将来は、共感の力をいちばん多くもっている人びとともにあるだろう」（*ME*, II:183）と書く。「男らしさ」に抑圧され、女性との結びつきが示される「共感」には、「女性性」が暗示されていると言ってよい。ペイターの戦略は、「盲目の罪」を犯す「男性性」にたいし女性的特質である「共感」を対置すること、ただし「男性性」の補完物としてではなく、よりひろい人間的特質として対置することである。コータプのいう「男性的活力」を残虐な「盲目の罪」を犯すものとし、「めめしい」欲望を繊細な感受性の求める「共感」と表現することで、批判者のジェンダー規範を切り崩すこと。これが「男性的娯楽」をめぐるペイターのジェンダー・ポリティクスである。

前章で述べたように、「共感」の重視は当時の社会的文脈にかなっていた。『マリウス』における「共感」もまた、こうした背景の一角を占めるものである。だが、ホートンの言及するディケンズやジョージ・エリオットたちがその社会的行使を公的に訴えたのとはちがい、ペイターの場合、その主張はどこまでも主人公の内面にとどまっており、また現実的なかたちを取ることもない。たとえば、マリウスは「見世物」に「うんざりとし、怒りをおぼえつつ、大きな屠場で孤立を感じ」（*ME*, I:240）ながらも、平然としている皇帝を見つめるだけである。彼は「共感」の精神が具現化しているセシリアを中心とするキリスト教徒たちのもとを訪れ、精神的慰藉を得ながらも、その一員になろうとはしない。そもそも、彼の苦しみの源は「ある程度取り払うことのできる環境に由来する悲しみをこえた、ものそのものにある悲哀」すなわち「死と老齢」であり、また「その到来を見つめること」だと日記にしるす（*ME*, II:181-2）。彼は、この苦痛への社会的な対処法として「永続的で広範囲な共感の力」（*ME*, II:182）が必要だというものの、「どんな慈善行為も、ものそのものに本来ある無情さを取り除くことはできない」と考えてもいる（*ME*, II:178）。これは社会改良をめざす小説家の態度と著しく異なっている。マリウスの「共感」にさらなる陰影をあたえているのは、自己の階級性にたいする認識である。彼は「自分自身の生活の必要条件」のせいで、苦しんでいる人びとと利害のうえで対立せざるをえないと感じているのである（*ME*, II:177）。

マリウスの「共感」がどこまでも内面の声にとどまる大きな理由は、彼の、また「結語」に表現されたペイターの、独我論的な自己のとらえ方と関係があるのではなかろうか。マリウス自身、他人の苦痛に「奇妙な無関心」（*ME*, II:173）を感じたことがあると日記のなかで告白しているほどである（また、だからこそ「共感」を希求することにもなっている）。その日記は、彼が皇帝の「自己との対話」に刺戟されて、「自分自身の内密な思考や気分の動き」を記録したものである（*ME*, II:172）。ペイターは、「共感」という当時の社会的な徳目をマリウスのきわめて個人的な、しかし痛切な感情のなかで表現している。あまりにも個人的で内密な感情は保守派の非難するところであったが、このようなかたちでの「共感」の表現もまた、唯美主義者の「非活動性」の証拠と見なされる余地が多分にあるだろう。

# 二

ペイターは、残虐性を許容する側面をもつ「男性性」をたんに批判したり揶揄したりするのではなく、その再規定をも行なっている。それはマリウスの知的成長にかんする記述に見てとれる。マリウスは、フレイヴィアンの死に立ち会ったさいの衝撃にうながされ、死後の魂にかんする昔の哲学者たちの著作に親しんでいく。神秘思想に惹かれつつも、その危険性から逃れる彼のありようがこう書かれている。

> このとき彼は、詩的で内向的な気質のせいで、気力を弱める神秘主義の餌食になっていたかもしれない。これは、古い宗教や神智学のメロドラマ風の復活というかたちで、当時、熱烈な魂の持主を待ち構えていたものであった。これらすべては、彼の性格の一面にとって魅力的であったかもしれないが、それに近づかないですんだのは、性格中の、何よりも芝居がかったものにたいする嫌悪として効果的な、真に男性的な力と、結局のところ、活力ある知性のなかにこそ神性は宿るものだという認識のおかげであった。これと結びついていたのは、真に明晰な思考には詩的な美しさがあり、冷静で厳粛な精神にはじつに美的な魅力があるという感覚であって、これは成年に近づくにつれてますます強くなっていった。（略）十八歳になると、いまと同じく当時も、詩人のつもりでいる多くの才能ある若者たちは他人から孤立し、もっぱら気取ったり漠然と夢みたりしたものだが、彼はたしかに他人から孤立したとはいえ、厳しい知的内省のなかに閉じこもったにすぎなかった（略）。

（*ME*, I: 124, 126. 傍線は引用者による。）

ペイターは、マリウスに芽生えはじめた「男性的な力」が、活力ある知性や明晰な精神であることを繰り返し語る。つづく「新キレネ主義」でも、マリウスの文体の「論理を尊ぶ良心」が、その「男性的特質」のしるしとされている（*ME*, I:156）。「盲目の罪」に代わって論理的知性が、肯定的な「男性性」の証しとして提示されるのである。その産物が「絶えざる流動」の哲学から生まれた新キレネ主義である。後期ペイターにおける「男性性」の際立った特徴のひとつは、このような論理的知性の強調である。

もっとも、思想の受容には「気質」の役割が大きいというペイターの言葉が示唆するように、マリウスの知性は必ずしも論理的とか構築的とか呼べるものではない。マリウスの書き物は第二十五章「もののあわれ」に出てくる日記しかないが、そこにしるされるのは殺される動物や貧しい人びとへの同情である。「再考」でマリウスは、キレネ主義の自己矛盾に気づき、それまで拒否していた道徳や宗教の可能性に目を向ける。それは知性のはたらきによるものではあろう。けれども、そこにみられるのは論理を構築的に組み上げてゆく思考のプロセスではなく、功利主義的観点のより広範な適用にすぎない。章の結末ではこう語られていた――あらたな認識は「実践の変化というよりも共感の変化――共感のあらたな出発、拡大を明確にした」（*ME*, II:27）。マリウスに芽生えた「男性性」は「論理的知性」であると強調されるだけに、逆に女性的な「同情（共感）」の役割が際立ってくる。この逆説的なあり方については後述したい。

さて、右の引用にあるように、マリウスが嫌悪するのは「芝居がかったもの」である。また、ほかの詩人志望の若者が「気取ったり漠然と夢みたり」することで他者を遮断するのにたいし、マリウスは「厳しい知的内省」に沈潜すると語られている。他の若者たちのあり方は『新しい国家』のローズの姿を想起させる。「いまと同じく当時も」という語句もこれを補強するだろう。唯美主義の言語表現を「気取り」とする批判にペイターがどう反論したかについては、本書第三章で詳しく検討した。「芝居がかったもの」は、「不誠実」で「不自然」という点で「気取り」と共通している。それは、観客や読者に自己の存在を強く印象づけたり、内面の空虚さを隠したりする態度のことだが、これにたいする批判は保守派の常套であった。ペイターは、マリウスが「芝居がかったもの」を嫌悪し、また「気取ったり漠然と夢みたり」する若者たちとは異なるとすることで、保守派からの批判を回避し、無効にしようとする。

にもかかわらず、マリウスの態度にはある種の演技性がまとわりついているようにみえる。右の引用につづく箇所に、彼をめぐるある皮肉な状況が描かれている。

かつての陽気な友人たちは、この古いイタリアの町の通りで彼に会うと、仲間であることに誇りを抱きながらも、なかば彼を恐れた。なぜこんなに落ち着いているのか——その行儀のよい冷静な若者について彼らは尋ねるのであったが、それは彼の話しぶりや身のこなしがすこぶる慎重に考慮されており、髪をふり乱し恍惚となっているルプスのような詩人とはまったく似ていなかったからである。もしかすると彼はひそかに恋をしているのだろうか、トーガをあんなに優雅に身にまとい、身につけている花と同じくらいいつも生き生きとしているというのは。それとも、彼独自の野望に熱中しているのだろうか。あるいは、まさか蓄財に。

(*ME*, I: 127)

マリウスは、歳に似合わぬ冷静沈着さでローマの若者たちを畏怖させつつ魅了している。同様の経緯は別の箇所にも書かれている。

ローマの「前途洋々たる若者たち」は、コーネリアスの選り抜きの友人であり、しかも皇帝の従者となるべく定められた人物としてマリウスに注目したものの、嫉妬の念はなかった。いつも冷静なその態度にもかかわらず、いや、もしかするとひとつにはそのためであったかもしれないが、彼は、そうした際立った冷静さの下にある皮肉を直観的に感じとる人びとのあいだでさえ(略)「流行の人」となった。

(*ME*, I: 212)

マリウスの冷静さは周囲の注意を引き、その理由について忖度させるばかりか、「前途洋々たる若者たち」のあいだで彼を「流行の人」に押し上げる要因ともなる。「にもかかわらず、いや、もしかするとひとつにはそのため」という屈折した表現が示すのは、本人の意識と周囲の人びとの判断との乖離である。その態度は、周囲の目に何かを隠蔽しているようにみえる。まただからこそ魅力的に映る。友人たちはそこに、秘密の愛や野心を読みとろうとする。

注目すべきことに、先の「男性的娯楽」の章の冒頭部には、マリウスによる冷静沈着への言及が出てくる。彼は、ルキウス・ウェルスとルキッラとの結婚式を一目見ようと押しかけた群集に混じっているが、「群集の圧迫から逃れられて嬉しいと思いつつ立ち去ると」(*ME*, I:231)、コーネリアスに出会う。マリウスは友人の「冷静な態度」に、ふたりを取り巻く「熱狂的で堕落した生活」に影響されない「弁別、選択、拒絶」といった規範の作用を見てとるのである(*ME*, I:232)。初対面のときマリウスを「困惑させた」(*ME*, I:232)その態度はいまだに「不可解」(*ME*, I:233)ではあるものの、身を置くべきではない場所への感覚において、彼と自分は共通しているとマリウスは思う。このあとの「見世物」のエピソードでそれはさらに明瞭となる。

マリウスとコーネリアスの「冷静さ」はともに、それぞれの友人(たち)に読解行為を誘発する力がある。そして、マリウスの友人たちは解読に失敗し、マリウスはコーネリアスのそれの解読に、おそらく成功する。後者の場合、冷静な態度は親密な結びつきへの回路をひらく。群集の「鈍化した想像力」に対抗する「選ばれた少数者」どうしの交流である。ペイターにおける「冷静さ」は、秘密めいた相貌ゆえに人を魅了する力の源泉であると同時に、男どうしの関係を深化させ、あるいはエロティックな要素をもたらしうる記号でもあるようだ(7)。

論理的知性が芽生えたマリウスは、「芝居がかった態度」を嫌悪する。それにもかかわらず、周囲の目に解読できない謎をひめているように映る点で、彼は一種の演技性を身にまとった存在である。じっさい、ペイターはマリウスの内面にそうした特質を付与している。たとえば、右の引用の最後に示唆されているように、マリウスは「冷静な態度」の背後に独我論的な疎外感からくる他者への「皮肉」を抱いており、また先にも述べたが、「自分自身の内密な思考や気分の動き」を日記に書いている。彼がフレイヴィアンやコーネリアスとの関係に「生き生きとした実在感」をおぼえるのは、「他者の実在をほとんど疑うようになっていた」ときである(*ME*, I:169)。アダムズの論ずるように[8]、もとより「冷静さ」は他者の視線にさらされる公共空間のなかで個人的な感情の表出を抑えることであって、一人だけの私的な時空間では成立しない。つまりそれは、他者の視線を意識した演技的ふるまいの要素をおびてしまう結果、「めめしい」と非難されかねないのである。[9]

以上をまとめると、ペイターの再規定する「男性性」、すなわち「論理的知性」と「冷静さ(自制)」には、ジェンダー・アイデンティティを危機に陥れる要素が幾重にもまとわりついている。論理や知性を「男性性」と結ぶ発想は、ギリシャ以来のジェンダー・イデオロギーの根幹を支えてきた。アリストテレスは、生命の誕生のさい素材を提供するだけの女性を受動的、素材にかたちを付与する男性の能力を能動的とみなした。[10] キリスト教はこれを利用し、思考と秩序を男性に、感情と混沌(自然)を女性に、それぞれ割り振った。[11]「盲目の罪」としての「男性性」を批判するペイターは、こちらの規範に全面的に依拠しているようにみえる。ただし、マリウスの「論理的知性」を明確に示す箇所は示されず、それよりも彼の「女性性」を示唆する「共感」が際立っている。これは将来の人間がそなえるべき特質とされていた。こうしてペイターは、「男性性」の再規定を行なっているのである。さらにまた、ペイターが二元論的なジェンダーを無効化している記述がある。

## 三

暴力的残虐性としての「男性性」を知性のはたらきとして規定し直す箇所が、『プラトン』の第八章

「ラケダイモン」の冒頭部分、プラトンの『プロタゴラス』からの引用というかたちでしるされている。その趣旨は以下の通りである。スパルタでは哲学の教師たるソフィストが他の地域よりも多く、またスパルタ人は、自分たちがすぐれているのは哲学によるということを知られるのを不都合と考え、繁栄はむしろ「戦闘と男性的精神」(*PP*, 197)[12]によると見せかけたのであった。哲学者と膝をまじえて話し合う必要が生じると、彼らは余所者を追い出してしまった。――ペイターはこのように、プラトンの作品中からみずからの「男性性」の再規定の試みにふさわしい言葉を巧みに抽出している。この少しあとに注目すべき箇所がある。

> 真のラケダイモン人は、教養の「めめしいあり方」から身を守るために、いっさいの読み書きの知識をもあたえられなかったと主張する者たちがいた。(*PP*, 199)

教養の「めめしいあり方」(“effeminacies”)とは「文弱」に相当する。引用符は、その語が一般に流通している表現であって自分の選択でないことを示している。このときペイターの念頭にあったのは、おそらくコータプの言葉であろう。「古典的共和主義言説」は、共同体を維持し発展させるための公的活動、とりわけ自己犠牲的な戦闘精神を重んじ、個人主義的な内面への沈潜を「めめしい」とする。また、十九世紀末の帝国主義下における「男性性」規範もまた、過度に知的なものをこれと同じ言葉で排除した。コータプら保守派の反唯美主義はこの両方を示している。これにたいしペイターは、プラトンに依拠することで、共同体の維持発展に必要なのは「戦闘と男性的精神」ではなく、教養と知性であると主張する。それにより保守派の価値基準を転倒させるのだ。彼はこのエッセイのかなりあとの方で、スパルタ人は「生における男らしい要素の愛好者であったが、じつはあらゆるものに知的な特徴を付与して」おり、彼らにとっては「勇気」までもが「知性を発揮する状況」(PP, 228) になると述べている。「古典的共和主義言説」と帝国主義下における「男性性」の根幹をなす「勇気」が、「めめしい」と非難されかねない透徹した「知性」に取って代わられるのである。ペイターによる横領の戦略がここにも作動している。

上記の引用 (PP, 199) につづく箇所もまた興味ぶかい。ペイターは、スパルタにおける「読み書き」の重要性を述べたあとで、こんどはそれにまさる「音楽」の役割に言及する。そのために、「書物は記憶をときどき裏切ることのある援助者だ」(PP, 199) というプラトンの言葉と、「法律や讃歌、それに著名人への賞賛を音楽学校で教える国においては、書き物は本質的ではなかった」(PP, 200) とするカール・オトフリート・ミュラーの言葉、さらに「音楽はそれじたい万物の本質であり、また本質であるべきだ」というピタゴラス派の見解を引き合いに出し、プラトンの理想国家と同様に、スパルタにも音楽は偏在していたと語りつぐ。ついでペイターは、スパルタ人にとって音楽は「努力を要する厳しい生活習慣」(PP, 200) の本質であると主張する。つまり、ここにいたってスパルタ人の「文弱」は、「自制」や「禁欲」といった軍人的な「男性性」をおびるにいたる。じっさい、少しあとで、それは「なかば軍人的、なかば修道院的」と呼ばれている (PP, 218)。ペイターは、スパルタの繁栄の理由を「男性性」規範としての「戦闘と男性的精神」から「めめしい」知性へと転換し、さらにその基盤を「読み書き」から音楽へと転換したのち、こんどは音楽に軍人的な「男性性」を付与するのである。このように、ペイターにおけるジェンダーの再規定の試みをたどってゆくと、それは概念の固定化をめざす「規定」それじたいにたいする異議申し立てではないかと思えてくる。言い換えるなら、ここにも「流動の文体」が作用しているのだ。

スパルタの繁栄の理由を非男性化する冒頭部では、「めめしさ」の影が全体を覆っている。それは、保守派が唯美主義を批判するときの大きな要因である「隠蔽」や「秘密」というモチーフである。スパルタ人たちは、哲学による繁栄という事態を「秘密にしておくことにより、ギリシャのさまざまな都市にいるスパルタ信奉者たちをうまく欺いた」(*PP*, 197)。共同体の維持にはこの意識的な演技が必要であったと、ペイターはプラトンを引くことで示唆しているのである。「文弱」の「めめしさ」から禁欲的「男性性」への変化のプロセスに、この「秘密」や擬態の「めめしさ」がつきまとっている。

『プラトン』の最終章「プラトンの美学」の結末近くの一節は、ジェンダー規範にかんする脱構築を実践している点できわめて興味ぶかい。そもそもこの章は、唯美主義の道徳性や芸術における文体の教育的効果についてのペイターの最終判断とも言える考え方を示している点ですこぶる重要な意味をもっている。まずこの点について述べておきたい。

はじめにペイターは、プラトンを「芸術のための芸術」の先駆者として横領し(*PP*, 268)、『国家』第三巻と第十巻には「周囲の世界の美的特質」と「道徳的性格の形成」とのあいだの「緊密な関係」という仮説があると指摘する(*PP*, 268-9)。ここで鍵となるのが「模倣」というプラトンの概念である。すなわち、「目と耳からの模倣は、抵抗できない影響力を人間性に及ぼす」(*PP*, 270)というものである。プラトンの理想国家の民は、「人間性の単純化」という目的をもっており、そのため彼らが唯一許容できる音楽や絵画や詩は「きわめて厳格な性質」をもつものに限られている（PP, 270-1）。つまり、この「国家」の民は「熱心に美を愛好する共同体の成員」であると同時に、「熱心な隠遁者あるいは禁欲家」なのである。このあとペイターは、われわれに教育的効果をあたえるのは芸術作品の「内容」というより「形式とその特質」であると述べ、そのような美的特質は「受動者」（聴取者や観客）の気質のなかで「倫理の言葉」や「道徳的趣味の領域」に移し変えられると主張してゆく（PP, 271）。このようにして、唯美主義の道徳性と形式のもつ教育的効果が正当化されていくのである。ペイターにとって、いずれも保守派による非難を受けてから焦点化されるようになった事項である。さらにこの途中に、少数者のみが所有していると思われる美的感受性を、プラトンは「人間一般に想定している」との言葉が出てくる（PP, 271）。これもまた保守派にたいする反論であろう。つまり、ペイターの戦略は、保守派の批判する唯美主義の「特権的少数者性」をプラトンの権威により擁護しつつ、そこから危険性すなわち非（反）国民性を脱色させることである。プラトンの考えからすれば、鋭敏な美的感受性が少数者にしかみられないなら、それはその特質を所有しない多数者または社会のあり方に問題があることになるからだ。

「模倣」は、「性格をつくる要塞そのものにまで侵入する」（PP, 272）。魂がものの形や音を模倣するという「プラトンの美学の第一原理」は、能動性を「男性性」と結び、受動性を「女性性」に関連づけるギリシャ由来のジェンダー規範からすれば、魂の「女性性」を規定するものと言えるだろう。ペイターはさらに、鋭敏な感受性をもつ人間は「棲みついている植物の色に染まる昆虫」のように、「周囲の世界の様相にひどく隷属的に調和しようとする」と、プラトンの魂の唯物論的な性質に言及している（PP, 272）。芸術家を国家から追放せよとするプラトンの主張の根拠は、芸術の素材や道具に通暁した彼らが、人びとにとって「あまりに誘惑的」であることによる(*PP*, 275)。

さて、結末近くでペイターは、ギリシャ以来の伝統的なジェンダー・イデオロギーを断固とした口調で主張している。彼はまず、プラトンの推奨する芸術は、受け手に理解への努力を要求するものであり、またそれだけの価値があるものだという「ワーズワース論」や「文体論」で語られた内容をここでも繰り返したあと、次のように述べる。

> 結局のところ、このような作品は、芸術家自身をどれほど満足させ、安心させ、愉快にさせることか——受け手を、鍛えぬかれて成熟した、男性的な学者として扱う作品というのは。勇敢な精神(略)つまり男性性——男性性と節度は、われわれが知るとおり、古代の異教世界に特徴的なふたつの美質であった。もちろんそれらは芸術においておたがいに深くかかわっているようにみえる。芸術における男性性とは何か。それは、これとは反対に芸術における女性的と呼ばねばならない特質と区別されるものとして——自分で成すことや芸術作品における技巧そのものにたいする完全な意識であり、ねばり強い直観や、その結果生まれる意志であって、つまりは文字通り支離滅裂なもの、いまにも崩壊しそうなものとは反対の構成の精神であり、ヒステリックなものや出鱈目にはたらくものとは反対の、規範の維持なのだ。(略)ここにはいかなる(略)「ぞんざいな扱い」もなく、女性のように我を忘れることもないし、また芸術作品のなかで芸術家の主要意図に従属しないものもないだろう。芸術家はむしろ自制によってみずからの力を強めようとするのである。
>
> (*PP*, 280-1. 傍線は引用者による。)

芸術における「男性性」を規定する言葉は、「女性性」との対比を示す「〜とは反対に（の）」や「〜と区別されるものとして」、またはその否定をあらわす「ない」の反復によって、終始「女性性」をみずからのなかに呼びこんでいる。すなわち、「男性性」とは「女性性」に依存するものであること——「構成の精神」や「規範の維持」を特色とする「男性性」が、じつは「支離滅裂」で「崩壊」寸前の「女性性」に依存し寄生せずには存在できないものであることを、表現行為そのものにおいて露呈しているのである。最後の言葉「自制」はここでも「力」の源泉である。それを特徴とする芸術家は、文脈上も人称上も男性化されているものの、「女性性」への全面的依存と「自制」に潜在する演技的要素のために、そのジェンダー・アイデンティティは危機に曝されている。ここでの記述は、「男性性」がいかに脆弱であるかを示しているとさえ言えるだろう。これまでみてきたように、こうした脱構築的表現は、ペイターの「男性性」の再規定にたえずつきまとっている特徴である。このあとペイターは、プラトンの芸術家は「節約」し（*PP*, 280）、「雑然とし混沌とした多産な自然」を「秩序」づけると語り（*PP*, 281）、さらにプラトンの散文は「知的厳しさの価値」を例証しており、「巧妙な抑制」により効果を発揮すると語って（*PP*, 283）、全体を締めくくる。ここは、プラトンの称揚する「男性性」が、「女性性」をあらわす言葉への直接的言及なしに語られているようにみえる。しかし、「混沌とした自然」と「秩序」との対立が旧来のジェンダー規範にもとづいていることは言うまでもない。それにまた、ほんの少しまえに脆弱さを露呈した「男性性」が、読み手の記憶から簡単に消去されることはないのである。

# 第七章　文体家の変貌

## 一

### （一）フレイヴィアンの生と死

前章では、後期ペイターにおける「男性性」の再規定について検討した。本章ではそれを踏まえつつ、唯美主義の文体家に終始まとわりつく「めめしさ」の表象をペイターがどのように書き換えたのかについて検討する。取上げる人物は、フレイヴィアン、「イギリスの詩人」に出てくる名前のない主人公、それに『ガストン・ド・ラトゥール』のロンサールである。三人はいずれも、文体または文体の革新に大きな関心を寄せる人物である。

『マリウス』の第六章では、それまで非難されていたユーフュイズムを評価するという価値転覆の試みがなされていた。では、その旗手たる人物の表象はどのようなものであろうか。フレイヴィアンは「動く彫像」(*ME*, I:50) とされ、彼の文体は「金属性の彫刻のように明確で堅牢である」(*ME*, I:104) と語られている。人物と文体に共通した比喩が用いられ、両者が切り離せない関係にあることが示唆されている。けれども、従来の批評はこの点を無視し、フレイヴィアンをたんなる快楽主義者と見なす一方で、彼の文体変革の意味合いについては言及しない傾向がある。[1] ユーフュイズムにたいするペイターの画期的評価の背景に、ヤーコプ・グリムからマックス・ミュラーにいたるドイツ言語学の知見の受容を見てとるダウリングもまた、ユーフュイスト自身については「『ルネサンス』当時のペイター」が投影された「若き唯美主義者」と述べるにとどまっている。[2] このラテン語の再生者にたいする評価は、ほとんどれも否定的といってよい。[3]

フレイヴィアンは、圧倒的な能力により周囲を虜にする人物として描かれているが、簡単には把握しにくい人物である。ひとつには、その特徴が次つぎに変貌するためである。順にあげると、知力容貌に秀でたカリスマ、優雅なダンディ、堕落した放蕩者、すぐれた教育者、文体の変革者である。従来の否定的評価は、このうちの一面をとらえているにすぎないのではないか。彼の多面性や変貌ぶりについてペイターが意識的であることは、次の一節からうかがえよう。すなわち、フレイヴィアンは「周囲のつかの間の光と影の変化とともに大きく変貌する人物であった」(*ME*, I:49)。さらに厄介なのは、そのときどきの表情が必ずしもひとつとは限らず、重層的であることだ。もうひとつペイターが意識的に書いているのは、相矛盾する特質の共存である。本書第三章 (三) で言及したように、ペイターはフレイヴィアンのユーフュイズムを説明するさい、それが書き言葉を再生する点では「保守的あるいは反動的」だが、「労働者階級の話し言葉」を採用する点では「大衆的あるいは革命的」であると述べていた。これに相当する特徴づけが人物像にもほどこされている。たとえば、彼は奴隷の生まれにもかかわらず「貴族の特権」（*ME*, I:52）たる天稟に恵まれている。このような表現が示唆するのは、この文体家が分類しがたく、革命運動にとっても国家権力にとっても一筋縄ではいかない人物であるということだろう。同時にそれは、この人物のもつ謎めいた魅力にも結びついている。文体家の表象をめぐるペイターと保守派との闘争においてフレイヴィアンが投げかける陰影の跡をたどってゆく。

二

母の死後、故郷を離れ、ピサ郊外にある学校に通うことになったマリウスは、登校初日、ある上級生の「誇り高い一瞥」を受けて、「ひと目で友情らしきもの」（*ME*, I:49）を感じる。このフレイヴィアンという青年は才能と容姿で他を圧倒し「支配」しているが、マリウスにたいする支配も「完全」であった（*ME*, I:50）。彼は「衣装や優雅な食べ物や花」を愛し、「当時のエリート」のあいだに流行していた「言葉のお洒落」を趣味としている（*ME*, I:51）。ある日フレイヴィアンがマリウスと話していると、不意に気持の「抑制」が緩み、晩年に解放奴隷となった父の苦難を「急にあふれ出た怒りの涙とともに」語りはじめる（*ME* I:52）。ふたりが親密な関係へと向かう第一歩である。マリウスはこの上級生に「無信仰の精神」、自己の「感覚的な才能」だけを信じる精神を見てとる（*ME*, I:50）。

フレイヴィアンはカリスマ性をそなえた洒落者であり、ワイルドやデュ・モーリアの描くポスルスウエイトを想起させる。「ユーフュイズム」で言葉の装飾性が許容されていたことからも察せられるように、生活上のお洒落がペイター自身の非難や皮肉の対象になっているわけではない。むしろ、それには保守派からの非難を意図的に誘いだすことが期待されているようにみえる。というのは、ユーフュイズムを非難する人びとへの侮蔑的な表現が次章「黄金の驢馬」の冒頭に出てくるからである。そこでは、フレイヴィアンに先立つユーフュイストであったアプレイウスの学識に腹を立てる者たちが「あまりめかしこんでいない人びと、とりわけ怠惰のせいでだらしない人びと」(*ME*, I:56) とされている。「学識ある言語への配慮」(*ME*, I:57) に裏打ちされた文体を非難する者は、服装のうえで品位に欠けている連中だと言うのである。

それではフレイヴィアンの退廃ぶりについてはどうだろうか。それもまた保守派からの非難を誘いだす役割をおびており、ペイター自身それを許容しているのだろうか。それとも「若き唯美主義者」の過ちとして断罪しているのか。

大人の男になるのが早い社会にあって、たしかにフレイヴィアンは、いまだ健康を損なってはいないものの、その享楽的な町の誘惑に身をゆだねており、マリウスはときどき、自分のことを会話で率直に打ち明けるとき、彼が若くしてひどく堕落していることに驚いた。あとになって、何としばしば邪悪なものが不吉にもその美しい顔の記憶と結びついてあらわれたことか！　その生まれつきの優雅さには、一種の借り物の承認と魅力があった。のちに、マリウスにとって彼はいわば異教世界全体の縮図、その堕落の深さと形式の完璧さという意味をおびるようになった。

(*ME*, I: 52-3)

のちにフレイヴィアンは、マリウスにとって「邪悪なもの」と「美しい顔」、「堕落の深さ」と「形式の完璧さ」といった二重性をおびるようになる――これは、表層(表現、形式)への執着を深層(思想、内面)の空虚のあらわれとする保守派の見方を投影している。ここで早くも読者には、フレイヴィアンのあり方を総括的に示す視点が提供される。彼は「めめしい」ダンディであるばかりか、「官能派」であることで、唯美主義者への保守派の非難に一定の根拠をあたえることになる。しかし、現時点でのマリウスにとって、この見方は無縁であるか無意味であるかのいずれかである。それは上につづく文章から読みとれる。

それでもフレイヴィアンは、活動的で生気にあふれ、多様な生を旺盛に受容しているため、田舎の屋敷でのあの幻のような理想主義のあとでは、きわめてなまなましいものであった。彼の声、彼の視線は、もろい夢のつくりごとのなかで、硬い世界の侵入に似ていた。あらゆるものを影として扱うひとつの影が、突然、そこになまなましく刺戟的な熱を感じたのであった。(*ME*, I:53)

幼年時代を故郷の「幻のような理想主義」のなかで過ごしたマリウスにとって、フレイヴィアンは「きわめてなまなましいもの」であり、その「堕落の深さ」はふたりを遠ざける理由にはならない。そのことがわかっても、マリウスは彼を諌めることすらしていない。むしろ、「硬い世界の侵入」や「なまなましく刺戟的な熱」といった表現からは、マリウスが友人のセクシュアルな力に呪縛されているように読める。とすれば、「堕落の深さ」が彼の魅力につながっている可能性すら考えられよう。あるいはペイターは、フレイヴィアンのヘテロセクシュアルな堕落に言及しつつ、「清らかで私心のない友情」(*ME*, I:49) に揺曳するホモエロティックな欲望を逆説的に浮上させているのかもしれない。いずれにしても、前文における総括的視点は、こうした微妙な陰影やフレイヴィアンの「なまなましい」魅力を十分に掬いとっているとは言い難いのだ。

フレイヴィアンのジェンダー表象に比較的明瞭な変化がみられるのは、第六章における彼の、母語再生に着手するさいの心理的動機の記述からである。それは他者への「支配欲」とされ、軍事的野望との類比で語られる。

言葉、表現それじたいの秘密は(略)、この野心にみちた若者にとって、支配欲と直接結びついてあらわれたが、別の若者であれば、それを満たすために輝かしい軍人的特質を獲得し発揮することに頼ったであろう。彼の場合は、言葉の正確な価値と力にたいする微妙な直観が、仲間を支配することへの強烈な願望と結びついていた。(略)彼はさほど遠い先ではない名声を強く求めながらそうしたことを夢みたが、それはちょうど若きカエサルが、おそらく軍事行動を夢みたのと同じであった。ほかの若者なら、人びとを魅了し支配するためのあの真なる「広大な戦場」である母語を残酷に扱ったり軽視したりするかもしれない。(略)結局のところ、言葉が、彼の繊細な力で巧みに扱われた言葉が、彼自身のための戦争の道具とならなくてはならなかった。(略)この綿密な文学的技巧は、じっさいフレイヴィアンのなかに一種の騎士道的な良心をはじめて目覚めさせたのである。

(*ME*, I: 94, 95-6)

フレイヴィアンの「支配欲」は、若きカエサルの抱く軍事的野望にたとえられる。母語は人を魅了するための「広大な戦場」であり、言葉は「武器」である。彼は「一種の騎士道的良心」にはじめて目覚める。彼はもはや装飾的表現を楽しむだけのダンディではない。段落の最後ではしかし、軍事的野望に示唆される暴力的支配性を払拭しようとするかのように、ペイターは宗教儀式の比喩を用いている。すなわち、フレイヴィアンのユーフュイズムには「品のない言葉への恐怖、端正な外形にたいするきめ細やかな感覚」がうかがえることから、「母語への聖なる勤行のようなもの」(*ME*, I:97) があったと語られている。

よくみると、この引用箇所にも母語の再生への希求と軍事的野望との類似だけではなく、差異もまた微妙に示唆されていることがわかる。[4]「別の若者なら」軍事についたであろうという表現がそれを端的にあらわしている。フレイヴィアンの「支配欲」は知性と風貌の力で他を圧するところにあり、物理的暴力によるのではない。また支配対象は「仲間」であり、その欲求は魅了し呪縛することである。「武器」は「彼自身のための戦争」に用いられる。これに加え、フレイヴィアンの言語能力には「繊細な力」や「微妙な直感」という従来の意味での女性的特質が付与されている。暴力性はかえってラテン語を粗野に扱う者たちに転移されている。彼らは母語を「残酷に扱う」のだ。フレイヴィアンのユーフュイズムに軍事的野心や戦闘の場合に発揮されるものと等価な「男性性」を付与しながらも、同時にそこから他者への暴力性や残虐性を剥奪し、「女性性」を共存させることでそれを書き換えること。これがここでのペイターの戦略である。

フレイヴィアンのユーフュイズムが愛国心と関連づけられる点も見のがせない。引用部の省略した箇所には、彼が母語の再生を「奴隷生まれの者にとってふさわしい、または可能な、唯一の愛国心の対象」(ME, I:94)だと考えたとある。傲岸不遜な彼に愛国心があるというのは意外である。[3] しかし、そのあとに示される記述からすると、フレイヴィアンの作業はきわめて個人主義的であり、また彼は特定の規範による言語統制をめざすこともない。彼は、語の意味を原初にまで遡及するさい、自分の鋭敏な言語感覚(「繊細な力」)に訴えるが、何より肝腎なのは「まず、強い印象を受けること。次に、自分にとって生き生きとして明快な、心地よく、活きた興味を引くものを他人にはっきり見えるようにする手段を見つけること」(ME, I:96)である。同じ章の締めくくりにもこの点が強調されている。フレイヴィアンのユーフュイズムが「たんなる作りもの」にならずに済んだのは、「個人の判断にたえず訴える」ためだと言うのである(ME, I:103)。愛国的感情に言及したあとに個人主義的方法が示されることにより、前者の示唆する国家主義的な言語観は切り崩される。個人主義を愛国心の発露とするのは、国家的利益を最優先する愛国主義者や共同体の維持を何より重視する「古典的共和主義言説」の信奉者たちにとっては許しがたい主張、または支離滅裂な言説にちがいない。

キャムロットによれば、ヴィクトリア朝の言語論には大きくふたつの特徴があった。ひとつは「国際的な視野をもつ個人主義的な」考えである。これは英語の言語的人種的雑種性を認めつつ、批評家個人が差異を「主観的に吸収し、専門的に様式化すること」を重視する。ペイター、セインツベリー、J・A・シモンズ、それにワイルドなどがこちらに属している。もうひとつは「国家主義的で狭量な、社会にたいし規範的な」考え方であり、サクソン系やゲルマン系の語を重んじ、ラテン系とくにフランス語の影響を排除することで、衰退する英語およびイギリスの力とアイデンティティの回復を図ろうとするものである。[6]フレイヴィアンのユーフュイズムでは、書き言葉と話し言葉、それに古語と新語の選別と刷新が問題になっており、言語的人種的雑種性はかかわっていない。それは「文体論」の方でより明確に扱われる。しかしながら、語の意味の学問的歴史的研究にもとづく個人の内的世界の表現という基本姿勢は同じである。彼の言語革新を特徴づける「愛国的かつ個人主義的」というあり方は、両者のたんなる折衷か中途半端な立場のようにみえるが、じつはそうではない——というよりも、折衷主義のあり方（書かれ方）じたいが挑戦的と言える。フレイヴィアンを母語再生に駆り立てる要因のひとつとしての愛国心に言及したのち、その実践方法として個人主義的印象主義をしるすこと。この方法は、「国家主義的で狭量な、社会にたいし規範的な」保守派の価値観を取り込みつつ、それと相反する個人主義を根幹に据えるという、論敵の不意を打つ横領の方法と見てとることができる。

## 三

章の三分の一を残すところでペイターは、フレイヴィアンのユーフュイズムについて、それは「個人の判断にたえず訴えること」により、「たんなる作りもの」にならずに済んだと結論づける（*ME*, I:103）。このあとにはフレイヴィアンの創作過程が記述される。そのまえにペイターは、ルクレティウスの『物の本質について』のなかの、女神ヴィーナスの加護を訴える序論と、[7]フレイヴィアンの作品とされている「ヴィーナス宵祭」（*ME*, I:99）との共通性に言及している。それは、「外界の自然の活気」と「純粋に身体的な興奮」とを区別できない若き詩人に固有の作品と言うのである（*ME*, I:104）。「ヴィーナス宵祭」のテーマは「ものみな活気づく春の原理に寄せる神秘的な讃歌の一種」（*ME*, I:104）であった。この章に託されたペイターのもっとも個人的な動機は、『ルネサンス』の文体への非難にたいする反論だから、フレイヴィアンのユーフュイズムの具体化した「ヴィーナス宵祭」には、多少とも『ルネサンス』のイメージが重ねられているだろう。かなりあとに出てくる一節を参照すると、この作にはとくに「結語」との類似性がうかがえる。その箇所は、第十六章「再考」の、「結語」の思想を彷彿とさせるキレネ主義の特徴が「体全体に日光を気持よく感じる若者」（*ME*, II:16）に特有の考え方だとされる一節である。つまり、ルクレティウスの作、「ヴィーナス宵祭」、ギリシャとローマの新旧キレネ主義、それに「結語」が、活気あふれる若者に固有の作という点でゆるやかにつながっているのである。たしかに、ピサの若者たちの歌から取られた折返し句「明日は愛せよ、愛を知らぬ者は／愛を知る者も明日愛せよ」は、「結語」の思想である「今日をとらえよ」（carpe diem）の変奏のように聞こえる。ただ、本書第四章でふれたように、ここには「過ぎ行く瞬間」への切迫感に代わって、「明日」への時間意識がより強くみられるけれども。

さて、華やかな祭の行列と奉納の荷船の出港を見物したフレイヴィアンとマリウスは、かつてギリシャの植民地として栄えた島におもむき、昔の賑わいを想像する。フレイヴィアンは何か思いつくと書板に詩行を書く。マリウスの目に、昔の市民たちの生活が傍らの友人の生気あふれる姿に重なるが、家路につくときになると、マリウスは友人に「肉体的な疲労以上のもの」を感じる（*ME*, I:110）。翌日の夜、フレイヴィアンは「恐ろしいあらたな病気」（*ME*, I:110）による熱病にうなされている。ここで章は閉じられる。

歴史的事実を反映して、この病気が当時猖獗を極めていたことは、小説中のそこかしこで描かれているので、フレイヴィアンの罹病という設定に無理はない。ただ、都市の官能に溺れながら「完璧に統制された健康」（*ME*, I:49）を保っていた彼が、作品完成の目前になって伝染病に倒れるという筋はいかにも皮肉であり、そこに何らかの意味を読みとりたくなる。マリウスが罹病しないのでなおさらである。多くの論者が、フレイヴィアンの死にペイター自身の自己処罰を読みとっていることはすでに述べたが、本文中の言葉にそくしてみると、それとは異なる解釈が可能となる。「肉体的な疲労以上のもの」という表現は、死病と同時に「精神的な（あるいは魂の）疲労」をも示唆するだろう。フレイヴィアンのユーフュイズムと罹病とのあいだに何か関係があるのではないのか。ここで思い起こされるのは、「ユーフュイズム」の前半でラテン文学とラテン語に付与されていた病気のメタファーである。第三章（三）でみたように、当時のラテン語は「色あせ、活気を失い」（*ME*, I:94）、ラテン文学ともども「慣例と無気力で死にかけていた」（*ME*, I:96）。両者はまるで瀕死の患者のように語られていた。ユーフュイズムはそれに「原初の力を回復させる」ための治癒法であり、その成果たる「ヴィーナス宵祭」は万物の芽吹く春の原理への讃歌であって、若者の活気にあふれている。このことを考慮するなら、フレイヴィアンの罹病には、治療つまりユーフュイズムの実践中に患者（言語）の病気に感染したという意味が生まれる。マリウスは、フレイヴィアンの罹病が発覚するイシス祭中も、身体の接触をともなう看病中も、感染を免れている。それは、彼が友人の書き物の清書役にすぎず、自分ではユーフュイズムを実践する作品を残していないためだと思われる。これにより、あたかも書くことそのものが伝染病を引きよせたかのような印象が生まれ[8]、フレイヴィアンの罹病と死には「文体の殉教者」の意味合いが付与されるのである。言語の病の、フレイヴィアンの心身への転移は、次章「異教徒の死」における彼の闘病と死をしるす箇所、さらにその伝染病流行の原因にかんする記述に引き継がれてゆく。

フレイヴィアンの闘病の記述では、疫病が一貫して「敵」(enemy/ foe/ adversary)の軍隊に見立てられている。これは、彼のユーフュイズムが戦闘に比せられていたことを想起させる。「戦場」はいまや彼自身の肉体であり、「支配欲」の実現は幻に終わろうとしている。第七章「異教徒の死」の冒頭に、伝染病蔓延の事情にかんする説明がある。東方での勝利を収めたウェルスの軍隊がローマで凱旋行進を行なったさい、捕虜として連れて来られた「敵」のなかに「怪しいと疑われもしない敵」が混じっていた(*ME*, I:111)。それに接触した人びとから感染が拡大し、いまや疫病は「帝国全土に侵入したように見えたし、穏やかなかたちで永久に残っていると思う者さえいた」(*ME*, I:112)。途中、ペイターは人びとの「迷信」に言及している。彼らは、軍隊が講和を結んだ敵を裏切って大虐殺を行ない、疫病の神アポロの神殿を略奪により汚したことが伝染病蔓延の原因だと考えていると言うのである(*ME*, I:112)。人びとは、不可視の「敵」の由来を自軍の横暴に帰すことで不安を紛らわせようとしているのである。最終章でも、地震の発生をきっかけとしてキリスト教徒への不安を煽られた人びとが、信者の如何を問わず危害を加えるさまが描かれている。ペイターは、東方からの疫病と蛮族という帝国にとって直接脅威となるもののほかに、内部の「敵」を探しだすことで不安を解消しようとする、それじたい脅威となりうる民衆の心理状況をも書き込んでいるのである。

『ローマ皇帝伝』によると、ウェルス軍による殺戮や略奪そのものは事実である。[9] つまり、人びとの「迷信」には一定の歴史的根拠がある。ここでの軍の行為は、「敵」の侵入を許し、ある程度の復讐を果たさせた点で反「愛国的」と言える。これは、フレイヴィアンに付与される愛国軍人の「男性性」と顕著な対照をなす。敵を信頼させてから裏切るウェルス軍の「背信」行為もまた、フレイヴィアンのユーフェイズムの特徴である「誠実さ」と対照をなしている。つまり、一連の記述は、ユーフェイストに軍人的愛国的「男性性」を付与しつつ、その内実を非暴力化する一方、現実の軍隊の不誠実さ、反愛国的性質を示しているのである。

フレイヴィアンの病状の進行はさながら軍隊の移動のように描写されている。それは「頭から足へと移動し」、「こんどは致命的な寒気となってふたたび上部に戻り」、「生の要塞の塹壕をひとつひとつ転覆させてゆく」(*ME*, I:112)。[10] フレイヴィアンは当初、マリウスに口述筆記をさせ、「作品を完成し、書き写そうと必死になる」(*ME*, I:113)。七日目に「敵」は胸を破壊して立ち去るが、激しい嘔吐をもたらし、四肢を「屈伏」させる(*ME*, I:116)。この「破壊者のすばやいけれども組織的な仕事」(*ME*, I:113)が進行するなかで、フレイヴィアンは、意識がもどったときには状況を正確に測りながら「敵と戦っている」ようにみえる(*ME*, I:117)。彼の軍人的「男性性」は放棄されてはいない。けれどもついに「疫病の仕事が完成した」ことを示す「譫妄状態」が彼を襲い、「言葉と思考の一貫した秩序を崩壊させ」る(*ME*, I:117)。死期を悟ったフレイヴィアンは「もはや病気と闘わず、勝ち誇った敵のなすがままに身をゆだねる」のである(*ME*, I:117-8)。ここでは破壊が疫病の「仕事」(work)である。破壊されるのはフレイヴィアンの心身、それに「作品」(work)である。作品完成のための彼の苦闘とそれを破壊する疫病との対比は次の箇所にしるされている。説明の都合上、原文を先に示す。

> As if now surely foreseeing the end, he would set himself, with an eager effort, and with that eager and angry look, which is noted as one of the premonitions of death in this disease, to fashion out, without formal dictation, still a few more broken verses of <u>his unfinished work</u>, in hard-set determination, defiant of pain, to arrest this or that little drop at least from the river of sensuous imagery rushing so quickly past him. But at length *delirium*—symptom that <u>the work of the plague was done</u>, and the last resort of life yielding to the enemy—broke the coherent order of words and thoughts....
>
> (*ME*, I: 117. underlines added.)

いまや死をはっきりと予感しているかのように、彼は熱心に、また熱をおび怒りにみちたまなざしをこめて――この病気の場合、それは死の兆候のひとつと認められている――型どおりの口述をしないまま、<u>未完作品</u>の断片的な詩をあとわずかばかりつくり上げようと努め、断固とした決意のもと、苦痛をものともせずに、目前をすばやく通り過ぎてゆく感覚的なイメージの奔流から、少なくともあれやこれやの小さな滴をとらえようとした。しかし、ついに譫妄状態――<u>疫病の仕事が終わり</u>、生の最後の頼みの綱が敵に屈しつつあることをあらわす症状――が、言葉と思考の首尾一貫した秩序を破壊したのである。

注目してよいのは、はじめの文におけるフレイヴィアンの作品完成への努力と次文の疫病の「仕事」

とを語るそれぞれの文体上の相違である。前者では、"set himself"のあとのふたつの副詞句と関係詞節の挿入がto不定詞の出現を遅らせる。しかも、それらの挿入語句はあとに出てくるものほど長い。ようやくあらわれたto不定詞（"fashion out"）の目的語は、副詞句の挿入により後回しにされる。そのあとも"determination"と"to"との連結は形容語句の介入により切り離されており、to不定詞（"arrest"）の目的語である"this or that little drop"の意味は、つづく箇所から終結部までを読み終えるまで理解できない。他方、疫病の「仕事」にかんする記述に挿入はいっさいなく、それは短文によって簡潔に語られている。

挿入表現による連結語句の分離や、同格表現、言い換え、付加、あるいはダッシュにより文の終結の引き延ばしを図る「遅延の文体」は、読者の理解を遅らせるばかりか、読者を焦らせもする。スペンサーの奨励する文とは正反対である。「ロセッティ論」でペイターは、目立たぬ括弧のなかで、コータプの評価するグレイを唯美主義者として書き換えるという大胆な転倒を行なっていた。そこにはささやかな「遅延の文体」の実践があったが、ここでの文体は、描かれる対象のあり方にいっそう密着している。すなわち、死に相対しながらも、間歇的な意識の回復のたびに制作に打ち込むフレイヴィアンの姿を、病気の、またその要因としての軍隊の、暴力性との対比において的確に表現していると言える。ダウリングの巧みな言葉を用いるなら、ペイターの「遅延の美学」の主な理由は、「認知上の終結」である「象徴的な小さな死」をなるべく遅らせるためである。[11] 死と闘うフレイヴィアンを描くさいの文体は、みずからの死（認知上の終結）とも闘っている。

フレイヴィアンは、もはや以前のように堕落した「官能派」ではない。いや、「感覚的なイメージの奔流」から数滴でも掬いとろうとする病床の彼にとっては、もはや書くことそのものが官能的な喜びといっても過言ではない。当然のことながら、この「奔流」は、「結語」にある内部世界の比喩を想起させる。[12] そこでは、過ぎ行く瞬間をいかに充実させるかという問いが芸術の享受者の側から提示され、[13] 書くという一定の時間を要する創造行為についてはどこにも言及されていなかった。残された時間をひたすら書くことに当てるフレイヴィアンの姿には、「結語」に向けられた「刹那的快楽主義」という非難への切り返し、あるいは非難を踏まえた再考の意味が込められているように思われる。マリウスによれば、フレイヴィアンの作は「中世ラテン語の朗々たるオルガン音楽、その宗教的情熱と神秘的精神」(*ME*, I:114) を予感させるものであった。マリウスの感覚にとって、友人の作品ははるか後世の特徴を先取りしているのである。ここにも「結語」には欠落していた時間的視野の拡大が見てとれる。[14]「ユーフュイズム」の章には、「死すべき運命からの解放を文学に求めよ」(*ME*, I:97) というプリニウスの言葉にたいするフレイヴィアンの共感がしるされていた。「結語」とは異なる視点からの価値が文学にたいして付与されているのである。繰り返すなら、「結語」における文学芸術は、刻一刻と死に向けて過ぎ行く瞬間を充実させてくれるもののなかでもっとも重要なものであったが、ここでは死から人を解放してくれるものである。そのような作品の完成をめざすフレイヴィアンは中途で倒れ、作品は未完に終わる。書くことが死を招く。しかし、ペイターは作者不明の「ヴィーナス宵祭」を彼のラテン語再生の努力の成果と仮構することで、「死からの解放」が半ば実現していることを示唆しているのである。

四

マリウスは、フレイヴィアンを指導者とする母語再生運動の同志であったが、指導者亡き後はどうなるのか。彼の書き物は詩から散文へと変化したとされているが、亡き親友のように母語の再生や文体の変革をめざしてはいない。マリウスの文体観にはフレイヴィアンとの共通性と同時に差異もまた認められる。

友人の死後ほどなくして、彼はアリスティッポスのキレネ哲学を信奉するようになる。それは、すべてが流動する仮象世界にあって、個人の生き生きとした感覚的印象を認識の基盤とするものである。けれども、マリウスには「一種の矛盾」として、創造活動により「割り当てられた時間を少し超えて生きたいという願望」が生まれる(*ME*, I:155)。これは先に述べたプリニウスの言葉の意味するところと同じである。このときペイターはマリウスの文体に言及している。そこには「男性的要素、論理的良心」が「豊饒でありながらゆるぎない輪郭、金属細工師の感触」として明確にあらわれていると語る(*ME*, I:156)。この比喩は、フレイヴィアンの文体に用いられていたものと同じである。マリウスは、長い時間をかけて推敲されていないものすべてを「本能的に非難する」ようになる。彼の文体の理想は「想像的散文と格闘した」ヘラクレイトスの「暗示に富む力」と、「生き生きとした自分の言葉の説得力に満足するあまり、書くことをしなかった」アリスティッポスの「すばらしい話し言葉」との「混合」、「優雅と知的な厳密厳格との稀な融合」である(*ME*, I:156-7)。折衷主義という点で、マリウスの文体はフレイヴィアンのユーフュイズムを引き継ぐものと言ってよい。ただ彼の場合は、親友のような文体変革の努力も、年配の文学者への挑戦的な姿勢についても、ともに影をひそめており、ユーフュイズムという言葉すら出てはこない。いや、奇妙なことに、彼が間近に接した友人の格闘ぶりを思い出してもいない。それどころか、マリウスの文体観には保守派のそれに近い要素すら見受けられる。

> そうなのだ！　まったくのところ彼にとって言葉はものでなくてはならない——単語、語句は、彼自身のなかですこぶる生き生きとして真に迫った認識、感情、気分を他人に伝達するさいの透明性にまったく比例して価値が増してゆく。（略）まず何よりも、ものの真の本質、自分自身の印象の真の本質を男らしく認識すること——言葉はそのあとにおのずと出てくるであろう、というのも、自分自身を真に理解することがいつも真の文体の第一条件なのだから。（*ME*, I: 155）

下線部の「透明性」は、書き手がみずからの認識や感情を読者に伝達するさいのあり方を示す語であり、「ロセッティ論」や「ユーフュイズム」にみられるような再定義された用法ではない。物の真相や自分の印象を「男らしく」、つまり論理的に認識すれば、言葉はそのあとに「おのずと出てくる」という箇所もまた、多少の違和感をかき立てずにはおかない。そこにはフレイヴィアン（あるいはフローベール）のような、「内面の構想（ヴィジョン）」に対応する表現を求めて格闘する姿勢が希薄に思われる。

もう少し先に、マリウスの創作願望について述べた言葉がふたたび出てくる。彼は「そのとき身のまわりで過ぎ行くものを、平明な散文で正確に、文字通りに転写すること」（*ME*, I:164）により創作意欲を満たすことができるかもしれないと思う。マリウスの念頭にあるのは「平明な散文」である。「内面の構想（ヴィジョン）」に応じて複雑微妙にも晦渋にもなりうる散文ではない。ペイターは、主人公の文体と文体観については、フレイヴィアンのユーフュイズムのもつ挑戦的挑発的性格を緩和していると言うほかない。マリウスの書き物は、第二十五章「もののあわれ」のなかに日記からの抜粋が示されてはいるものの、その特徴は文体ではなく内面の動きの記録という「現代風な点」（*ME*, II:172）にあるとされている。作品を書かぬままに――少なくとも書いたものを示さぬままに生き延びるマリウスとの対比を考えると、フレイヴィアンの罹病および死には、病める母語の再生のためのユーフュイズムの実践が深く関与しているとの印象がますます強くなる。

# 五

フレイヴィアンの変貌は闘病中もつづく。当然のことながら、それはマリウスの視線と切り離すことはできない。マリウスは破壊者たる疫病の「すばやいけれども組織的な仕事」を「苦痛を感じつつ魅入られたように見つめずには」いられない（*ME*, I:116）。けれども、彼の看病で際立つのは、そうしたいくぶん嗜虐的かつ被虐的な「目の快楽」を疑わせる視線よりも、[15] 身体を介した共感である。マリウスの親身な看病に接し、フレイヴィアンはこれまでにない姿をあらわす。彼のユーフュイズムが軍人的な「男性性」と愛国主義を付与されながらも、その内実には暴力性が欠落し、個人主義的実践があったように、死を意識し、それを受け容れる彼は、脆弱な姿をさらし、哀れみに訴える表情すら示すようになる。

七日目の午後、フレイヴィアンはマリウスに未完の原稿を脇に片づけさせる。マリウスは、餓死寸前の子どもに食べ物をあたえながら陽気にふるまう母の役割を演じ（*ME*, I:116)、譫妄状態に陥った患者が意識を失い苦痛を免れることに「最良の希望」を見いだす（*ME*, I:117)。フレイヴィアンは「もの言わぬ動物」のように従容として死んでゆく態度を示すが、同時に「なかば訴えるような苛立ち」も見せる。意識が鮮明になると彼は友人に「しがみつきながら、かすかに震えている」(*ME*, I:118)。マリウスは、友人の「ひどく縮んだ手」が自分の手に置かれたことに気づくと嬉しくなり、「まったくわれを忘れた献身ぶり」を示す（*ME*, I:118)。執筆を断念したフレイヴィアンが「縮んだ手」をゆだねることは、感謝と信頼の表現である。かつて「周囲のものをしっかり把握していた」(*ME*, I:49) 目は、いまや「不安定なまなざし」(*ME*, I:118) となってマリウスを見つめている。看病人は瀕死の友人の「かすんだ目」に「新しい種類の嘆願の表情」が浮かんでいるのを見ると、漠然とした罪悪感を抱くだけではなく、苦痛を和らげる方法を知るために同じ苦しみを分かち合いたいとすら思う（*ME*, I:118)。夜、マリウスはこの家に近づこうとしない人びととは異なり、「感染への不安に思いとどめられることもなく」(*ME*, I:119)、震えている病人のかたわらに身を横たえ、自分の体のぬくもりをあたえる。ふたりの距離がこれまでになく接近する場面である。このとき、ふたりによって交わされたやり取りのうち、作中にしるされたただひとつの会話が出てくる。

「慰めになるだろうか」とそのときマリウスはささやいた。「ぼくがたびたびやってきて、きみのことを思って泣くことになるというのは」——「いやならないよ、ぼくがそれに気づいていて、きみ

が泣いている声が聞こえるのでないかぎりね！」　(*ME*, I: 119)

フレイヴィアンの「不信心の精神」(*ME*, I:52) にかくべつな変化はおとずれていないようだ。彼の言葉は、死にゆく者といましばらく生にとどまる者との絶望的な疎遠感を示唆している。この直後につづくのは、翌朝、マリウスが「死者」のそばに立っていることを伝える文である。フレイヴィアンがマリウスと接触しながら囁き合う場面から、前者がすでにこと切れた場面へと急転する進行は、先の疎遠感を強め、マリウスが通夜のときに感じる「距離感」(*ME*, I:120) へと引き継がれる。そのとき「変化のない輪郭」で彼を怯えさせる死者の顔については、「その物体」と呼ばれている (*ME*, I:120)。マリウスは、死者の顔に「叩かれた子どもや動物の表情のような、ほとんど惨めな卑下の表情」(*ME*, I:119) を見てとり、「不当な運命の手にかかって死ぬ兄の死の場面」(*ME*, I:120) に立ち会ったときのように、その顔を記憶にとどめておこうと決心する。

このように、マリウスにとってのフレイヴィアンの表象は目まぐるしく変化し、とどまることがない。それは奴隷と主人、母語再生の指導者と協力者、看護者と病人――そのなかでも母と子、人と動物、弟と兄――そして生物と無生物というふうに変わってゆく。それだけではない。この先もマリウスは、異なる文脈で亡き友人を思い出すことになる (*ME*, I:169, 233-5; II:67, 96)。彼の亡父が母の記憶のなかに生きつづけていることにたいして「主観的不滅」(*ME*, I:20) という表現が用いられているが、フレイヴィアンもまた、マリウスの記憶のなかで同じ「不滅」を生きている。第十四章「男性的娯楽」を例に取ると、円形劇場の残虐な「見世物」を正視できないマリウスは、コーネリアスが席を立つのを見て親近感をおぼえる。そのときかつての友人の姿が想起される――マリウスにとってフレイヴィアンは「常なき流動」の強烈な印象をあたえる人物であり、キレネ哲学の具現化であった（*ME*, I:234）。これは読者にはじめて知らされる事柄である。フレイヴィアンの変化は、「結語」の冒頭で展開されるこの認識の比喩として機能していたのである。このあとマリウスは、フレイヴィアンなら円形劇場の席に「熱狂的に、浮き浮きしながら座っていたであろう」と想像する（*ME*, I:235）。かつての友人があらたな友人との対比において、否定的な意味をまとって想起されるのである。だが、それでも彼が記憶のなかで生きていることに変わりはない。第二十一章「ふたつの奇妙な家」では、フレイヴィアンの作品がマリウスの記憶から蘇る。マリウスがコーネリアスの案内によってある屋敷を訪れたとき、聞こえてくる子どもたちの歌にとても新鮮な印象を受け、彼は「新しい詩的な音の世界をめざすフレイヴィアンの早くからの試み」を思い起こすのである（*ME*, I:96）。ユーフュイストの実践者としての側面は忘れ去られていたわけではなかった。というより、フレイヴィアンという人物は、変化する多数の側面をもつがゆえに、簡単に忘れ去られることがない。また、忘れ去られることのないように、作者はたえず変貌する彼の存在を読者に示しつづける。「認知上の終結」をたえず引き延ばすように試みる「遅延の文体」のように、フレイヴィアンの「死」とそれによる忘却もまた、常なき変転によって引き延ばされるのだ。その姿が「流動する文体」の比喩でもあることは、あらためてことわるまでもないだろう。

フレイヴィアンは早くから「堕落の深さ」と「形式の完璧さ」を兼備する「異教世界の象徴」とされていた。だが、この総括の仕方は彼のさまざまな側面を無視している。彼はマリウスにホモエロティックなうごめきを喚起する人物であり、またペイターのユーフュイズムにかんする挑戦的な試みをになう重要な人物である。罹病から死までの過程で、彼は書くことに執着し死と闘うが、同時に無力で脆弱な姿を見せる。過ぎ行く生の断片を書きとめることで死に抵抗するが、マリウスの視線と記憶のなかで変貌しつづける彼の姿じたい、死と忘却への抵抗の表現であり、「遅延の文体」と「流動する文体」の比喩的形象とも言うべきものなのである。

## (二)「イギリスの詩人」の主人公と『ガストン・ド・ラトゥール』のロンサール

### 一

ペイターが主人公を文学者としたのは、未完の短篇「イギリスの詩人」が最初である。[16] 草稿には「想像的画像　二『イギリスの詩人』」とあるから、[17] この作は「家のなかの子」の続編と言ってよい。執筆は一八七八年から一八八一年秋まで断続的に行なわれたらしい。[18] 未完のまま放棄された理由は不明だが、外的な要因としては『マリウス』の執筆開始がかかわっていたと思われる。[19] また、構想そのものにも問題があったのかもしれない。いくつかのモチーフが断片のまま放置されているだけでなく、加筆修正の必要な文も散見される。しかし、文体のあり方への関心は明瞭であり、理想的な文体の比喩が一貫して用いられている。

ノルマンディーのコーに生まれた主人公は、母の死とともにイギリスのカンバーランドに住む親戚のもとへ預けられる。学校生活をおくるなかで詩人になろうと決意した彼は、文学的関心を共有する友人とフランスにおもむき、さらに南下する旅に出ようとする。ここで作品は終わっている。主人公は早くから、ある理想的な文体のありようを思いえがく。ペイターはそれを、カンバーランドの山岳地方の自然と芸術に由来するものとしている。少年は「異例なほどすばらしい季節」に、ふたつのものに愛着をおぼえる。ひとつは「赤い忍冬」であり、もうひとつは古い教会にある「金属製の屏風をすばらしく優雅に曲げて、渦巻く焔または花のかたちにしたもの」(EP, 439) である。ところが「忍冬」は「フランスからの外来種」であり、金属細工も「アウグスブルクからの外来産」である (EP, 440)。この両者が「彼の性質のなかの、ある種の優雅さ」に調和するとされる (EP, 440)。ヒースや「水鳥の胸の柔らかな羽衣」や「春の鈴蘭の香り」など土地固有の自然については、彼は「まったく評価しなかった」(EP, 440-1)。南欧への旅から帰ってからこれが変化するのかどうか、残された原稿からは判断できないが、主人公の文学的野心は土地への愛着ではなく、遠方への憧憬によって刺戟される、というのがペイターの構想であったらしい。ここで重要なのは金属細工の比喩だ。少年はまず「金属職人になり、熱をおびた暗い空想を金属製の花細工のなかで解放しよう」と思う (EP, 440)。彼がのちに詩人となったとき、この花細工はその詩の特徴をあらわしていると見なされる。ペイターはその理由をこう語る。

このような単語と語句にみられる柔軟な力は、感受性の強い繊細な思考や感情の動きに従ったが、それは金属が花の湾曲に従うのと同様であって、そのことは素材にたいする芸術的な勝利を示すように思われた。この言語という素材はなかば抵抗するものの、最終的には彼の思考から明確なかた

ちを得たのであり、そこには古代の熟練した技から生まれる堅牢さがそなわっていた。（EP, 440）

「金属製の花細工」は、繊細な思想感情の動きを忠実かつ柔軟に写しとった、堅牢な輪郭をもつ作品の比喩である。この「柔軟性」あるいは「繊細」と「堅牢」との兼備が、これ以後のペイターにおける文体の理想的な特質となる。言葉が金属とともに抵抗力のある素材とされている点は注目される。すでにふれたように、コータプは、文学者にとっての言葉は彫刻家にとっての大理石とはちがい、意のままにならないと述べていた。ペイターはそれをなかば承認しつつ、しかしそれにたいする熟練こそがすぐれた文学者のしるしだと主張しているのである。「堅牢さ」について言えば、この語はのちに詩人となった主人公の作品に顕著な「宝石あるいはカメオ細工のような硬さ」（EP, 446）と言い換えられる。この表現は、「結語」のなかの「硬い宝石のような焔」の変形以外の何ものでもない。「結語」における"hard"は「烈しい」と「硬い」の両方の解釈を受け容れるために読者をとまどわせるが、ペイターはここで、「結語」でのそれが後者の意味であったこと、つまり快楽主義の主張（「烈しい…焔」）ではなく、堅牢な芸術的形象の比喩であったことを示唆しているのである。これは、みずからの表現にたいする再定義であろう。

学校生活をおくる主人公は読書欲に駆り立てられるものの、同時に彼のなかでは「活力あふれる批評力」が目覚め、文学的価値にかんする「規範」が定着する（EP, 442）。だがその「規範」とは、コータプがいうような古典的伝統ではなく、また何らかの制度や組織の占有物でもない。それは、作品が「熱さや冷たさのように直に感じられる啓示、つまり、隠れているにせよ遠くにあるにせよ、見るのが望ましいものの発見でないかぎり、ほとんど意味がない」(EP, 442-3)という書き手自身の、個人的で切実な経験であり、また感覚的な啓示である。これにたいする憧憬は「外来種の開花」(EP, 442)と表現されている。

主人公は知的渇望に誘われて「さまざまな時代の古いイギリス文学」を読むが、いつも「何より文体を味わう」(EP, 444)。彼にとって「形式が内容であった」(EP, 444)。この言葉は「ワーズワース論」にある内容と形式の融合を語る一節と同じく、保守派の二元論的発想への反論の意味をもっている。英語という言語のもつ力は、主人公にとって「外来種」として発見される。すなわち、「不思議なのは、彼がなかば外国の生まれにもかかわらず、英語の力、その豊かな表現力、その多様な韻律、耳のよい外国人が驚いて賞賛する多様な柔らかい抑揚に敏感になったことだ」(EP, 444)。こうして、英語は彼にとって「神秘的な力と甘美の生きている精髄」としてあらわれる。少年が言葉や書物や絵に要求するのは、「耳と目にとって現実に存在しないものすべて、とりわけ洗練の真髄」であり、それを感じるのは新しいテーマによるのではなくて「文体、エーテルのごとき形式からの微妙な作用」によるという(EP, 444-5)。彼にとって「形と色に加えて音でもあり、ほとんど外来の香水」である「書き言葉」は、「関節の外れた世界」にあって「パンのみにて生くるにあらぬ」彼の欲求を満たしてくれると語られる(EP, 445)。「外来種」としての英語という見方は、現代の文学の問題を「これまで大半はあまりにも無意識のうちになされてきたことを意識的に行なうこと」、つまり英語を徹底的な学識の対象とすべきことを説く「ロマン主義」(「あとがき」)や「文体論」の主張を小説的な設定のもとで提示したものと考えることができる。詩人は英語を外国語のように扱わなくてはならないのである。

唯美主義の文体にまつわるジェンダー表象の再規定の試みも、不十分ながらうかがえる。主人公の作品の文体的特徴である「柔軟性」と「堅牢さ」はそれぞれ「女性性」と「男性性」を示唆し、彼がとらえる英語の「力と甘美」は両者を融合したものである（フレイヴィアンの言語感覚が「繊細な力」とされていたことを想起させる）。じっさいペイターは、そもそも言語表現じたいに「女性的な要素と伝統」があり、それは「子どもが母親から受けとる基本的な能力のひとつ」と述べた直後、この少年の場合、その能力が育まれたのは「カンバーランドの山並のなかの、完全に男性的な、話し言葉としての英語の生き生きとした力」の影響下であったとつづけている（EP, 444）。残念ながら、主人公の作品はフレイヴィアンのように読者に示されることはなく、またジェンダーの特徴がどのように作品に反映されているかについての説明もなされてはいない。けれどもペイターは、この詩人の文体を両性具有的なものとして特徴づけることにより、『モナ・リザ』の一節の「詩的散文」を「男性性」からの逸脱という侮蔑的な意味で「両性具有的」と評したコータプへの反論を行なおうとしたことがうかがわれる。

## 二

ペイターは、未完の作『ガストン・ド・ラトゥール』（一八八八－九四）の第三章「現代性」で、主人公が友人三人と連れ立ってピエール・ド・ロンサールを訪問する場面を描いている。彼は『ルネサンス』所収の「ジョアシャン・デュ・ベレー論」のなかで、このプレイヤッド派の詩人の魅力を「力強くもなく独創的でもなく、長い研究と洗練された言葉を反復することから生まれる優雅さに満ち溢れたものの魅力」であると指摘していた(R, 135)。『ガストン』ではこの点が敷衍されるだけではなく、保守派への反論の試みもそこかしこにうかがえる。

注目すべきは、この章がシャルル・ボードレールのエッセイ「現代生活の画家」(一八六三)を下敷きにしていることである。ボードレールが画家コンスタンタン・ギーを「現代性」の体現者とするように、ペイターはガストンの精神に大きな影響をあたえたロンサールを同じ観点から取上げている。それだけではない。ロンサールの風貌がボードレールのそれに重ねられるとともに、ロンサールの詩の特質が唯美主義のそれに重ねられているのである。言うまでもなく、ボードレールはイギリスの保守派にとっては「官能派」の生みの親である。ブキャナンによれば、この「売春宿のダンディ」たる詩人は「現代の官能派のいわば名づけ親」であった。[20]

「現代性」を盾にペイターが主張するのは、一瞬に過ぎ去りゆくものの芸術的重要性である。すなわち、「現代性」とは「快活な若者にたいしてどの時代にも継続して更新される」ものであり、それは「是認されたあらゆるものに反抗しつつ、真の『古典』は現在から、つまり現在の力と忍耐心から生まれなくてはならないと抗議する」(G, 29)。[21]「古典」とは、保守派の主張するような、過去に固定された規範ではない。「現代性」が主張するのは、「つかの間のもの、移ろいやすいもの、偶然的なものの、隠れている詩的権利」(G, 29)である。この表現は、ボードレールのエッセイからのほぼそのままの借用である。[22]「快活な若者にたいしてどの時代にも継続して更新される」という特質が示すように、「現代性」は『マリウス』における「新キレネ主義」に対応している。

ガストンは、友人ジャスマンから手渡されたロンサールの『頌歌』を読んで魅了される。それは「見たところ際限のない知的源泉をもっているが、視覚的または感覚的なものに特別に近い新しい世界にいたる鍵」(G, 26) となる。彼にとって、詩はそれまで「死せる言語で書かれたもののように」(G, 27) 書棚に眠っていたにすぎなかった。ガストンの求める詩は「現在の新しい顔、現実の季節の花と同じくらい真実で、親密なまでに身近な、身体的な詩」(G, 27) であるが、まさにそれこそロンサールの詩にほかならない。それは「現代の衣服、言葉、習慣、巧みな芸までも大胆に取り込み、それらを黄金に変えた」(G, 28)。その詩では「目に見えるものがこれまでより目に見えるようになったが、それは魂が表面にあらわれたためにほかならない」(G, 28)。

「ユーフュイズム」の章と同じく、ここでも保守派の「年配の人びと」が登場する。彼らは「ウェルギリウスを手にしつつ」、「つまらぬ人間や事物」ばかりの現代という時代は「自分たちの青年時代から堕落しているから、詩的な用途には不向きに決まっている」と主張する (G, 27)。これにたいする若者たちの言い分はキレネ主義の特徴を思い起こさせる。彼らは「野外にもみずからの血管にもある太陽はまだ熱く、両者に花と果実をいまだに生みだしている」と抗議するのである (G, 27)。

ペイターは「ユーフュイズム」の場合と同様に、「現代性」を示すロンサールの詩に欠点があることを認めている。もちろんこれは、先手を打って非難を封じるか緩和するかして、最終的には肯定するための戦略である。

しかし、ガストンは、欠点も何もかもをふくめてロンサールの詩を誠実に受け容れた。その欠点——優雅が気取りへと、学識が衒学へと、斬新な技巧がトリックへと堕落すること——は彼にとって、詩がみずからの際立った姿勢にたいして忠実であることを示す証拠にしかならなかった。欠点は**その特徴をよくあらわすものにすぎず**、そうしたものとして、秘密に通じた者たちにとっては何の弁解も必要とはせず、いやむしろ、名匠の完璧な特性の味わいとして歓迎されたのである。

(G, 28)

「気取り」、「衒学」、「トリック」は唯美主義の不誠実さの特徴として非難されたものだが、ガストンはそれらを、ロンサールの詩がみずからに忠実である証しとして受け容れる。不誠実にみえる特質は、そのじつ誠実さのあらわれにほかならないとされるのだ。「秘密に通じた者たち」にとって、欠点はむしろ「完璧な特性」を示すものとして歓迎される。唯美主義に投じられたもうひとつの批判点である特権的な少数者性については、ペイターはここでも肯定的である。そしてここでの「秘密に通じた者たち」もまた、特定の組織や階級と結びつけられてはいない。ロンサールや唯美主義の作品の解読は、少なくとも理論上は、すべての人びとにひらかれている。

　秘教性の魅力は、章の末尾でも強調されている。ペイターは、ロンサールの詩がじっさいには「人間精神の全般的方向性、時代の愉快な『流行』の産物」であり、「他者の直観への共感のこもった信頼」を示す一群の人びとを著者としてよいと語ったのち、こうつづけている。

ほんとうにここには伝えるべき教義、知ろうとするどんな人にとっても公然たる秘密があったのだが、それは生のあらたな対処――いや、あらたな宗教、少なくともあらたな崇拝のためのものであった。（略）ものの美しさへの崇拝――これはひとつの宗教であって、そのしかるべき機能をもつのは肉眼であろう！（略）あの厳格な端正さ（略）、俗な「平民」にたいする警戒心、秘密を知っている者にとって心地よい感覚、すなわち、この作はどんなに成功しても、俗受けすることは絶対にありえないというもの――これらが彼にとって喜ばしいのは、ただ幼年期の精神的習慣の持続だからにすぎなかった。（G, 36）

プレイヤッド派と唯美主義との重ね合わせは「ものの美しさへの崇拝」という語句に示されている。後者の秘密結社的結束は保守派による非難を呼び起こしたが、ペイターは唯美主義の「秘密」の魅力を「知ろうとするあらゆる人」にひらかれたものとすることでこれに反論する。しかしそのあと語られているように、多数者への開放性はある意味で擬態である。これは本書第三章（二）で「ワーズワース論」を取上げたさいに検討した、読者を選別し誘惑する一節とよく似ている。

ロンサールとの面会を終えたガストンは、この「新しい宗教」ともいうべき彼の詩には「悪の花」が隠れており、「悪にたいする一種の神聖視」があるのではないかと思う（G, 36-7）。しかし次の瞬間、「善悪という特質」は、この詩の「あらたな関心が感じられるにつれて適用できなくなった」と考え直す（G, 37）。ロンサールの詩の「悪の花」が具体的に語られている箇所はない。ペイターがその言葉を引き合いに出すのは、『マリウス』の「新キレネ主義」と同じく、保守派による唯美主義批判を読者に想起させるためではなかろうか。そのうえで土台から切り崩すためである。ただ、善悪の問題はガストンの意識の内部で完全に解消されるわけではない。章の最後の文で示されるのは、「神聖な愛と世俗の愛とを調和してくれるか、それがかなわぬなら、後者の排他的優位を明快にすることで安心させてくれる真実にかんする理論体系があるのではないか」と考えるガストンの姿である（G, 37）。唯美主義と道徳性との関係は、『プラトン』の最終章「プラトンの美学」まで継続されてゆく、ペイターにとっての大きな関心事であった。

「悪の花」という表現のもうひとつのねらいは、唯美主義の「名づけ親」ボードレールを呼び起こすことにある。パトリシア・クレメンツによれば、[23] ペイターの描くロンサールの容貌――「大きな鉤鼻」や「やつれている」こと、「きょろきょろ動く、驚いたような目」、それに「神経の疲労」（G, 34）は、ボードレールの肉体的特徴であった。しかも、ロンサールは現実には六十歳まで生きたというのに、ペイターは彼を四十六歳ですでに死を意識した人物としている。四十六歳はボードレールの死亡年齢である。[24]

ペイターはもうひとつの重ね合わせを仕掛けている。ガストンがロンサールの作品を読んだとき、彼はすでに自分自身の心中にあったことを詩人が語ってくれたのだと考える。そこには「自分自身の発見の魅力」があった（G, 29）。そう考えたのは『頌歌』が完成してから十八年後、ガストン自身も十八歳のときである。ところで『悪の花（華）』の刊行された一八五七年、ペイターは十八歳であった。つまり、ガストンのロンサール作品との出会いには、ペイターのボードレール体験がそれとなく暗示されているのである。[25] ペイターは、ロンサールの姿にボードレールを重ね、ガストンに自分自身を重ねることで、唯美主義を「現代性」の伝統として主張し、保守派への切り返しを行なっているのである。『マリウス』の「再考」に相当する章が設けられていないひとつの理由は、この章じたいが唯美主義の弁護であるためと考えられる。

ガストンはロンサールから、友人ミシェル・ド・モンテーニュへの紹介状を書いてもらい、こんどはこの人物に会いに行く。ロンサールは、この友人がガストンの女性的な「精神の『優雅さ』」に「男性的力」を付与してくれるものと考えたのであった。第四章「桃の花と葡萄酒」および第五章「判断停止」は、ガストン一行のモンテーニュ家訪問とこの哲学者の思想を扱っている。しかし残念ながら、ガストンのジェンダーをめぐる記述はみられない。ペイターの眼目は、「家庭的な享楽主義者」(G, 44) であるモンテーニュの『エッセイ』からの借用と編集により「結語」の思想の正当化を図ることである。とくに「個人の精神という驚くべき小宇宙」(G, 54) という表現に示される真実の主観性、変転し相矛盾する要素からなる自己、あるいは自己の複数性という見方、それに「判断停止」の重要性などが語られている。本書の趣旨から逸れるので詳述は避けるが、こうした自己のとらえ方が、とりわけ後期ペイターの文体の特徴に対応している点を指摘しておきたい。それは、フレイヴィアンの人物像にも反映されているといってよいのではなかろうか。ペイターは、モンテーニュが「人間性の誠実さ」を探求する人物であると述べた箇所で、「誠実さ」は「内容が何であれ、生命を付与する形式として重要である」とつけ加えている (G, 46)。それは、変転し矛盾を孕むことを許容することにつながるだろう。それが「生命を付与する形式」であるかぎりは。

# 第八章　「エメラルド・アスウォート」（一八九二）——「非国民」の問い

## 一

一八九二年、ペイターは「エメラルド・アスウォート」を『ニュー・レヴュー』誌の六月号と七月号に掲載する。「想像的画像」と呼ばれる一群の短篇小説のなかでもっとも長い作品である。前年にカンタベリーの母校キングズ・スクールを訪れたことが執筆の動機であり、自伝的要素の濃い作とされている。[1] たしかに、主人公は作者と同じ学校から同じ大学に進学するので、その間の出来事や町の描写にはペイターの実体験が反映している可能性がある。他方、この短篇は晦渋であり理解しにくいとか、[2] 無気味な死体愛好がふくまれているとか評されることはあっても、[3] 作品としての重要性はこれまで看過されがちであった。本書最終章では、文体のポリティクスという視点を導入することで浮上するその意義を詳しく論じてゆく。

物語は、運命に翻弄される青年の生と死をめぐって展開される。十八世紀末、サセックスの田舎に生まれたエメラルド・アスウォートは、キングズ・スクール在学中に軍人の道を志望し、オックスフォード進学後ほどなくしてこれを実行にうつす。親友ジェイムズ・ストークスとともに戦地フランドルで数々の武功を立て昇進をはたすが、やがて運命の時をむかえる。包囲した町をただ監視しつづけるという無意味な任務に耐えきれなくなり、英雄的な行為へと駆り立てられるのだ。敵陣から旗を奪ってもどってきたところを、ふたりは軍規違反で逮捕される。彼らは軍法会議で死刑となるが、アスウォートはストークスの銃殺刑を見とどけた直後に減刑となり、軍人資格を剥奪される。彼は屈辱のうちにフランス各地を漂泊した末に帰郷し、四年後に死ぬ。かつて戦場で受けた銃弾と精神的苦痛が早すぎる死をまねくことになったのである。死の直前、ふたりの名誉回復とあらたな任務の知らせが届けられる。このあとに、アスウォートの遺体から弾を抜いた外科医の日記が添えられている。

注意したいのは、年月日への言及がきわめて少ない点だ。主人公の生年は明記されておらず、没年は「一八—」となっている（*MS*, 199, 243）。[4]「今日生きていればほぼ百歳」（*MS*, 243）とあるから生年は一七九二年ごろで、「享年二十六」（*MS*, 199）だから、没年は一八一八年前後であるとの推測はつく。すると、作中の戦争の大枠はナポレオン戦争末期からワーテルローの戦い（一八一五）までに相当するだろう。[5]しかし、それはあくまで作品の発表された年を基点とした場合である。さらに、アスウォートは軍中日記をつけていたとされるが、そこにも、また外科医の日記にも年月日はしるされていない。このような特徴のため、この一篇はペイター執筆時の同時代性をもおびてくる。すなわちアスウォートは、パブリック・スクール出身のエリートで、植民地の獲得維持のために他の帝国主義国との戦争に従事する軍人、あるいは植民地における反乱の鎮圧に当たる十九世紀末の軍人のひとりとして読みかえることが可能となる。

先述したように、「家のなかの子」にはサリーとケント両州を「イギリス人にとって真の風景」だと主張する一節がある一方、「真の風景」に囲まれた、いかにもイギリス人の「家らしい」家に住むフローリアンが、インド駐在中に死ぬ軍人の父の亡霊によって悩まされるという設定があった。父の愛国心や軍人精神への言及が皆無であることも考慮すると、そこには植民地の維持あるいは拡大を行なう帝国のあり方へのペイターの不安が迂回的に投影されているのではないか——これが第五章後半における問題提起であった。「エメラルド・アスウォート」についてこの点を考えるなら、まず「イギリスらしい」として提示されているものは、土地や風景にとどまらず、生活、島の小ささ、教育、妥協、石、少年、海岸、誇りなど、きわめて多岐にわたる。作品全体がこの形容詞（English）に取りつかれているといっても過言ではない。他方、フローリアンの父の直接の死因が戦闘ではなく熱病であったのにたいし、アスウォートの悲運の要因は敵との戦闘や自分自身の行動に加え、自国の軍隊である。帝国の維持拡大にたいするペイターの不安が以前よりも強くなり、そのため国内の多数の「イギリスらしい」ものにたいして目を向けさせたのか。あるいは「家のなかの子」の時点では曖昧な不安にすぎなかったものが、より意識的な批判というかたちを取るにいたったのか。この点について答えるために、アスウォートの生において「イギリス（人）らしい」という語で形容される四つの要素に注目したい。[6] それらは順に、土地、教育、若者、そして誇りである。それにより、帝国主義下で要請される軍事的「男性性」にたいするペイターの異議申し立てがこの作品に書き込まれていることを示す。そこには、保守派により「反社会的非国民」と非難された者からの切り返しが見てとれるように思われる。

## 二

作品の冒頭で語り手は、シエナにあるドミニコ会の教会墓地に埋葬されたドイツ人学生たちの記念碑に言及したのち、イギリス国内の、サセックスの教会墓地にある青年の墓碑銘に目を転じる。そこで青年の一生が総括的に語られる。その墓地では、

エメラルド・アスウォートがしかじかの日に「この教区のチェイス・ロッジで生まれ」、一八―一年のある日に「そこで死亡した。享年二十六」という文字を読むことができる。そこで考えるがよい、彼はまったくイギリスらしい生活を長年にわたり、一週間も無駄にすることなく、そのイギリスらしい花で覆われた土地で、イギリスらしい芝生と花壇、古い煉瓦と垂木の漆喰に囲まれて過ごしたと。（略）いや、それはまちがっている。エメラルド・アスウォートは、故郷にはほとんどつねにいなかったが、なかば故郷を切望しつつ若くして離れ、そこに戻ってきたのはただ、彼の思うに不名誉のうちに死ぬためであった。不名誉が死の原因であったが、最期には、傷に塗られる神聖な油のように、その土地の感覚に包まれるのを感じていた。

（*MS*, 198-9. 傍線は引用者による）

アスウォートの生には、故郷の「イギリスらしい」風景が密接につながっていることを述べたくだり

である。それは、花と芝生、古い煉瓦と漆喰の垂木でできた家の風景である。瀕死の彼に故郷の「感覚」が「傷口に塗る神聖な油」のようにおとずれる。アスウォートが故郷をありがたく思うのは、若くしてそこを離れたからであり、故郷で安らかに死んでゆくのは異国での屈辱を味わったからである。ここで肝腎なのは、故郷そのものというより、そこを出て帰る円環の歩みである。上の引用はそのことを二度にわたり示しており、その点は以後も断続的に言及される（*MS*, 201, 203 にそれぞれ二回）。「イギリスらしい」という語の反復は語り手によるものである。幼少期のアスウォートにとって風景はただの花や芝生であって、この形容詞は必要ないはずである。それを必要としているのは語り手である。語り手は、イギリス的なものとそうでないものとの相違をたえず意識している——あるいは、「イギリスらしい」とされるものに違和感か何かを抱いているのかもしれない。では、帰郷後のアスウォートを語るさいはどうであろうか。これはあとで論じることにするが、ひとまずここで注意しておきたいのは、引用の後半では、たとえば故郷は「その土地」とされるように、当該の形容詞が消え、定冠詞に置き代えられていることである。語り手はもはやその語を必要としていないようにみえる。この作品で注目すべき点は、このような語りにおける言葉のきわめて微妙な変化である。

イギリスらしさを示す語は、このあと、アスウォート家の向こうにある「庭のような」田畑にかんする言及のなかに出てくる。すなわち、「ビロード色の小さな野原、われわれの小さな島の、真に心地よくイギリスらしい小さな野原」（*MS*, 200）である。この形容詞をふくむ以上の記述に、語り手の基本的姿勢がうかがえる。それは一般に「愛郷心」（patriotism）と呼ばれるものである。ここには、帝国を「イギリスのこぶ（無用の長物）」と見なす人びと、戦争や紛争をともなう領土拡張よりも小さな島国としてのイギリスのよさを評価しようとする「小英国主義者」(Little Englanders) との共通した心性がみられる。十九世紀末から二十世紀初頭にはしかし、そうした心性は帝国主義的な領土拡大に利用されてゆく。[7] この作品の場合はどうだろうか。アスウォートの生の軌跡を、彼の場所の移動にそくして見てゆく。

アスウォート家の代々の生活は、花と土への親和性、何も記録しないことによる非歴史性、それに自由を特徴としている。先祖の眠る教会墓地の墓碑銘には「ほとんど何も記録することがなかったので、ほとんど何も記録されていない」(*MS*, 200)。彼らは「音もなく葉を落とす森や、ドルイドの時代かそれよりまえの、有史以前の、まったく進歩のない、記録をしない先祖たちに劣らず記憶をもっていなかった」(*MS*, 203)。子どもたちは「みな園芸に通じており」(*MS*, 199)、時間の制約に縛られず、あらゆる規則から自由に生活している。やがて、事情により兄弟がそれぞれ故郷を離れるときがやってくる。アスウォートは「母親から引き離されたかのように、憤りのようなものを胸に抱きながら」故郷を去ってゆく (*MS*, 201-2)。「花と咲いた」彼は「ぞんざいに引き抜かれ」(*MS*, 203) てしまう。

アスウォートの両親については、母への言及はあるものの、父については生死をふくめ何もしるされていない。目を引くのは、先祖の眠る教会に「一族のなかの軍人」で「この家のベッドで死にはしなかった」人物の唯一の記念碑があるとされていることだ (*MS*, 200-1)。この記述は「家のなかの子」の、インドで死んだフローリアンの父を連想させる。「驚きながら記念碑の言葉を読む」アスウォートの反応は、「なんと悲惨な！　なんと見事なことか！　まったく考えられないほど偉大な難事だ！——でも自分には向いていない！」(*MS*, 201) というものである。フローリアンは、父の死の知らせを聞いたとき何の反応も示さなかった。見方によれば、ペイターはここでその空白の埋め合わせを行なっているのである。むろん、この軍人がアスウォートの父というわけではない。彼はフローリアンの父を想起させることで、本文中で言及されることのないアスウォートの父の代理として機能しているのである。この読みは、ペイターがアスウォートを指して用いる「壁の花」(*Flos Parietis*)という語句が「家のなかの子」にも使用されているという事実によって補強されるだろう(*MS*, 203)。フローリアン(Florian)という名も、ラテン語のフローラ(Flora ＝花の女神)との類縁性により、アスウォートとのつながりをもっている。いずれにせよ、父の不在と代理の父への疎遠感がアスウォートの故郷での生活の大きな特徴と言ってよい。成人になった彼は、英雄的軍人の役割をみずから引き受けることになり、破滅する。父なるものの不在あるいは忌避が、この作品の重要なモチーフのひとつと言えるかもしれない。

アスウォートが学校生活をおくる土地は、故郷とは対照的な性質をもっている。そこは「灰色の石の世界」、「つねに命令の断固たる言葉」が下される世界であり、「『大いなるもの』、大きな石、手の届かぬ大いなる記憶の場所」である(*MS*, 203-4)。ここでは、故郷の軍人の記録が「周囲のいたるところに書かれているようにみえた」(*MS*, 205)。威圧的な「父」が偏在しているのである。石造建築すらその役割を演じている。だれもが「天使塔」の「長く、大胆な、『垂直』線の上方への先導に服従するよう迫られているようにみえる」(*MS*, 207)。あるいは「石造建築や空き地が心のなかに侵入する。アスウォートがそうであるように、はじめからすっかり身をゆだねてそこに属しているすべての人びとに侵入する。アスウォートかりにもここ、この学校の、過去の大いなる記憶のなかにいる目的について主人然と問うてくるように思われる」(*MS*, 207)。「忍耐強く造られた、次つぎに押し寄せる巨大な波のなかにいると、少年らしい感覚には、自分が無になるように思われる」(*MS*, 209)。そこは「入ってくるすべての人びとを、好むと好まざるとにかかわらず、完全に、有無をいわさず、自分に服従させようとする」「強烈な『地霊』」の作用する場所である（*MS*, 208）。

石の建物が、「身をゆだねる」人びとに「侵入する」という先の表現には、セクシュアルな意味合いが重ねられている。アスウォートの「優しく育てられた心身」は「とても硬くて輝かしく、冷たくみえるものとの接触から、いくらか痛みを感じつつ尻込みした」（*MS*, 204）という箇所には、男性間の性交の暗示があろう。それまで花の女性性を刻印されていたアスウォートは、屹立した石造建築に心身を侵食されることにより、軍人にふさわしい「男性性」を確立することができるのか。それとも、侵食されるままに、「女性性」すなわち「めめしさ」の領域にとどまるのか。このあとの展開が示唆するところによれば、アスウォートは前者に成功したかにみえる時点で、ほとんど致命的な過ちを犯す。

語り手はアスウォートの学校にたいし、サセックスの風景の場合と同じく「イギリス（人）らしい」という言葉を用いている。イギリス人はフランス人その他とは異なり、「われらが賢明な、イギリス人らしい妥協」により、中世以来の「修道院生活」の伝統のなかで古典語教育を「集中力と忍耐力の稽古」として継続してきた。そのような「複雑な影響力」のために「生活やわれわれの教養、成年男子や少年の顔そのものに表情が生まれるのだ」（*MS*, 205）。したがってこの制度は「注意ぶかい美の観察者」にとっては「価値がある」（*MS*, 205）。語り手がイギリス的教育の美的効果という視点を放棄することはない。しばらくあとで語り手は、アスウォートのうちに生まれる「卑下」や「自制」について「なかば倫理的で、なかば身体的な魅力」をもっており、彼の「高貴な」美は、「アスウォート家の無意味なほど美しい種類の顔」に「厳粛な知性」や「抑制された意志」が作用した結果であるとされている（*MS*,

221)。こうした見方は、美的印象主義に加え、前章でみたような後期ペイターの「男性性」の特徴を多分に反映していると言える。

自国の教育制度への賞賛の言葉のあとに、「真の共同体の目的」にかんするプラトンの考えが引かれている。共同体の目的は、特定の個人の過剰な安楽ではなく「全体の繁栄」であり、それが結局は個々の成員に還元されると言うのである（MS, 210）。プラトンが理想とした共同体は「保守的なスパルタとその若者たち」であった。語り手は、スパルタの若者にたいする「厳格な規律」と「ギリシャ全土で彼らがいちばん美しく体格がいいという事実」との関係にふれたあとで、「学校はひとりの人間のためにつくられているのではない」と述べる（MS, 210）。この一節はスパルタの学校とパブリック・スクールとの共通性を示唆している。同時期に発表された「ラケダイモン」（一八九二）でもペイターは同様のことを語っている（PP, 220-2）。このプラトンからの引用は、共同体の維持繁栄を最優先事項とする「古典的共和主義言説」との共通性を示しているが、個々人への利益還元を視野に入れている点で、それとの微妙な齟齬の可能性をも孕んでいる。アスウォートの言動にはこの両面、つまり共同体とそれに比せられるもの（学校、軍隊、国家）への忠誠と、それにたいし反発するきわめて個人的な意思とのあいだの緊張関係が認められる。

このあとパブリック・スクールの特徴が、もっぱら「忍耐力の養成」（MS, 209）として語られていく。ただしこの学校（キングズ・スクール）の場合、スポーツのゲームすら「規則どおり」に行なわれ、生徒は「体を締めつける小さい布のガウン」を身にまとい、「狭い個室」に入れられており、人間関係の規範は「支配」と「服従」とあるから（MS, 204-5）、その教育目的は軍人にふさわしい「集中力と忍耐力」

の涵養と言える。事実、カンタベリーの教会周辺では「聖職者の白衣と軍服とがしばしば混じり合い」(MS, 214)、町には「軍隊の駐留所」(MS, 222)があって、「軍人精神の伝統がつづいてきた」(MS, 223)としるされている。[8]

「真の共同体の目的」にかんするプラトンからの引用、スパルタおよびパブリック・スクールの若者への、作者の見方を反映したと思われる語り手の審美的視線、それにそこでの「厳格さ」を「健全なイギリスの若者にとって自然である」(MS, 211)という言葉のせいで、軍人養成のための「集中力と忍耐力」のあり方に読者が疑問を抱くことはない。しかも「謙虚」(MS, 210)や「従順」(MS, 217)を特徴とするアスウォートは、それを「ためらわずに受け容れる」(MS, 211)と語られている。なるほど、彼は古典語の「ひどくむつかしく」非実用的な点を「圧迫」(MS, 210)と感じ、ホラティウスには「われわれにのしかかる大きな知的権威の感覚」(MS, 217)を見いだすものの、それらにたいし反発も示さず、抵抗も行なってはいない。が、語り手の言葉のなかには、アスウォートの内面の軋みや周囲の人びとの無理解を微妙なかたちで暗示している箇所がある。一見すると肯定や賞讃の言葉だが、じつは相対化の姿勢や皮肉が込められていることもある。

ストークスとアスウォートは、古典を読むうちに「軍人としての栄誉」(MS, 214)を考えるようになる。キングズの昔の卒業生と同じように、大聖堂の側廊の、ホラティウスの模倣句をしるした墓碑銘の下に並んで眠ることを夢みるのである。「栄誉」への願望は「武勇」への渇望をひめているだろう。軍隊におけるその代償は、彼らだけに「高くつく」(MS, 214)わけではない。語り手はのちに、ふたりが敵陣から奪ってきた古い旗を「あの破滅をもたらす武勇の証拠」(MS, 230)と呼び、作戦の実現可能性を信じるストークスの願望を「惚れ惚れする武勇！」（*MS*, 233）と皮肉まじりに誇張している。同じ扱いを「栄誉」という語も受けている。銃弾によるアスウォートの古傷は、死の場面で「栄誉ある古傷！」（*MS*, 243）と強調されているのだ。後述するように、軍人アスウォートの「屈辱」（*MS*, 199）とその後の放浪、そのなかでのある認識の到来を考慮すると、この「栄誉ある」という言葉には皮肉な意味が加わっている。語り手はそのことをすでに別のかたちでも示唆していた。アスウォートの「屈辱」を感じながらの死にふたたび言及するさい、語り手は「ふたりの兵士とその死について、栄誉という言葉が静かに囁かれた」（*MS*, 214）と報告しているのである。これは、戦後に行なわれた軍事裁判の検証により、ふたりの名誉回復が問題となったことを示している。つまり「栄誉」とは、授ける側が時代の風潮に左右されて授けるものにすぎない、といった意味合いが生まれているのだ。アスウォートが自分の死後、外科医に「栄誉ある」銃弾を取り出すよう希望し、また実行に移させるのは、「軍人としての栄誉」を授かることへの拒絶にほかならない。しかし、このことはどんなかたちでも明示されてはいない。次節では、もう少しアスウォートの言動に密着し、それと学校における軍人精神養成法との微妙な齟齬に迫りたい。

## 三

先にふれたように、語り手はキングズ・スクールにおける軍人精神養成法の「厳しさ」を「健全なイギリスの若者にとって自然である」とし、アスウォートは「ためらわずにそれを受け容れる」としていのだろうか。

る。この言葉はどこまで真相を語っているのか。あるいは、真相を語りつつも隠蔽していることはない

アスウォートは「規則正しく、従順で、競技にも義務を果たす」(*MS*, 216) とされる。このあとに、彼の打ったクリケットのボールがはるか遠くまで飛んで行ったエピソードが出てくる。ボールは「菩提樹をこえて大聖堂の屋根まで飛んだのか。それとも屋根をこえて天まで上り、『ケントの星』としてそこで単独に、微細に回転しているのか」(*MS*, 216)。この一件は学校で「長いあいだ記憶された」(*MS*, 216) という。それはアスウォートの「義務を果たす」従順さとして問題はないのか。むしろ、個人の過剰な運動能力をこそ例証するのではなかろうか。げんに、アスウォートは「自分の数かずの手柄を楽しむ」(*MS*, 216) とある。これは、彼が競技においてチームの勝利だけを必ずしも優先するわけではないことを示唆している。ボールが「単独に」回転しているという語句は、「共同体」にかんするプラトンの一節にある「個人的なあり方」(*MS*, 210) を想起させ、彼が「全体の繁栄」と齟齬を来す可能性を暗に示している。十九世紀末のチームスポーツは、みずからの学寮、学校への忠誠心を通じ、国家、さらに帝国への忠誠心を鼓舞するものとされていた。[9] このエピソードは、そうした団結心や一体感とは異質な過剰なものをアスウォートがもっていることを示唆している。

語り手が、アスウォートの「従順」を例証しようとする自分の目的を裏切っているようにみえるエピソードがもうひとつある。ストークスは授業を怠け、上の一件を喜劇的なラテン詩および英詩に仕立てることに没頭したために、上級生として罰を受けることになる。しかし彼に代わって懲罰を受けたアスウォートは、校長にこう述べて学友たちを驚かせる。「さて先生、罰を受けたのですから過失を許して

くださるでしょう」(MS, 217)。このエピソードは、アスウォートの「守護神」たる「従順」のあり方を示すために語られているから、いっそう奇異に映る。[10] しかも、彼は「意に反して上級生に服従したにすぎない」(MS, 217) という言葉が添えられているのである。すると、アスウォートの態度はある種の抑圧や屈折をかかえていることになる。このことを示唆する箇所がのちに出てくる。「従順」という語が用いられるのはアスウォートの死の場面が最後で、そのとき彼は「完全に従順であった」(MS, 243) とされている。これは目前の死に向かうときの姿勢である。「完全な」という語は、それ以前の「従順」に屈折や抑圧が隠れていたこと、しかしいまそれが消えていることをあらわしている。一個人として死んでゆくところではじめて、アスウォートの生来の性質が十分に発揮されるのである。

ジェンダーの点でもアスウォートにはある軋みが生じている。ジョン・トッシュによると、一八八〇年代までにパブリック・スクールの少年たちは家庭の快適さを断ち切られ、帝国主義思想を鼓吹されるようになった。彼らはお互い母親や姉妹を話題にしたり家族写真を見せ合ったりすることを軽蔑するようになる。[11] 少年たちには帝国の管理運営に必要な「男性性」の獲得が要請されたからである。この場合の「男性性」は、肉体の頑健さ、粗野な行動、感情や欲望の抑制、規律、団結心であり、知性だけすぐれた人間は軽蔑された。[12] たしかにアスウォートは故郷への思いを断ち、感情を抑制しているようにみえる。

アスウォートについて、彼は「感情をもたず、泣くこともできないという奇妙な噂」が立つ (MS, 212)。友人の自己犠牲を受け容れたのは、ストークスもこれを信じたためであった。「奇妙な噂」、ストークス「も信じ」という表現は、噂と真相との乖離を暗示するだろう。が、アスウォートの言動はこの乖離を打ち消す方向にある。夜に突然、庭の香りや窓の音とともに「やさしいけれども自分には縁のない家の感触」がやってくると、アスウォートはそれを「ぞんざいに押しのけ」（*MS*, 212）、望郷の念にとらわれるのを「規則違反」（*MS*, 220）と考える。オックスフォードの夏の夜、干草や野花の匂いに故郷の庭への想いが誘発されると、彼は「なかば嫌悪感すらおぼえる」（*MS*, 227）。パブリック・スクールのエートスはアスウォートに必要な「男性性」を育んでいるようにみえる。

ところが彼の態度は、つきまとう望郷の念を意識的に振りはらおうとするところから生まれたものであった。そのことが明かされるのはかなりあとになってからである。放浪の末、親友が銃殺刑に処せられた地にもどったとき、アスウォートは「それまでの人生にないほど号泣した」（*MS*, 239）。ほどなく帰郷した彼に「生来のやさしい気質」がもどってくると語られている。「それまでは、大いなるものを押しつけられる感覚がこの気質に反逆して成功を収めていたのである」（*MS*, 240）。名誉を回復し、ふたたび辞令を受けとった彼は「烈しい肉体の衰弱を覚えながら泣いた」（*MS*, 242）。その内面の動きについて語り手は二度とも黙している。が、まずもって肝腎なのは、「泣く」という行為そのものである。アスウォートは、パブリック・スクールと軍隊という帝国主義の維持に必要な「男性性」を養成し強化するための世界から脱落してはじめて感情を解き放つことができた。そのあり方は「ためらうことなく受け容れる」アスウォートに大きな負荷をかけていた。パブリック・スクールの軍人精神養成法は「健全なイギリスの若者にとって自然」とは必ずしも言えないことが、のちになって判明するのである。語り手の言葉は必ずしも真実を語ってはいない——もしくは、語られたあとで、それを微妙にずらす視点が導入されるのである。

もし話がそこで終わっていたなら、アスウォートはしかるべき「男性性」を獲得できなかったというだけのことになろう。ところがそうではない。ふたたびアスウォートの死の場面に目を転じると、そこには彼のジェンダーと直接結びつく語が用いられている。帰郷後まもなく、彼は極度の衰弱のため死を意識するようになる。すると、かつて「自分の半身」であったストークスの遺骸が納められた墓の記憶がよみがえってくる。

墓の記憶は(略)目前の運命にたいする彼の恐れを和らげることはないにしても、それに男らしく立ち向かう気にさせ、死にたいしどこか兄弟のような親しみをあたえる。数週間で、この戦闘にも決着がつくのだ。

(*MS*, 240. 傍線は引用者による。)

作中においてジェンダーを直接あらわす語はここだけである。戦闘中の軍人ではなく、死を相手に戦う同じひとりの人間の態度が「男らしい」とされているのである。この巧妙に仕組まれた使用法は、帝国主義下の軍人に要請される「男性性」にたいするペイター自身の異議申し立ての表明であり、また同時に「男性性」の再定義の試みでもあろう。[13] そこには、英雄的行為への通常の賞賛とは異なり、死への恐れも、死との親和性もふくまれているのだから。

# 四

前節でアスウォートにまつわる「奇妙な噂」にふれたが、彼の軍人志望にかんしても気になる表現が二度出てくる。「きみは軍隊に仕えるだろう、と人びとは彼に言う」（*MS*, 222, 229）. これも周囲の人びとの誤解ないし無理解を暗に示すものだが、そのはじめの箇所に、軍人の特質としていま問題にしている形容詞が出てくる――「まさしくありのままの姿が外にあらわれることへの、あの上品で軍人にふさわしい、まったくイギリス人らしい誇り」と。アスウォートは「ありのまま」を見せるから軍人向きだというのだが、その見方が一面的であることが判明することについてはすでに述べた。むしろこの作品でもっとも意味ぶかいのは、アスウォートが軍人資格を剥奪され、「誇り」を喪失してからなのだ。

戦争をめぐる記述には、それぞれの現場（戦場、軍法会議、処刑）に立ち会った人物の視点が提供されている。ふたりの違反行為をふくむ戦争の状況については、アスウォートの軍中日記をもとに語り手が述べるかたちを取っている。

フランドルに渡ったアスウォートが参軍まえに見たのは「特徴のない村、長く単調にならぶ風車」（*MS*, 229-30）である。戦場となった土地には破壊の痕跡しかない。

とつぜん廃墟となった村の通り、半分だけ耕作された田畑で血を流している馬の群れ、大きく割れた橋、道端の急ごしらえの墓からのぞいている死者の手や顔、農家の壁の煙に汚れた割れ目、いた

るところひどい廃墟ばかりだ。（*MS*, 231）

死体の顔と手、血みどろの馬、大きく割れた橋というふうに、ありふれた村の人と動物と物とが、破壊の相においてただ並列されている。異国の地を特徴づけるものは何もない。この描写はあとになって重要な意味をおびてくる。

話を少し先にすすめると、アスウォートは刑を受けた日に金品を没収され、軍服の肩章とボタンを引きちぎられていた。放浪によって彼は、戦場で破壊されたもの、あるいはみずからの手で破壊したかもしれないもののなかに身をおくことになる。「破壊された農場」で物乞いをし、自分と同じように惨めな人びとに助けてもらう。「擦り切れた軍服」を着た彼は「破壊の一部にみえる」（*MS*, 238-9）。具体性の希薄な「破壊された農場」や「破壊」の内実を読者に提供するのが右の軍中日記の記録である。この部分のわずか数行の記述に、アスウォートに意識の変化をうながしたものが示唆されている。彼は放浪の途上、かつての処刑場にもどる。そこで彼は、友人の墓の上を「それと気づかずに通った」（*MS*, 239）とされている。「気づかない」理由のひとつは、「彼自身のなかの（略）ある変化のため」（*MS*, 239）であるという。語り手はそれを説明しようとはしない。その意味するところはこのあとになって判明するが、かなり注意ぶかく読まなければ見のがしてしまうであろう。

語り手は右の「ある変化」を正面から説明する代わりに、出来事の連結の方法と語の選択によってそのありようを雄弁に示唆する方法を取る。身を引きずるようにしてふたたび放浪の旅をつづけるアスウォートの姿の直後に、「最高の勝利」の報のことがしるされている。

そのとき、彼はそれまでにないほど泣いた。ふたたび体を引きずるように歩いていくと、とつぜん国じゅうが「最高の勝利」——彼はそう理解させられる——の騒ぎやとどろきのもとに動いているように思われる。イギリスの海岸に英雄たちが帰還してくる流れに歩調を合わせるように、彼は、放浪しながらも最後には故郷に向かう。ある日の午後、気がついてみると、彼は門のところにいる。静かなサセックスの道から入って田畑を通って行ったのだが、彼はその安全を守るために非の打ちどころのない大きな勇気をもって戦い、また大きな賛同を得たのであった。 (*MS*, 239)

敵国において破壊された光景の一部と化し、国を問わず自分と同じ惨めな人びとに助けられたアスウォートにとって、本国の戦勝「騒ぎ」は空虚に響くばかりであろう。「彼は理解させられる」(he is made to understand) という簡素な表現は、一見すると「最高の勝利」を繰り返し話してやらないと理解できないアスウォートの身体 (とくに聴取能力) の衰弱ぶりをあらわすにすぎないが、空虚な「騒ぎ」の文脈を考慮すれば、彼にとって「勝利」という語がもはや自分にとって何の意味もなくなったこと——というのが言いすぎであれば、何を意味するのか理解できなくなったことを示唆しているのだ。

最後の文の後半もまた注目に値する。それは、「英雄たち」に劣らぬ働きをしたアスウォートにたいする語り手の慰撫の言葉である。しかし、「気がついてみると」という表現に導かれてアスウォートの内面の描出をそこに読みとるなら、彼自身はみずからの戦争体験をはるか昔のこととして、心理的距離感をもって想起していることになる。[14] また、故郷に近い道や田畑の静けさは、国じゅうの空虚な戦勝騒ぎと鋭い対照をなしている。この対照には「イギリス（人）らしさ」へのアスウォートの無関心または拒絶と、土地そのものへの愛着が読みとれる。アスウォートにとって、それは愛郷心と共通しながらも、微妙に異なっている。というのは、みずから破壊の一部と化したことのある彼にとって、故郷の「田畑」（fields）は、フランドルの破壊された「半耕作地」（half-ploughed field）と無縁ではないからである。これに対応するかのように、引用中の「イギリスの海岸」を最後として、「イギリスらしさ」を示す語は、以後どんなかたちでも出てはこない。それはアスウォートの内面からはもちろんのこと、彼に寄りそう語り手の意識からもすでに消えているからにほかならない。先にふれた、冒頭近くの墓の描写にみられるその語の消失と定冠詞への置き換わりは、これを予示するものであったのだ。

アスウォートは、最後には教会の墓地をみずからの埋葬場所として選ぶことになる。けれども、帰郷してすぐに死を意識したときは、「可愛がっていた、もう死んだ犬や馬といっしょに庭のなかで永遠の眠りにつきたい」と願う。彼の魂は「肉体とそれが生まれた大地、花や芝生といった、いま還ろうとしている大地に固有の生き物の状態のなかに深く沈んでいくように思われた」（*MS*, 241）。アスウォートのたどり着く故郷がここにしるされている。作品冒頭では「芝生」や「花壇」に「イギリスらしい」が付されていたのにたいし、ここでは影をひそめ、代わりに定冠詞が用いられている。

教区牧師がアスウォートを慰めにやってくるが、鄭重に拒絶される。牧師は「これほどにもまったく信仰心のない者」にとって死後いかなる場所もありえないと考える（*MS*, 241）。アスウォートは、自分が「大地」に還ってゆくと思っている。そこは幼少期をすごし、いま帰ってきたサセックスの「肥沃な古い黒ずんだ庭師の土」だが、はるか異国の土にもつながっている。それは花や芝生、先祖たちはもちろん、フランドルの地に眠る人や馬、それにストークスがすでに還って行ったところである。ストークスの墓の上を「気づかずに通り過ぎた」のは、あえて場所を特定する必要のないことを察知していたからにほかならない。この認識を得るために必要としたのは、故郷サセックスですごした幼少期に加え、パブリック・スクールにおける教育とフランドルでの参戦、そして何よりも屈辱と放浪の旅であった。語り手が強調していたイギリス的な故郷の風景は、こうして大地の一部となる。

あらたな任官命令の手紙を受けとって泣くアスウォートの姿は、大地を故郷とする異教的立場の挑発性を緩和するかのような締めくくりだが、じつは反対に「反イギリス的」と読むことを読者に期待しているふしもある。最後にこれについてふれておきたい。

最高会議の場で、詳しく調査した人がふたりのために「一時間、効果的に、哀れを誘うように」論じると、「われらが同国人にありがちだが、彼らは後悔する」(*MS*, 242)。また「この問題が新聞にのり、同情的な一般の人びとの目にとまるようになると」(*MS*, 242)、アスウォートは「栄誉のようなもの」を授かり生気が出るが、かえってその興奮が死期を早めることとなった。「栄誉」はここでも皮肉な意味をおびている。効果をねらった弁護人の話し方と、軍法会議の「どぎつい見せしめの効果とすばやい処罰」(*MS*, 234)のやり方を考えると、最高責任者たちの後悔はご都合主義のあらわれにすぎない。「同国人にありがちだが」というのは、イギリスではこうした遅すぎる後悔が権力の常態となっていることへの皮肉である。一般の人々は戦争にたいし浅薄な好奇心しかもっていないから、その同情はジャーナリズムに煽られた結果にみえる。「浅薄な好奇心」というのには理由がある。アスウォートの軍中日記に記録された戦場の風景について語り手は、もし同じくらい写実的な従軍画家がこの場面を描いたら、「戦争という見世物」にたいする人々の好奇心を煽ろうとする画家だと本国で誤解されただろうと述べているからである（*MS*, 231）。ひとまず戦火の及ばぬところにいる一般国民は、戦争にたいし視覚を刺戟する凄惨な光景にしか興味をもたない。現実の戦場はそうした人びとの野卑な想像力すら超えていると語り手は言うのである。一方、商業ジャーナリズムは大衆の好奇心を煽りたて、それに迎合する役割を演じているとの指摘もなされている。[15] ちなみに、上の「見世物」という語は、『マリウス』の「男性的娯楽」にたいしても用いられていた（*M*, I:236）。

主人公の還りゆく故郷を大地と見なす「エメラルド・アスウォート」には、コータプから「めめしい」「非国民」と呼ばれたペイターの反論が読みとれる。すなわち、帝国の維持拡大のために若者の生を、その肉体を愚弄するものへのひそかな、しかしまぎれもない異議申し立てである。それは、ペイター作品にあって意外なことに、晦渋な文体ではなく、簡素な表現の表層にさりげなくしるされている。けれどもこれもまた、注意ぶかい読者に向けた秘密のメッセージと言えるのではなかろうか。

# 補遺一　「文体論」再考——闘争の深層

## 一

「文体論」におけるペイターの保守派との闘争のありようについては第三章（四）で検討した。ここでは、そこで論じ切れなかった問題について踏み込んで検討したい。ときとしてペイターの記述は、みずからの主張を補強するかわりに阻害する危険性を孕んでいる。それほどこのエッセイは、ある過剰な混沌を内包している。そこには、保守派との闘争がペイターの深層意識に投げかけた陰影や屈折がうかがえるように思われる。

ペイターは当初、『鑑賞批評集』のタイトルを『文体論、そのほかの文学的素描』（*On Style /With other studies in literature*）として「文体論」の重要性を端的に示そうとした。[1] 彼はそれを会心の作だと思っていたのかもしれない。しかし、作品としての評価は必ずしも高くない。[2]『鑑賞批評集』を全体として高く評価したワイルドでさえ、「文体論」は作中「もっとも興味ぶかい」が、「テーマが抽象的すぎていちばん成功していない」と述べている。[3] 近年の批評家から引くと、フレッチャーは「一連の究極的に孤立した知覚」の寄せ集めであるとし、[4] デニス・ドノヒューは「散漫な作品」で「テーマを明確にしていない」という。[5] イギリス世紀末の文体観や文体意識をドイツ言語学の推移との関連で詳細に論じたダウリングもまた、論展開の問題性に言及している。彼女によれば、そこにはハヴロック・エリスがポール・ブールジェの言葉を引くかたちで述べたデカダンスのスタイルの特徴、つまり認識の最小単位が段落から単語へと還元され、かつ単語同士が相互に自己を主張するという断片化と無秩序がうかがえるという。[6] またペイターの「個人的文体」の概念にニューマンの『大学の理念』のなかの「文学」(一八五八)の影響を指摘するデローラは、[7] 作品としての「文体論」については評価を下していない。

当惑させられるのは、読みの過程において主張をどう受けとればよいのか判断のつかない場合の多いことである。とりわけ、文学者は学者であり、折衷主義に依拠すると述べる第三部がそうである。ペイター自身の多くの主張が「文体論」では実践されておらず、[8] かつまた主張の語られ方が主張内容と乖離したり矛盾したりしている。事態を錯綜させるのは、このズレに読者の注意を向けさせるのがペイター自身だということだ。それにより、「良き文体」のあり方にかんする主張を読者は文字通りには受けとれなくなってしまう。そこには保守派との闘争のための自己イメージの再構築の試みが関与しているようにみえる。

たとえば、開巻まもなくペイターは詩と散文の峻別を主張したジョン・ドライデンに言及し、その主張はあまり効果的ではなかった、というのもドライデン自身の「詩はすこぶる散文的」であり、散文は

「白熱し、比喩にあふれ、いわば詩的であるばかりか、韻律に合う多くの行のせいで無意識のうちに損なわれている」からだと述べる（*AP*, 7）。詩と散文の相違を前提とした上でそれを相対化するのがここでのモチーフだから、両者の峻別に固執した詩人を揶揄するのはわからなくはない。が、『モナ・リザ』の一節のように、ペイター自身もまた「白熱し、比喩にあふれ、いわば詩的な」散文を書いたことがある。そのことは考慮しなくてもよいのだろうか――むしろ、考慮した結果なのか。ドライデンの散文は「無意識のうちに」損なわれているが、自分は意識的だから話は別というのだろうか。それとも、自分は詩的散文を擁護しているのだから言行不一致には当たらないということなのか。いずれにしてもこの箇所は奇異な感をあたえる。(9) ドライデンへの揶揄は、以後の読みにも影響を及ぼす。今後、読者はペイター自身の理論と実践との関係に注目せずにはいられないからだ。このことについてペイターは気づいているのだろうか。直後に彼は、ドライデンは「正確さ」を散文の「主要な長所」としたが、彼自身の散文は「さほど正確ではなく、関係代名詞を不完全にしか把握していない」と二の矢を放っている（*AP*, 7）。

ここで想起されるのは、コータプが『モナ・リザ』の一節を「華美な文体により思想の貧困を隠そうとする」例として引用し、それをまぎれもない「詩」であり「めめしい」と非難していたことである。この言葉がペイターのドライデンへの揶揄に影を落としているのではないか。ペイターは「無意識のうちに」「詩的な散文」を書いたとするドライデンに、かつて非難された自己のイメージを投影して批判しているのではないかといった解釈を誘うのだ。しかもこの詩人はコータプにとって、ポウプやバイロンとならんで「日常使用される慣用的な言いまわしを効率的に用い、かつ向上させる」（*CI*, 83-4）点で評価されており、その文体は「男性的」(C3, 126) と賞讃されている。ドライデンへの揶揄の背後には、自己イメージの修正への志向とコータプへの切り返しの意図があるようにみえる。

第三部にはまた、学者は「無知な者のための衒学」を持ち合わせていないという一節がある (*AP*, 13)。「文体論」で言及される文学者は、この箇所までにベイコン、カーライル、キケロ、ニューマン、プラトン、ミシュレ、トマス・ブラウン、ミルトン、テイラー、ワーズワース、ブラウニング、テニスン、ドライデン、ド・クウィンシー、パスカル、ギボン、リウィウス、タキトゥスであり、さらにこのあとシェイクスピア、モンテーニュ、シラー、ヘンリー・マンセルとつづいてゆく。英訳は添えられているものの、ベイコンのラテン語がこの直前に引かれている (*AP*, 13)。「絵画的」文体としてリウィウスとカーライル、「音楽的」文体としてキケロとニューマン、「神秘的で親密な」文体としてプラトンとミシュレとトマス・ブラウン、それに「高尚または華麗な」文体としてミルトンとテイラーがあげられている。これら一連の組み合わせは、古代と近現代の文体上の共通性を示唆している。[10] こうした多様な作家への言及と意外な組み合わせは、一般読者にとって「衒学的」に映るが、文学者は学者であるとの規定にはふさわしい。コータプやほかの保守派たちは、唯美主義や「現代のリベラリズム」の「衒学」(C1, 62) を非難するが、ペイターはそれにたいし「衒学」を「無知な者たち」向けとすることで非難を回避しようとする。多種多様な作家への言及は少数の教養人に向けたものだから「衒学」ではないと言うのである。だが、困惑させるのは直後の変奏である。原文を引くと、"Pedantry being only the scholarship of *le cuistre* (we have no English equivalent) he is no pedant...." (*AP*, 14)。文中のフランス語はラテン語の「料理人」を語源とする「心の狭い学者ぶり屋」の意だが、[11] "the unlearned" に取って代わる効果は疑わしい。これじたい無用な知識のひけらかしではないかとの疑念さえ生まれよう。[12] とすればここはユーモアの効果をもつ。が、ペイターはどこまで自覚的なのか。

「論理的一貫性」(AP, 22) を説くくだりもまた、実践との関係に注目する読者を当惑させる。ペイターは「作品の建築学的着想」を「文体における知性の必要性」とし (AP, 21)、それを「論理的一貫性」(AP, 22)、「文学的建築」(AP, 23) という表現に言い換えてゆく。そして、「文学的建築」が表現力豊かであろうとすれば「はじまりに終わりを予見するだけでなく、仕上げの過程で構想を展開し発展させることを必要としており、それには多くの不規則なものや不意打ち、あとからの思いつきをともなう。必然的なものだけでなく偶然的なものも全体の統一のもとに包摂される」(AP, 23) と述べている。「文体論」に顕著なのは「必然的なもの」よりもむしろ、ドライデンへの揶揄や最終段落にみられる「不規則なものや不意打ち、あとからの思いつき」の方であり、それらがどれだけ「全体の統一」の構想のもとに包摂されているのか疑問である。ペイターはまた「単語、語句、モチーフまたは部分」の「意識的あるいは無意識的反復という弱点」は「建築上の構想の欠如」によると語る (AP, 23)。すると「文体論」にはもとから「構想の欠如」があるのか。というのは、このエッセイには主張やモチーフの反復変奏が目立つからだ。「折衷主義」(形容詞もふくむ) は第三部のテニスンへの言及 (AP, 16, 17) と第四部に出てくるし (AP, 34)、散文の現代性については第二部 (AP, 11) と第四部 (AP, 37) にあり、省略の重要性は後半の二部で執拗に、しばしば唐突に、また間歇的に反復される (AP, 17, 18, 19, 21, 35)。「良き芸術」の条件は「真実の繊細な表現」や「言語と内面の構想(ヴィジョン)との繊細な一致」と換言されてゆき (Ap, 10)、さらに簡潔に「魂の事実」(Ap, 11) と呼ばれる。それは、第四部で出てくる「知性」と補完関係にある「魂」と区別しにくい。またペイターによると、文学者は「世界にたいする強靭な感覚」をもってはじめて「たんに締まりのない累積ではなく、真の構成を確保」し、「接合部どうしを組み合わせ」、「ひたすら読者に安心し落ち着いて進んでもらうためにみずからの歩みを繰り返す」(*AP*, 23-4) という。ところが、段落と段落のあいだだけでなく、ひとつの段落の内部にも亀裂と飛躍と反復とがみられるこのエッセイは安心感をあたえてはくれない。さまざまな論者が指摘する断片化とはこうした事態のことである。「副次的な意味のニュアンスが蓄積されて、作品が構造上完璧になると」、文学者は「全体を終わりから三番目の釣り合いのとれた結論」に行き着くよう仕上げるとされる (*AP*, 24)。なるほど、このエッセイについて結末以前に結論があるというのは正しいかもしれないが、「良き芸術 (文体)」にかんする定義はかなり早く提示されており (*Ap*, 10, 25)、また上述のように「構造上完璧」とはとうてい言えない。ペイターは理論と実践との関係に読者の注意を向けながら、みずから実践しない理論を発しつづけている。

先に述べたように、結末は読者をもっとも困惑させる。ペイターはそれまで言葉と「内面の構想(ヴィジョン)」(*AP*, 9, 10, 23, 29, 36) との一致というあり方を、その内容の如何にかかわらず「良き散文」の条件として反復主張していたのに、結末では「偉大な芸術」を「良き芸術」と区別し、その条件として内容における宗教的道徳的人道的な偉大さをあげるからである。すなわち「反逆の調子の深さ、希望の大きさ」、「人間の幸福の増大、抑圧された人びとの救済、相互の共感の拡大、われわれ自身およびわれわれと世界との関係にかんする新旧の真実の提示」、「神の栄光」へのさらなる貢献といった大仰ともいえる言葉がならんでいる (*AP*, 38)。最後にペイターは、「良き芸術」が「知性と魂」という特質に加え、「人間性という魂」をそなえ「論理的、建築学的地位」を「人間生活という巨大な構造」に見いだすなら「偉大な芸術」となると述べて、全篇を締めくくる(*AP*, 38)。彼が「偉大な芸術」の例としてあげるのは、『神曲』や『楽園喪失』、『聖書』に『レ・ミゼラブル』など、異論の余地のない偉大な作である。

最終段落はそれまでの主張からの飛躍があまりに大きいので、何か大いなる皮肉が意図されているのではないかと思わせる。批評家たちは論旨の矛盾ばかりか、過去の自分の仕事にたいするペイター自身の裏切りをそこに見ている。[13] デローラはそこにニューマンの講義「文学」の結末との文体上の相似性を指摘しているが、[14] だからといって疑問が解消されることはない。たしかにペイターは、内容と形式とが一致する理想的な詩は抒情詩であり、完璧な抒情詩の成立は「たんなる素材の抑圧あるいは曖昧さ」(*R*, 108)にあると述べているし、大いなるものの影に怯える人びとを描く画家(「ボッティチェッリ論」)や大変革に背を向ける文学者(「チャールズ・ラム論」)など、いわゆるマイナーな作家に共感していた。ハロルド・ブルームは「大きな社会的不安」の影響を指摘している。[15] そこにはドライデンへの揶揄と共通したものが感じられる。すなわち過去の、また現在でもありうる自己との性急な決別、つきまとうその影を断ち切ろうとする身ぶりである。この場合の「自己」は、より正確に言えば、空疎な内容を隠蔽する詩的美文家という保守派によって流布された彼のイメージであり、さらにはワイルドを典型とする後続の、より通俗的な唯美主義者をふくめてもよいかもしれない。[16]「良き芸術」とは「内面の構想(ヴィジョン)」の具現化であるとの見方は、畢竟、「個人の主観性」の偏重という非難を呼び起こしかねない。先にペイターは「個人の主観性」にたいする保守派の非難の声を再現していた。同様の不安がそうした予防線をここでも張らせたのだろうか。

もっとも、最終段落における突然の飛躍あるいはそれまでの趣旨との矛盾をすべて認めたうえでなお、ペイターの戦略がそこに仕掛けられている可能性も捨て切れない。それは、保守派からの批判に先手を打ち、みずからの立場を正当化する方法として「偉大な芸術」を持ちだすということである。ここで「良き芸術」と「偉大な芸術」の関係を再確認したい。

良き芸術、必ずしも偉大な芸術にあらず。偉大な芸術と良き芸術のちがいは、直接的には、その形式ではなくて内容に依存している（略）。文学が活気づけ、また支配する内容の質、その範囲、多様性、偉大な目的との結びつき、反逆の調子の深さや希望の大きさにこそ、その偉大さはかかっているのである（略）。良き芸術を構成するものとして私がこれまで説明しようとしてきた条件が満たされ——もしさらにそれが、人びとの幸福の増進や被抑圧者の救済（略）にささげられているのであれば、それは偉大な芸術でもあるだろう。（*Ap*, 38）

ジョン・コーツやほかの批評家が述べるのとはちがい、「偉大な芸術」と「良き芸術」とは区別されているのであって「対立している」のではない。[17]「良き芸術」の条件が満たされたのち、内容面で道徳的社会的価値が備わっているならば「偉大な芸術」であると主張しているのである。たんに内容の重みだけではその名に値しない。つまり、ペイターは「偉大な芸術」をあくまでも「良き芸術」の延長線上に位置づけており、後者は「良き芸術」の条件へのありうる批判（「主観的恣意的」）を封じるために持ちだされたとみることもできるのだ。「偉大な芸術」への唐突な言及に「社会的不安」や過剰な自己防衛がうかがえるとしても、また「内面の構想（ヴィジョン）」とその道徳的社会的価値とがどう関係しているのか詳らかにされない点に不満を感じさせるとしても、「偉大な芸術」は「良き芸術」の延長線上にあるとの再定義が巧妙に行なわれているのではなかろうか[18]。

「論理的一貫性」の力説に関連して示唆的なのは、ジャンルとしてのエッセイにたいする言及がほとんどないことである。『鑑賞批評集』のなかの「チャールズ・ラム論」では、エッセイは「『けっしてものごとを体系的に判断せずに、細部に集中し』、すべてをただ偶然の機会であるかのように語る」ものであり (*AP*, 116)「自己の肖像を描く欲望」(*AP*, 117) を基本にもつとされている。また『プラトン』のなかでは、エッセイは「真実の特別な認識が多方面にあふれる現代に特徴的な文学様式」であり、詩や論文とはちがって「真実がひとつの可能性でしかない精神」、つまり「途中で出会う偶然的な光を忠実に記録しながら、知的な旅の終わりには、『だれが知っているのか』という最終的な問いにたいし判断の停止をもって満足しなくてはならない精神にとって必要である」(*PP*, 174, 175-6) と語られている。要するに、エッセイは懐疑的精神が好んで選ぶ文学形式である。主観的で恣意的との非難に反論しなくてはならないペイターにとって、このジャンルへの言及は避けるべきであった。懐疑に由来する逡巡や判断の停止を排除した「論理的一貫性」は、一般の「知性」に訴える。「文学者は知性により、作品中の構想の、だれもが理解できる静的で客観的なしるしを通してわれわれの心を動かす」(*AP*, 25)。客観的証拠による認識に危険な懐疑はふくまれてはならない。

ところが、これとは対比的な「魂」にエッセイの要素が示唆されているのである。それは「いくぶん気まぐれに、うつろう共感と一種の直接的な接触を通じて、ある特定の人の心を動かす」(*AP*, 25)。偶然性と変化を肯定する「魂」は「偶然的な光を忠実に記録する」エッセイになじみやすい。ただし

「魂」はもっぱら宗教書との関連で語られ、懐疑的精神を示唆するものは封じられているけれども。ここにも自己防衛の意識がはたらいているのかもしれない。

ドライデンへの揶揄に方向づけられた読者は、「良き文体」に必要とされる事柄の主張が本論中では実践されず、裏切られ、または疑問に付されるありようを見る。詩人の言行不一致をついたペイターはみずからそれを演じているのか。ここで「知性」と「魂」という言葉のもとに想定されている二種類の読者を考えてみる。するとペイターは、一般読者のために「衒学」を非難しつつ、学者向けには「衒学」ではない「学識」を実践し、一般向けには「論理的一貫性」を力説しながら実践ではそれを裏切り、むしろエッセイの要素を取り込むという戦略を取っていることになる。結末は、「内面の構想（ヴィジョン）」を「偉大な芸術」に包摂することで「個人の主観性」偏重という非難に予防線を張りつつ、自分の作品に親しんでいる少数の読者にはそれが本意でないことを唐突な飛躍と大仰な言葉で示唆していることになる。

ペイターは、文学者と読者との関係についてこう述べていた。「真に精力的な読者にとって、たえず努力を求められることには刺戟的な喜びがある。これは著者の言いたいことをもっと確実に親密に把握することで報われる」（*AP*, 17）と。「ワーズワース論」の一節と同じく、この箇所も読者を当惑させせつつ読みの深みへと引きずり込む力をもっている。読者は、ペイターの「言いたいこと」を把握しようとして全体を何度も読み直すが、それを「確実に親密に」把握したとは感じられず、また読み直しの作業へと向かう。こうしたペイターの言葉の力をダウリングはうまく説明している。すなわち、「たえず手招きしては退いてゆく暗示的な力」であると。[19] このような誘惑の手から少し距離をとり、次節では、彼の理論的主張よりも実践に注目することにしたい。そこでは、意外なかたちで保守派との闘争が敢行されている。

## 二

ペイターは詩的散文を擁護しながら、詩的要素により「無意識のうちに」損なわれたドライデンの散文を揶揄している。では「文体論」の散文についてはどうなのか。題材の抽象性によるのか「学問的」闘争のためか、『モナ・リザ』の一節に典型的なリズムやイメージの面での詩的要素はここでは皆無に近い。彼自身、「良き芸術」の条件として「装飾」を排除すべきであると語ってもいる。けれども、そう語るところにある種の詩的要素が顔をのぞかせている。そのあとを読んでゆくと、驚くべきことに、『モナ・リザ』の一節を「詩的散文」という「両性具有的な（めめしい）文体」（C2, 411）とするコータプの見方が土台から崩されていることに気づく。

ペイターは「装飾」の排除と許容をめぐる記述において、前者の必要を執拗に説いたのち後者に移行している。言語につきまとう「装飾」への傾向に警戒しているからである。一連の記述のなかに出てくるものに「花」と「放浪の侵入者」という語句がある。はじめは詩と散文をめぐる一節に出てくる。原文とともに示す。

To find in the poem, amid the flowers, the allusions, the mixed perspectives, of *Lycidas* for instance, the thought, the logical structure: how wholesome! how delightful! as to identify in prose what we call the poetry, the imaginative power, not treating it as out of place and a kind of vagrant intruder, but by way of an estimate of... its achieved powers, there. (*AP*, 6)

詩に論理を見いだすのは散文に想像力のはたらきを認めるのと同様にたのしいものだというのが一節の趣旨である。この趣旨の速やかな伝達を遅らせ阻害する表現方法がここでは取られている（スペンサーの「知力の節約」の原理に違反することは言うまでもない）。書評をしたオリファント夫人が「この文は少しわかりにくく、リズムはなだらかではない」と述べているのは正しい反応である。[20] “find” の目的語句 “the thought, the logical structure” を副詞句中の名詞群 “the poem” “the flowers” “the allusions” “the mixed perspectives” から弁別するには多少の時間がかかる。“flowers” は “allusions” “mixed perspectives” の比喩と思われるが、より一般的な “flowers of speech” の省略かもしれないし、また「リシダス」に出てくる花ばなの連想もふくんでいるのかもしれない。[21] 冒頭の不定詞句から感嘆詞の反復への切り換えは当初志向していた意味を宙吊りにする。唐突な感情的高揚はかえって読者を置き去りにするのではなかろうか。“vagrant intruder” という奇抜な比喩は、直前の “out of place” が十分な意味を伝えているだけに、かえって夾雑物となって読みを遅らせるだけでなく、メッセージに回収できない過剰なものを読者の意識のなかに残す。詩的要素を散文に認める喜びを語るこの箇所には、「花」や「放浪の侵入者」という比喩と感嘆詞表現という詩的要素がふくまれている。そこに喜びを見いだす読者にとっても嫌悪感を抱く読者にとっても、この一節は自己言及的機能をもっている。ドライデンへの揶揄がその効果を強化する。

「装飾」を排除する必要性はこう語られている。ここも原文を引用する。

For to the grave reader words too are grave; and the ornamental word, the figure, the accessory form or colour or reference, is rarely content to die to thought precisely at the right moment, but will inevitably linger awhile, stirring a long "brain-wave" behind it of perhaps quite alien associations. (*AP*, 18)

「装飾語」は論理の道筋とは関係なく多数の連想を呼び起こし、しばらく念頭から去って行かない。ここでは引用符をほどこされた"brain-wave"が連想を呼ぶ。[22] *OED*には「仮説としてのテレパシーの振動波」(a hypothetical telepathic vibration)、「測定可能な脳内の電気的衝撃」(a measurable electric impulse in the brain)とある。前者には一八六九年と一八七一年の大衆小説の用例が、後者には一八八六年の「社会心理学研究会報」の用例があげられている。同時代の読者には、硬軟とりまぜた連想を呼ぶ語であったかと思われる。ペイターの印象主義が科学としての装いをもつことは『ルネサンス』の「序文」にあきらかだが、ここは生理学的心理学とのつながりを示唆している。[23] 彼は大衆小説も読んでいたのか。どの文献から用例を取り出したのか。"brain-wave"はこうした問いを誘う。引用前半もある連想を生む。形容詞"grave"と同綴語の意味(墓)が"die"を呼び出したのではないか。有名な詩的散文の"grave"がここにかすかな反響をとどめているのだから——"...like the vampire, she has been dead many times, and learned the secrets of the grave...."(*R*, 125)。「装飾語」の効果を語るこの一節は、「言葉の表情をたえず微細に観察する者」にとってまさしく数多くの連想を呼び起こす。「装飾語」を排除しなくてはならないというメッセージすら、内部から崩壊しかねない。

ペイターは語りつぐ。「まさにそこに、いま私が奨励しているような学者の注意ぶかさの有害な傾向があるかもしれない。しかし、真の芸術家はそれを考慮に入れる」。というのも「あらゆる文体の『唯一の美』」は「削除可能な装飾から独立している」からである（*AP*, 18-9）。このメッセージを読者がそのまま受けとれないのは、ペイター自身の「装飾」が示すところである。このあと「花」と「放浪の侵入者」が再登場する。

> 対比、暗示、暗示的な表現一般、庭の花——彼には、注意散漫な知性にたいするこれらの催眠作用の力がわかっているのだが、というのも、こうした知性にとっては、どんな気晴らしも文字通り歓迎すべきものだからで、どんな放浪の侵入者についてもそうだ。なぜというのに、それとともに直接的な主題から歩みを逸らしてゆくことができるからである。浮薄なもの、余分なもの（略）を注意ぶかく排除しながら、彼は厳格な歩行者の歩みからけっして逸れて行こうとはしない。（*AP*, 19）

対比や引喩は本論に興味のない不注意な知性に麻薬的効果をもたらすので、かえって歓迎されると言うのである。これは先の内容と整合性があるとは言い難いが、「装飾語」の効力においては一貫している。「庭の花」（flowers in the garden）と「放浪の侵入者」は文脈にかなう意味をもっている。麻薬的効果をもつ花はあるかもしれないし、子どもなら「放浪の侵入者」についていくかもしれない。それでもなお、意味の迅速な伝達という観点からは「有害」である。「放浪の侵入者」は「どんな気晴らしも」（any *diversion*）の直後ではなく、いったん完結したかにみえる述語部分に付加されているので、しばし読みを停滞させる。「気晴らし」のイタリック表記も語源への注意をうながす信号だから、同じ効果をもたらす。この一節もまた自己言及的な機能をもっている。「庭の花」および「放浪の侵入者」は何かの文献あるいは作品からの引用または何かへの言及なのか。こうした連想に誘われるのはけっして「注意散漫な知性」ではなく、むしろ「注意ぶかい」「学者」、「謹厳な読者」である。引用の最後に、「学者」は「厳格な歩行者としての歩みからけっして逸れて行こうとはしない」とあるが、そうではあるまい。彼はむしろ、“brain-wave”“flowers in the garden”“vagrant intruder”といった表現のひとつひとつに歩みをとめ、すすむべき道から逸脱する危険にさらされるのである。言葉の用法にたいし謹厳であればあるほど誘惑される可能性は高くなる。

誘惑する言葉の力にペイター自身の姿を重ねてもいいかもしれない。彼の散文がもつ危険な魅力については好悪いずれも多くの評がある。しかしここで何より引くべきは、「結語」の注として書かれた彼自身の言葉だろう。すなわち、この「結語」は「それを手に取るかもしれない若者を誤った方向に導く（mislead）ことになりかねないと思った」（*R*, 233）。懸念の対象は、「若者」を惑わしかねない思想であった。一方、「文体論」においては細部の比喩（引喩）が「謹厳な読者」の歩みを文字通り「惑わす」（mislead）。“vagrant”“wandering away”はそうした連想まで引き寄せる。誘惑する「放浪の侵入者」とは、まさしくペイター自身のことであろう。

このあとペイターは、「比喩や花に当てはまることが（略）言語そのものにふくまれる潜在的な色やイメージについても当てはまる」（*Ap*, 20）と述べはじめる。「花」の要素が言葉に内在すると言うのである。「放浪の侵入者」は外部から侵入するだけではなかった。とすれば「装飾」は、排除はおろか省略することもできない。「論理的一貫性」はたえず「花」に誘惑され、崩壊する危険にさらされている。「削除可能」と想定されていた比喩や引喩と同じ効果が単語そのものにひそんでいるとすれば、詩的要素を排除したつもりの散文ですら詩的たらざるをえない。コータプの非難する「詩的散文」は散文が詩の要素を外から取り込んだものであるのにたいし、ペイターは詩的要素が散文に――いや言語のうちに内在していると言うのである。残念なことに、ペイターは動詞ばかり列挙して（*absorb, consider, extract*）、「装飾」とは「その出来事、色、物理的要素や接頭接尾辞」であり、それらは「学者として十分に感じとる」うちに認識されるとするだけで、具体的な説明は行なっていない（*Ap*, 20）。これじたい学者向けの発言である。しかしこれまで見てきた例で十分であろう。連想を誘う言葉はどれも詩語ではなく、また『モナ・リザ』の一節とはちがい、直喩は用いられていなかった。

ところで「花」に誘われて本論を忘れる「注意散漫な知性」と「厳格な歩行者としての歩み」をすすめる「学者」は、ともにジェンダー化された存在である。第三部の冒頭でペイターは、文学者は読者として自分と同じ学者を念頭に置くとしたのち、これを「男性的良心」としている。

文学者は、必然的に学者であって、行なおうともくろむことにおいて、何よりもまず学者と学者らしい良心を念頭におこうとする――この点でそれは男性的良心であると考えざるを得ないのだが、それはわれわれが大いに、真の学問を男性に限定している学問探求の体制にいるからだ。文学者が自己批評を行ないつつ、たえず想定している読者というのは、注意ぶかく（全身これを眼にして）、また思慮ぶかくすすもうとする人であり、かつ自分自身への配慮をまったくしないままに、女性的良

心がとても軽快に、また愛想よく渡る道を歩むのだ。　(AP, 13)

言い換えの理由には、学問を男に限定している不当な教育体制への批判的視線が感じられるが、後半、「男性的良心」を「(全身これを眼にして) 思慮ぶかくすすもうと」しながらも、自分のことは考えない」とし、「女性的良心」を「軽快に、また愛想よく渡る」と述べる段になると、ジェンダーにかんする本質主義的見方が混入してくる。明記されてはいないが、「男性性」の特徴たる無私の精神との対比を考えると、「女性性」には「自己中心性」がひそかに書き込まれている。この「軽快に」かつ自分のことだけを考えて横切っていく「女性性」が「注意散漫な知性」に転じるのである。文学者には言語にかんする学識と論理的構築が必要である。「はじまりに終わりを予見し、けっしてそれを見失うことなく、あらゆる部分において残りすべてを意識している」ことで「建築学的着想」(Ap, 21) を実現しなくてはならない。学者が「内面の構想(ヴィジョン)」を表出するために行なう言語の探索は「格闘」(Ap, 13, 31) であり、言語に向かうときの態度は「自制」(Ap, 14, 15) とされている。すなわち、メッセージにおいて強調されるのは能動的意識や論理、無私の精神による戦いといった「男性性」である。他方、抑制されるべきは「装飾」、「不規則なものや不意打ち、あとからの思いつき」であった。これらは、論理と意識の管理下に置かないと全体の統一を崩壊させかねないという意味で「女性性」をおびている。ペイターは、意識・論理・無私の精神と無意識・無秩序・エゴイズムとの二元論にもとづくギリシャ以来のジェンダー規範に依拠している。しかしながら、「花」、「放浪の侵入者」、「脳波」といった「装飾」はいうまでもなく、ごくささいな言葉にさえ誘惑されるのは、一語一句を慎重に読みすすめる「男性的良心」の方である。ペイターみずから肯定し再現したかにみえるジェンダー規範がこれにより無効化されるのだ（こうしたジェンダー規範の脱構築的実践については、第六章ですでにふれた）。これは、論理的構築の力説とその実践上の裏切りという事態に対応している。ジェンダーの解体がどこまで意図されたものかは判断できない。ここにもまた意識と無意識との、さながらメビウスの帯のような状態が出来している。

文体家とされた作家が文体について論じるとき、ある程度の身構えができるのはやむをえないだろう。しかし、このエッセイにみられる亀裂は、そうした一般論に還元できない異様さを感じさせる。「詩的散文」をめぐる過敏な反応、「だれもが理解できる」、しかし自分には実行不可能な「論理的一貫性」の主張、「個人の内面の構想（ヴィジョン）」の言語化という「良き芸術」のあり方の、最終段落における唐突な相対化。これらが演技なのか無意識の結果なのかはわからない。いずれにしても、こういう事態を生みだした要因のひとつに保守派との闘争があるように思われる。げんに、「文体論」は保守派との「学問的」闘争の実践の場であった。それがやや歪な、過剰な自己防衛のかたちを取ったのかもしれない。先にふれた仮想敵とおぼしきコータプからの好意的な評価は、彼がペイターの姿勢に譲歩を見てとったためと考えられる。しかし、「装飾」をめぐる記述は少数者に向けた「詩的散文」の実践であり、そこには「詩的散文」を非難するコータプら保守派との闘争が持続している。

# 補遺二　「ジョルジョーネ派」の批評言語

「ジョルジョーネ派」の検討は本編のなかに組み込めなかった。保守派との闘争すなわち文体のポリティクスという面からすると、当初、ほとんど関係がないと思えたからである。けれども、あらためて読み直してみると、この作の「感覚的要素」の強調には、ブキャナンのロセッティ批判である「詩の官能派」にたいする反論がうかがえる。また、その文体上の特徴には、当時の通俗的な美術批評に対抗して、あらたな批評方法を提示しようとするペイターの意志が浸透しているのではないかと思われる。そこで補遺として、この有名なエッセイを取上げる。(1)

一

「ジョルジョーネ派」は一八七七年十月に『フォートナイトリー・レヴュー』に掲載され、のち『ルネサンス』第三版（一八八八）に収録された。全体のおよそ四割を占めるのが、冒頭の芸術理論である。

ジョルジョーネ派の作品批評およびジョルジョーネにかんする伝記的記述（以下、便宜上「本論」とする）はそのあとに行なわれている。芸術理論は九つの段落から成り、前半の五つが純理論的、後半の四つはその敷衍という性質をもつ。後半にはジョルジョーネをそのひとりとするヴェネチア派の例が引かれており、それにつづく本論の一面を予告している。前半はしばしばそれだけで各種のアンソロジーに収録されている。第五段落冒頭にイタリックでしるされた一文、「あらゆる芸術は音楽の状態に憧れる」（*R*, 106）[2]は、ペイターの言葉のなかでとくに名高いものである。「偉大な絵画」には「壁や床につかの間にできる太陽光線と影の偶然的な戯れと同じように、明確なメッセージはなく」、それは何より「落下した光の空間」（*R*, 102）であると述べる第二段落の言葉は、ケネス・クラークにより『ルネサンス』中で「もっとも独創的」であり、のちの思想に「もっとも影響力をあたえた」と賞賛されている。[3]それでは本論の評価はどうだろうか。パトリシア・クレメンツはクラークと同様に、このエッセイの重要性は作品批評ではなく理論にあるとする。[4]F・C マックグラスは、作品批評の箇所では内容と形式との関係が作品にそくして論じられるべきなのに「混乱し矛盾しており」、焦点は「ヘーゲルの表現理論の展開」に置かれていると断じている。[5]ウィリアム・バックラーは、『ルネサンス』に収められたほかのエッセイにくらべると全体が「継ぎ目の多い」若書きだとの評を下している。[6]このように「ジョルジョーネ派」は、冒頭の芸術理論をのぞくと評価はあまり芳しくない。ここでは、主として作品批評の箇所を詳しく読み直し、その特質および真価について論じてみたい。

## 二

まず、芸術理論の前半の骨子と、それが孕むポリティクスとを確認しておきたい。必要に応じ、本論との関係についても言及する。はじめの段落では、詩や彫刻や絵画といったさまざまな芸術ジャンルの作品には各々の素材に由来する特有の「感覚的要素」があり、美の批評家の任務は、各作品が「どの程度、特有の素材にたいする責任を果たしているか」を評価することだと語られる（R, 102）。絵画の場合であれば、「たんなる詩的な思想や情趣」ではなく、また「色やデザインの、伝達可能な技術のたんなる結果」でもない「真の絵画的魅力」に着目することが批評家の任務となる。第二段落では、「真の絵画的特質」とは「純粋な線と色にたいする創意にみちた創造的な取扱い」（R, 103）であって、それはまず「ヴェネチア・ガラスの断片と同じくらい直接的に、また官能的に感覚を喜ばせなければならない」（R, 104）とされる。これにつづくのが先にふれた、「偉大な絵画はわれわれのための明確な教訓をもっていない。それはちょうど、壁や床につかの間にできる太陽光線と影の偶然的な戯れに道徳がないのと同じである」（R, 104）という大胆な一節である。クラークはここに、パブロ・ピカソやジョルジュ・ブラックの抽象絵画の理論的先駆を認めている。[7] 第三段落では一転して、各芸術の、他の芸術の状態への移行が語られる。この性質は「他者志向性」（R, 105）と呼ばれている。次の段落でその例がいくつかあげられたのち、最後の第五段落で「あらゆる芸術は音楽の状態に憧れる」という例の一文がしるされる。何よりも音楽においては形式と内容とが融合一致しているからと言うのである。以上のように、第五段落までの純理論的な箇所はさらに、各芸術における素材の重要性を主張する前半と、そこからの解放を主張する後半とに分けることができる。

開巻早々すぐに気づくことは、芸術理論の提示が他の批評方法の批判とともに行なわれていることである。俎上にあげられるのは、ひとつは「通俗批評」(*R*, 103)である。それは、多様な芸術作品を「固定した同一量の想像的思想」が「さまざまな言語」に移し変えられたものと見なし、各素材の特性つまり「感覚的要素」を無視する批評のことである。この種の批評は、第二段落では「あらゆる芸術を詩の形式へと誤って一般化する」「文学的な興味」とされている(*R*, 103)。それは、歴史や神話にもとづく物語絵や教訓的な絵であり、また絵画から物語や教訓を抽出する批評のことである。この点はさまざまなかたちで示される。絵画を色やデザインという獲得可能な技術の産物とする見方も退けられてはいるものの、批判の比重は前者の方がはるかに大きい。このあと「文学的な興味」はあらたに言い換えられている。ペイターはヴィクトル・ユゴーを引き合いに出し、詩には彼のような「道徳的あるいは政治的な願望の伝達」という役割はあるにせよ、それは内容と形式とが齟齬を来している点で芸術的理想を実現してはいないと述べる(*R*, 103-104)。「文学的な興味」や「道徳的あるいは政治的な願望」をあらわにする絵画批評といえば、その代表格はラスキンである。ペイターの仮想敵がラスキンであることはまちがいないだろう。[8]しかしまたレイチェル・テューコルスキーが指摘するように、[9]「通俗」の語がいっそう妥当するのはロイヤル・アカデミーに出品される作品を賞賛する保守的なジャーナリズムの書き手たちであろう。ペイターと同様の唯美主義的ヘレニストとして括られることのあるJ・A・シモンズでさえ、このエッセイの主張は芸術の内容軽視と形式偏重にあるとして批判している。[10]つまり、「感覚的要素」

を重視し「文学的な興味」を排除するペイターの見方は、当時の文学者と大衆のどちらにとっても挑戦的であった。

本論でペイターはもうひとつの批評方法を批判している。前二者とはちがい、その名は本文中に明記されている。「あらたなヴァザーリ」と皮肉られるJ・A・クロウとG・B・カヴァルカセルによる客観的事実を重視する批評——というより研究方法である。彼らはジョルジョーネ作と伝えられてきた作品を精査した結果、本人によるものはほとんど残っていないと判断したのであった。ペイターは彼らの『北イタリア絵画史』を参考にしてはいるが、最終的には「過去を生き生きとしたものにしてくれず」(*R*, 112)、現代にまであたえているジョルジョーネの影響力つまり「ジョルジョーネ的なもの」を明確にしてくれないと批判している。しかしもちろん、彼らの方法はその後の美術研究に不可欠なものとなってゆく。

このように「ジョルジョーネ派」は、主要な絵画批評を批判しつつ持論を展開する論争的なエッセイである。[11] ペイターのポリティクスは、ロイヤル・アカデミーに承認される保守的な画壇および批評家と、科学的ではあるものの無味乾燥な研究方法とをともに批判する一方で、このエッセイと同じ年の五月に開設となったグローヴナー・ギャラリーに出品されたバーン＝ジョーンズやジェイムズ・マクニール・ホイッスラーなどの新世代の作品への共感をジョルジョーネ派に仮託して示すことにある。[12]「ジョルジョーネ派」をイタリックで強調するのは (*R*, 117)、当時「一派」と呼ばれていたラファエル前派をそこに重ね合わせるためである。[13]『田園の祝祭』に寄せたロセッティの「魅力的なソネット」への言及 (*R*, 114) もまたこれにかかわっている。本論にはいってすぐの記述も興味ぶかい。ペイターはまず、ジヨルジョーネの歴史的な位置を語る。彼は「絵画芸術に必然的にともなう限界」を「直観的に理解していた」(R, 109)ので、「自然主義、宗教的神秘主義、哲学的理論」(R, 110)にわずらわされることはなかった。これは、芸術が音楽的状態を実現するための必要条件であると冒頭の芸術理論にしるされていた。ジョルジョーネの創始した「風俗画」は「ふさわしい家具や風景に囲まれている現実の男女の小さな群れ」を洗練したかたちで描いたものであって、「信仰用にも、寓意的な、また歴史的な教育用にも役に立たない」(R, 110-111)。彼は、「たんなる建築上の計画のなかで、それまで従順に場を占めていた、巧みに融合された色彩の空間」を「壁から引き離す」(R, 111)。そして「腕のよい彫刻師の手により額縁をつけ、人びとがそれを楽に移動させ、行くところに持っていき[……]一種の自己教育、刺戟あるいは慰めとして、意のままに使えるようにする」(R, 111)。ここには、ロイヤル・アカデミーに権威づけられた作品の、美術館での道徳的鑑賞ではなく、個人的な嗜好にもとづくより自由な鑑賞方法を擁護しようとするペイターの意図がうかがえる。[14] 段落の後半で用いられる動詞はすべて現在形である(“… comes Giorgione”/“He is…”/“Giorgione detaches…”/“He frames…”/“While he infuses… he is…”)。これはルネサンスのヴェネチアの画家を現代の画家さながらに読者の身近に感じさせるとともに、ラファエル前派やホイッスラーを広義の「ジョルジョーネ派」に位置づける効果をもっている。

バーン＝ジョーンズの作品は、抽象画の鑑賞と同様に、一定の知識教養のない者にとっては「学問的」で「秘教的」また「奇矯な」なものであった。[15] ホイッスラーがラスキンを訴えるのはこのエッセイの発表から一ヵ月後なので、それにたいする言及もそれによる影響もここにはないが、彼はすでに「白の交響曲 第一番」および「同 第二番」(一八六二)、「緑と薔薇色の和声——音楽室」(一八六〇)などの音楽用語をタイトルにした作品や、「灰色と黒の配合　第一番——画家の母」（一八七二）、「同　第二番——トマス・カーライル」（一八七二―一八七三）といった形式面（色彩の配合）を重視したと思わせるタイトルの肖像画を制作していた。エッセイ「挑発するもの」（一八七八）のなかで彼はこう述べている——「芸術はあらゆる戯言から独立していなくてはならない——自立し、目や耳という芸術的感覚に訴えなくてはならず、これを信仰や同情や愛や愛国心といったものと混同してはならない。これらはみな芸術には関係がない。だからこそ私は、自分の作品を『配合』や『和声』と呼ぶことに固執するのだ[16]」。これは絵画における感覚的魅力を何よりも重視するペイターと同じ考えである。ペイターは本論にはいってまもなく、理論での主張をこう言い換えている——「絵画は何よりも装飾的であり、目のためのもの、壁にある色彩空間でなくてはならない［……］どんなに高邁な内容をもつ思想や詩や宗教的空想がそこで、またそのあいだでみずからの役割を果たそうとも」（*R*, 110）。

芸術理論の前半でもうひとつ注目すべき点は、すでに述べたように、「文学的な興味」の比喩として排除されたかにみえる「詩」が同じ第二段落の終りで復活していることである。しかし、復活した「詩」は以前と同じ意味ではないだろう。抽象的な色からなる日本の扇絵から、完璧な花の絵、そしてティントレットの『聖母の御奉献』のなかの「真に子どもらしいユーモア」にいたるまで、「詩」の要素がしだいに入り込んでくるとペイターは述べる。この場合の「詩」は詩的な美感や情趣といった意味合いであろうか。第四段落では、芸術の「他者志向性」によって生じる建築の有益な特質が「記憶や、ほんの少しの時間的効果から生じる詩」（*R*, 105）とされている。それ以上の説明はないが、この直前に、城の奇妙に曲がった階段を例にあげて「芝居がかった人生を生きる役者がおたがい気づかれずにすれ違うことができるように意図されたかのよう」(*R*, 105) とあることからすると、この「詩」は、道徳的教訓についてはともかく、物語的な興味をまったく排除しているわけではなさそうだ。ただし、一篇の物語の全体ではなく断片、文学的記憶のかけらとして一瞬浮上するものであるらしい。本論で「瞬間」が重視される根拠はここにあると思われる。

こうして純理論の箇所に出てくる「詩」は、ジャンルとしての詩のほかに、「文学的な興味」、詩的な美感や情趣、記憶による詩的効果と、その意味は多様である。(17) それをふくむ語句も、ジャンルを示す場合は "poetry"、「文学的な興味」の場合は "forms of poetry"、詩的な美感や情趣については "sense of the poetry"、記憶にかかわるさいには "a (true) poetry" というように、ほかの語句と結びつきながら微妙に変化する。概念の明快な区別が要請される理論のなかに同一語が差異をもって反復的に使用されているのである。それらは同じ段落のなかで混在していることもある。このような同一語による意味の微妙な変化と共存はペイターの言語表現の特徴である。それに加え、先の例でみたように、もう少し踏み込んだ説明があってしかるべきところにそれがないために、意味内容にかんして推測の域を出ない点が散見される。このエッセイが「若書き」とか「継ぎ目」が多いとか評される理由であろう。

本論で、ジョルジョーネ派の作品は「絵画による詩」であり、「明確な物語のないまま効果を発揮する詩」(*R*, 117) とされている。物語的な興味を断片的に、また瞬間的に喚起することはあっても、明確な物語や道徳的教訓に還元されることを回避し、絵画としての感覚的な要素に可能なかぎり密着し、それを掬いあげること――ペイターの批評言語はそこに向かうだろう。次節では、純理論の敷衍を意図した芸術理論の後半部の検討からはじめ、つぎに本論での絵画批評の言語的特徴を取上げることにしたい。

## 三

第五段落でペイターは、芸術においては形式つまり「取扱いの精神」がなければ内容は無意味なものであり、また形式が目的それじたいとなるのだと主張する（*R*, 106-7）。これにつづき彼は「この抽象的な言葉」を実例により明確にしたいと述べて、現実のある風景と、その風景を題材にしたアルフォンス・ルグロのエッチング作品を取上げる。

> 現実の風景で、長くつづく白い道がとつぜん丘の端で消えるのが見える。それがアルフォンス・ルグロ氏のある銅版画の題材である。ただ、この銅版画の場合、それは内在する厳粛な表現に特徴づけられているのだが、この表現は異例な瞬間の限度内でそこに見られるか、なかば見られるかし、または彼自身の気分からとらえられたのかもしれないが、ともかく彼はそれを作品全体にわたって、この作の精髄として保っているのである。嵐を予告する一瞬の光により、ありふれた、あるいはあまりにも見なれすぎた風景が、想像力の深い場所から引きだされたと言ってもよい特徴をおびる。そのとき、この特別な光の効果、つまり干し草の山、ポプラ、それに草地の生地にこのように突然、光が織り込まれることで、その風景には芸術的な特質が付与されるのであり、それは絵のようだと言うことができるだろう。（*R*, 106）

理論部分の記述からすれば、ここでは、色彩はともかく作品の構図やものの輪郭をどうルグロが「創造的に扱っているのか」についての説明が行なわれるものと予想される。が、ペイターは、この作は「内在する厳粛な表現」に特徴づけられていると指摘したのち、記述は現実の風景（「そこに見られる」）から、曖昧な表現（「なかば見られる」）をへて、ルグロの内面（「彼自身の気分」）へと揺れ、落着しない（「かもしれないが、ともかく」）。「表現」（expression）は、風景についていうなら「表情」となる。このような揺れは引用後半でも持続している。風景の瞬間的な変容が「想像力の深い場所」と関連づけられ、「芸術的な特質」を付与されると語られているのである。瞬間的な変容の効果を語る一節において記述じたいが瞬間的に変容し揺れており、落着することはない。音楽的状態を示すために「理想的な種類の詩」とされる抒情詩にかんする一文が、こうした事態をなかば説明してくれる——「意味は、悟性では明確にたどることのできないやり方でわれわれに到達する」（*R*, 108）。ここでの揺れは、悟性による理解をあえて宙づりにしようとしているかのようだ。

同じ段落の後半でペイターは、スイスの渓谷にたいしてフランスの川辺の方が芸術的効果の見地から利があるとしたあと、ヴェネチア派の画家たちについて「彼らは、風すさぶ茶色の小塔、藁色の野原、森の唐草模様といった現実の細部を、男や女の存在にしかるべく伴う楽曲の音符としてのみ用いることで、ある種の風景の精神または精髄だけをわれわれにあたえるのだ——純粋な理性あるいは想像力をなかば刺戟する記憶の国の」（*R*, 107）と語る。ヴェネチア派の描く現実の風景もまた、絵のなかの音楽の主題に融解し調和しているといった意味であろうか。「音符」はあきらかに比喩だが、「楽曲」（a music）にも、奏でられる音楽のほかに比喩としての「音楽」（music）が重ねられている。本論の終わり近くになってそれを示唆する語句が出てくる——「風景と人間——人物とその付随物——との抑制された合奏」（*R*, 121）。一般にダッシュには、間を置くことによって、いま取上げている事柄を明快にしてゆくことを示す機能があるが、「ある種の風景」を「純粋な理性、あるいは想像力をなかば刺戟する記憶の国」として言い換えるための間を示すダッシュの場合、むしろ事柄を曖昧にしているのではなかろうか。ペイターのダッシュと「あるいは」は、意味の落着をいつまでも先送りし、回避するための戦略的機能を果たしている。

こうした事態は本論のある細部にもみられる。ペイターによると、ジョルジョーネは「線描と色彩による完全な表現」に役立つような「内容の選択に驚くべき美的感覚を発揮する」（*R*, 117）。彼は、「いかめしく頭を後ろにそらしながら鎧のひもを締める行為、失神する婦人、瀕死の唇から死とともにすみやかに奪われる口づけのようにすばやい抱擁」といった「瞬間的な動き」、「突然の行為、すばやい思考の変化、つかの間の表情」（*R*, 118）を機敏にとらえるとされる。ここにあげられた「死の口づけ」の例は読者の記憶を揺さぶる。これはジョルジョ・ヴァザーリの「ジョルジョーネ伝」から引かれた挿話であった。恋人が疫病にかかっているのを知らず、いつものように彼女のもとを訪れたジョルジョーネは、口づけにより感染し、ほどなく世を去る——このことが数ページまえに（*R*, 116）しるされていた。読者は「死の口づけ」の箇所でこの挿話を想起するが、同時に、それが絵の主題であったとされることでとまどいもする。ヴァザーリの伝えるこの話は絵の主題でもあったのか。とすれば無気味である。いやもしかするとそれは、ジョルジョーネ好みの主題を読者に印象づけるためにペイターがあえてここで引き合いに出したのかもしれない——いずれにせよ、この一節もまた解釈の余地を残したまま、伝記的挿話として理解した読者の読みを宙づりにする。

先述のように、ジョルジョーネは「瞬間的な動き」を生き生きととらえるとされる。つづく箇所で、画家の選ぶ「瞬間」に重要な意味が付与される。ペイターによると、それは「つかの間の、まったく具体的な瞬間」であって、「長い歴史のあらゆる動機、あらゆる興味と影響がそこに凝縮されており、また現在にたいする強烈な意識のなかで過去と未来とを吸収するように思われる」(*R*, 118) 瞬間である。いわば啓示として機能するこうした瞬間のなかで、鑑賞者であるわれわれは「ことごとく充実した生の観察者になるようにみえる」(*R*, 118)。この「充実した生」とはどのようなものなのか。ペイターはピッティ宮殿にある『合奏』に言及し、ジョルジョーネの数々の「スケッチや完成した絵画」にみられるモチーフについて語ることでそれを示唆する。

音楽を聞いて失神する人たち。釣りのあいだに聞こえる水際の音楽、井戸のなかの水差しの音に混じったり、流れゆく水の向こうから、あるいは羊の群れのなかから聞こえてきたりする音楽。楽器の調律。集中した顔つきの人びと——それはプラトンが『国家』のなかの巧みな一節で描いている人たちのように、どんなに短い音楽的間隔、空気中のどんなにささいな振動でも感知しようと耳をすましているかのようだが、あるいは想念のなか弦のない楽器で音楽を探り当てようとしているかのようでもある——甘美な音を渇望しながら耳と指が際限もなく洗練されてゆく。黄昏のなかで一瞬、楽器にふれること——偶然居合わせた人びとのなか、見知らぬ部屋を通り過ぎながら。(*R*, 119)

ダッシュは訳文上つけ加えたものである。ここでは音楽的主題が四つのセミコロン（句点で表記）により五つのセクションに区分され、順不同に、また相互に無関係に並んでいる。[18] 第一と第三は短句だが、第二と第四は長く、そこでは接続詞"or"が反復的に使用されている。時代順ではなく、また抽象具象の度合いに応じて並んでいるわけでもない。そのため記述は深まることがなく、どこまでも平面を滑っているかのような印象を生む。ただし、どのセクションにも聴覚的反応が出てくる。この段落の冒頭では、音楽を「奏でたり聴いたりすること」がジョルジョーネ派の顕著な主題だとされていた（*R*, 118）。けれども引用部分では「奏でる」よりもはるかに「聴く・聞こえる」方に比重が置かれている。それが次の段落の冒頭になるとより明確になる。「奏でる」ことはすっかり消え、もうひとつの受動的な姿勢の方だけがしるされている。

ジョルジョーネ派のお気に入りの出来事、つまり音楽や、われわれの生活のなかの音楽的瞬間においては、生それじたいが一種の耳をすますこと――音楽やバンデッロの小説の朗読や水の音や過ぎゆく時に耳をすますことだと考えられている。こうした瞬間がじつはわれわれの遊びの瞬間であることはよくあることであり、もっとも重要でない部分だと思えるかもしれない時間が意外にも至福にみちたものであることに驚くことがある。それはたんに、遊びが多くの場合、人びとが自分自身の最良の力を発揮するものであるためではなく、そうした瞬間に、われわれの隷属的な毎日の注意力による圧迫感が緩み、外部の事物の麗しい力が自由に入り込んで、われわれを思い通りに操るためでもある。そのためジョルジョーネ派は、音楽から音楽のような遊びへと移行することがよくある。人びとが実生活をあきらかに遊び半分に行なう仮面劇へと移行するのである。（R, 119-20）

引用の最後に強調されている「移行」がこの一節を特徴づけている。音楽、朗読の声、それに水の流れは聴覚でとらえられるが、時の流れはそうはいかない。そこには時空間の瞬間的な変容や啓示的瞬間の到来への待機姿勢が暗示されている。第二文以後は意外な方向へと展開し、「遊び」が取上げられる。ジョルジョーネの題材は「会話や音楽や遊びといった実生活のささいな面」（R, 111）とされていたから、遊びへの言及は必ずしも不自然ではない。楽の享楽は実利の世界から切り離された遊びの時間と言える。「遊び」の反復は、冒頭における絵と「太陽光線と影の偶然的な戯れ（play）」との比較を想起させもしよう。楽器を「奏でる」という意味も音楽と遊びの媒介に一役買っている。ただ一方で、周囲の音や時の経過に耳をすますことと遊びとの関連については必ずしもあきらかではない。第一文と第二文とのあいだには連続性と同時に飛躍（「継ぎ目」）がある。

ペイターは、ジョルジョーネ派の絵画から「生とは耳をすますこと」という見方を取りだす。これは人生にたいする教訓かもしれないが、道徳的な教訓とはちがい感覚が深くかかわっている。さらにそれは労働の時間でも信仰のときでもなく、「最良の力を発揮する」遊びの時間であるとの逆説的な表現をペイターは行なっている。教訓と遊びとの再定義が同時になされているのである。音楽から遊びへの移行については、すでに芸術理論の第八段落でそれとなく示唆されている。ペイターは、形式と内容との一致の原理を実生活の細部に適用していた。すなわち、「家の家具、衣服、生活そのもの、身ぶりや言葉づかい、それに日常の交際の細部」もまた、「賢明な人びとにとっては、そのなされ方から得られる心地よさや魅力をおびやすい」。それらを『目的それじたい』へと高め、それらを行なうさい不思議な優雅と魅力を添える」のが「いわゆる時代の流行」である（*R*, 108）。「遊び」とは実利目的を外部にもたず、それじたいが目的となることだと考えるなら、ここには「遊び」との親和性がすでにうかがえる。

　生活の細部、とくに流行の衣装や言葉づかいにたいする関心や執着を「遊び」の観点から肯定する見方は、翌一八七八年に発表した「『恋の骨折り損』論」に引き継がれる。[19] ここで詳しく述べる余裕はないが、ペイターの「遊び」にかんしては、ヨハン・クリストフ・フリードリッヒ・フォン・シラーの『人間教育論』（一七九五）やボードレールの「玩具の哲学」（一八五三）からの影響があると思われる。ただ、シラーよりもペイターの方が遊びの概念を実生活へと応用している。ボードレールは幼少期の想像力にたいするロマン主義的な憧憬の念を抱いていたが、このような感情はペイターにはない。ペイターの独自性はあくまでも流行の言葉や衣装を大人の遊びという観点から肯定したところにある。

　話をもどす。このあとペイターは、ジョルジョーネ派における水の存在に特別に注意を向ける。できるだけ原文の語順にそくして訳す。

> 人びとがこの乾いた土地で幸福であるなら、水が遠くにあることはなかろう。ジョルジョーネ派の場合、水の存在は——井戸や大理石に縁取られた貯水池、水を汲んだり注いだりすること、これは『田舎の祝祭』で女が宝石を嵌めた手で水差しから水を注ぐところにうかがえるが、そのとき彼女は、冷たい音が笛のかもす音楽と混じり合っているのに耳をすましているのかもしれない——特徴

的で暗示力にみちており、これは音楽のそれに匹敵する。しかも、風景がそれを感じ、喜んでもいる――透明感、水の効果、新鮮な雨にみたされているのだが、この雨は、大気中をくぐったばかりで、草地のあいだの通路にあつめられている。さらにジョルジョーネ派の場合、空気はそれを吸い込む人びとと同じくらい生き生きとしており、文字通り崇高な「最高天」のもののようで、すべての不純物がそこから燃え尽くされ、本来の成分以外のいかなるものの痕跡も、浮遊物も、そのなかに存在することを許されてはいない。（*R*, 120）

この一節は、一八七〇年の『詩集』に収録されたロセッティのソネット「ジョルジョーネ作、ヴェネチアのあるパストラルに寄せて」（初出年は一八五〇）の記憶に影響されているのかもしれない。[20]だが、「言語表現はペイター固有の特質を示している。第二文冒頭の主語「水の存在」と述語部分「特徴的で暗示力にみちており」とは、水の具体例の連続的な付加により遠ざけられており、連結性は弱い。文の最後にある代名詞「それ」（that）の内容は、いったん冒頭にもどって確認せざるをえない。水とその具体例の部分をみると、はじめの抽象名詞（“presence”）が「井戸あるいは大理石に縁取られた貯水池」と具体化されたかと思うと、こんどは動きを示唆する語句（“drawing or pouring”）が導入され、つぎに女の動作（“the woman pours”/ “listening”）が焦点化される。しかし、この「注ぐ」しぐさと「耳をすます」身ぶりとのあいだに二つの細部（「水差し」「宝石を嵌めた手」）への焦点化が行なわれ、しかもそのあとようやく作品名が出てくるので、読者にとって女の一連の動作を適度な距離をもって視覚化することは容易ではない。次の文では一転して「風景」が主語として擬人化されるが、ダッシュ以後では元にもどり、風景にかんする情報が付加されてゆく。ここにも落着しない揺れ、平面を滑る視線があるが、視線の移動は円滑ではなく、対象との適度な距離化にも困難がともなう。

以上のように、ジョルジョーネ派の特徴をしるす六つの段落の第三から第五段落までを検討すると、ある特質が見てとれる。はじめは「音楽を奏でたり聴いたりすること」が特徴としてあげられるが、段落の終わりでは「聴くこと」に比重が置かれ、次の段落では完全に「聴くこと」が焦点化される。そこで聴く（「耳をすます」）対象として言及される音楽、水の音、朗読の声、時間の経過のうち、つづく段落では水の存在が取上げられる。だが、その引用後半にあるように、水の存在は、大気中をくぐったばかりの雨の例を文中に招きよせることになり、するとこんどは空気の新鮮さが語られることになる。視線が対象の細部を次つぎに移動してゆくが、そのつど対象との距離の取り方もまた変化するのである。飛躍や亀裂などの「継ぎ目」をともないつつ、焦点化の対象を刻々と変えてゆく視線がここでの特徴である。

現実と芸術とのあいだの落着しない揺れ、瞬間的な変容、時間差による重ね書き、読者の記憶への刺戟、解釈の宙づり、平面的で断片的な羅列、「継ぎ目」をともなう変化——これらはどれもみな、物語と道徳的な教訓を断片的に取り込みつつも最終的には回避し、「言葉であらわされる明確な物語のないまま語られるような詩」の効果を生みだそうとするペイターの、文体のポリティクスの実践を示すものにほかならない。

【注】

序論

（１） George Saintsbury, "Modern English Prose," *Fortnightly Review, new series,* 19 (February1876), 244.

（２） Saintsbury, 257.

（３） Ian Fletcher, *Walter Pater* (1959. rev. ed.; Harlow: Longmans Group Ltd, 1971), 39.

（４） Edmund Gosse, *Critical Kit-Kats* (London: Heinemann, 1896), 262-4.
なお、G・モンズマンの編集した『ガストン・ド・ラトゥール』には、未完成の原稿の書き起こしとともに収録された写真版原稿により、その一端がうかがえる。*Gaston de Latour, The Revised Text, Ed. Gerald Monsman* (Greensboro: ELT Press, 1995), 233-308, Figs.1-10.

（５） Edmund Chandler, *Pater on Style: An examination of the essay on "Style" and the textual history of "Marius the Epicurean"* (Copenhagen: Rosenkilde and Bagger, 1958), 86.

（６） たとえば、「ヴィンケルマン論」（一八六七）にはブラウニングの「純化された言葉」にふれた箇所があり、「ジョアシャン・デュ・ベレー論」（一八七〇）にはベレーの「国民的で近代的な」表現への言及がある。が、これらはいずれも断片的であり、かつ「文体」という語は出てこない。

（７） 私的な非難で有名なのは、ジョン・ワーズワースからの私信。R. M. Seiler (ed.), *Walter Pater: The Critical Heritage* (London: Routledge & Kegan Paul, 1980), 61-2. また書評以外の公的な非難としてはオックスフォード主教による「結語」の懐疑主義への批判が代表的である。Seiler, 95-6.

（８） Walter Pater, *The Renaissance: Studies in Art and Poetry, The 1893 Text*, ed. Donald L. Hill (Berkeley and Los Angeles, CA; London, UK: University of California Press, 1980), 186: "I have dealt more fully in *Marius the Epicurean* with the thoughts suggested by [this brief 'Conclusion']."

（９） 一八七七年の教授職をめぐっては、ペイターのほかにコータプ、フランシス・ターナー・パルグレイヴ、ジョン・アディントン・シモンズ、それに後述するジョン・キャンベル・シャープが立候補していた。シモンズとペイターの撤退、シャープの選出の経緯については、Michael Levey, *The Case of Walter Pater* (London: Thames and Hudson, 1974), 152-3; Richard Dellamora, *Masculine Desire: The Sexual Politics of Victorian Aestheticism* (Chapel Hill: University of North Carolina Press, 1990), 159-63; Linda Dowling, *Hellenism and Homosexuality in Victorian Oxford* (Ithaca: Cornell University Press, 1994), 91-2, 112-3を参照。

（10） Wylie Sypher, *Literature and Technology: The Alien Vision* (New York: Random House, 1968), 72. ワイリー・サイファーは、十九世紀の科学と、それに対立するかにみえる唯美主義とを、同じ技術への盲信と人間的現実からの疎外という視点から論じている。唯美主義の歴史的相対化という点で刺戟的かつ有益であるが、はるかに微視的な立場からペイターの文体および文体の理論を分析する本書ではほとんど参考にならない。サイファーが俎上に載せるペイターの「文体論」における「排除」や「倹約」の主張は、その論文の一部にすぎないし、ペイターの実践を掬い取っているとも言えない。またサイファーの「疎外論」は、人間的に豊饒な芸術やディオニュソス的芸術にたいする理想化を示しているが、現代を批評的たらざるをえない時代とみるペイターの認識と齟齬を来す。

## 第一章　闘争の場――保守派による批判

（1） テキストは Thomas Maitland [Robert Buchanan], "The Fleshly School of Poetry: Mr. D. G. Rossetti," *Contemporary Review*, 18 (1871), 334-50 により、以下 B1 と略記しページ数を示す。

（2） Dowling, *Hellenism*, 4-12. また、古典的共和主義の要点については、坂本達哉「共和主義パラダイムにおける古代と近代――アリストテレスからヒュームまで」、佐伯啓思・松原隆一郎編著『共和主義ルネサンス――現代西欧思想の変貌』（東京：NTT 出版、2007）、139-40 を参照。それによると、第一は「徳の支配」すなわち「公共の利害を優先させて行動できる人格と能力を意味」し、第二は「法の支配」であり、第三は「人民の支配」つまり「王や貴族に比べて最多数者である人民による支配」である（139）。

（3） Dowling, *Hellenism*, 12-26.

（4） Dowling, *Hellenism*, 6.

（5） 小冊子版テキストは Robert Buchanan, *The Fleshly School of Poetry: and Other Phenomena of the Day* (London: Strahan & Co., 1872) により、以下 B2 と略記しページ数を示す。

（6） Dowling, *Hellenism*, 8.

（7） Dowling, *Hellenism*, 11.

（8） ソロモンの逮捕とその後については、Simon Reynolds, *The Vision of Simeon Solomon* (Stroud: Catalpa Press, 1984), 81-96 を参照。

（9） Dennis Denisoff, *Aestheticism and Sexual Parody 1840-1940* (Cambridge: Cambridge University Press, 2001), 29. 引用は同ページから。

（10） Thaïs E. Morgan, "Victorian Effeminacies," in *Victorian Sexual Dissidence*, ed. Richard Dellamora (Chicago: University of Chicago Press, 1999), 113-6. この論文の「市民としての男性性」にかんする説明は参考になる（109-13）。

（11）　ユーフュイズムへの言及は、ロセッティにかんする彼の別のエッセイにも出てくる——“Here is Euphues come again with a vengeance, in the shape of an amatory foreigner ill-acquainted with English....” Buchanan, “Tennyson's Charm,” *St. Paul's Magazine*, X (March, 1872), William E. Fredeman, *Pre-Raphaelitism: A Bibliocritical Study* (Cambridge, Massachusetts: Harvard University Press, 1965), 19-20 (note.27).

（12）　ウィリアム・E・フレッドマンは誤って、“Aesthetic Poetry” という語句の初出をペイターの「唯美的な詩」としている。その原形である「ウィリアム・モリスの詩」の本文中にも出てこないことからすると、ペイターがこのタイトルをつけた意味は明瞭であろう。William E. Fredeman, *Pre-Raphaelitism*, 19.

（13）　テキストは John Campbell Shairp, “Aesthetic Poetry: Dante Gabriel Rossetti,” *Contemporary Review*, 42 (1882), 17-32 により、以下 S1 と略記しページ数を示す。

（14）　テキストは J. C. Shairp, “English Poets and Oxford Critics,” *Quarterly Review*, 153 (1882), 431-63 により、以下 S2 と略記しページ数を示す。

（15）　テキストは Harry Quilter, “The New Renaissance; or, the Gospel of Intensity,” *Macmillan's Magazine*, 42 (September 1880), 391-400 により、以下 Q と略記しページ数を示す。

（16）　Lona Mosk Packer, “William Michael Rossetti and the Quilter Controversy: 'The Gospel of Intensity,'” *Victorian Studies*, 7 (December 1963), 173. クィルターはペイターの所属するコレッジを誤って Oriel College としているから (Q, 399)、本人のことはほとんど知らなかったのかもしれない。

（17）　デュ・モーリアの唯美主義への風刺については、Leonée Ormond, *George du Maurier* (London: Routledge and Kegan Paul, 1969), 243-307 を参照。

（18）　唯美主義の日常生活への浸透については Rachel Teukolsky, *The Literate Eye: Victorian Art Writing and Modernist Aesthetics* (Oxford: Oxford University Press, 2009), 127-36 を参照。クィルターの論文への言及もある (127)。

（19）　W. J. Courthope, “Conservatism in Art,” *National Review*, vol.1 (1883), 73.

（20）　W. J. Courthope, “Conservatism in Art,” 81.

（21）　W. J. Courthope, “Conservatism in Art,” 74, 75.

（22）　テキストは W. J. Courthope, “The Latest Development of Literary Poetry,” *Quarterly Review*, 132 (January, 1872), 59-84 により、以下 C1 と略記しページ数を示す。

（23）　テキストは W. J. Courthope, “Modern Culture,” *Quarterly Review*, 137 (July 1874), 389-415 により、以下 C2 と略記しページ数

を示す。

（24） 'The presence that so strangely rose beside the waters is expressive of what in the ways of a thousand years man had come to desire.... All the thought（*sic*）and experience of the world have etched and moulded there... the animalism of Greece, the lust of Rome, the reverie of the Middle Age... the return of the Pagan world, the sins of the Borgias.'（C2, 411）

（25） テキストはW. J. Courthope, "Wordsworth and Gray," *Quarterly Review*, 141（January 1876）, 104-36により、以下C3と略記しページ数を示す。

（26） James Eli Adams, *Dandies and Desert Saints: Styles of Victorian Masculinity*（Ithaca and London: Cornell University Press, 1995）, 150; Matthew Potolsky, "Fear of Falling: Walter Pater's *Marius the Epicurean* as a Dangerous Influence," *English Literary History*, 65: 3（1998）, 725（Notes 26.）. たとえばコータプは、現代の詩にみられる愛を「身体的衝動と知的好奇心」とのあいだの「両性具有的なもの（めめしいもの）」と呼んでいる。ただ彼は「ペイター氏の趣味が健全だとしても、スウィンバーン氏がヘルマフロディトスの美を詳細に論じ、蛇の『享楽的な情愛』に有頂天になるのは驚くに値しない」と、ペイターよりもスウィンバーンの方をセクシュアリティの逸脱と結びつけている（C 3, 133）。

（27） R.V. Johnson, "Pater and The Victorian Anti-Romantics," *Essays in Criticism* 4（January 1954）, 44-9.

（28） 『オックスフォード・ケンブリッジ学部生新聞』は、シャープを「誠実だが愚鈍」と論評している。Levey, 153.

（29） ペイターと『ウェストミンスター・レヴュー』および『フォートナイト・レヴュー』との関係については、Laurel Brake, *Print in Transition, 1850-1910: Studies in Media and Book History*（Basingstoke: Palgrave, 2001）を参照（とくに183-96）。

（30） John Morley, "Mr. Pater's Essays," *Fortnightly Review, New series* 13（1873）, 476.

（31） Morley, 476.

（32） Morley, 476.

（33） もっとも、モーリーはフレデリック・ハリスン（Frederic Harrison）への手紙のなかで、『ルネサンス』のようなすぐれた文学作品への一般の興味をかき立てたくて、また若い無名作家を仲間に紹介したい気持もあり、ペイターの「逸脱」（transgressions）を軽く扱ったと述べている。Edwin Mallard Everett, *The Party of Humanity:* The Fortnightly Review *and Its Contributors 1865-1874*（Chapel Hill: The University of North Carolina Press, 1939）, 243.

（34） Morley, 471.

（35） Morley, 471-2.

（36） Morley, 473-4.

（37） Jason Camlot, *Style and the Nineteenth-Century British Critic: Sincere Mannerisms* (Aldershot: Ashgate, 2008), 123.

（38） Camlot, 116-8.

（39） Camlot, 123. 異種混交性については118-121を参照。

（40） Saintsbury, 257.

（41） Saintsbury, 257.

（42） "Mr. Pater has not fallen in this error, nor has he followed the multitude to do evil in the means…." (Saintsbury, 257)

（43） Linda Dowling, *Language and Decadence in the Victorian Fin de Siècle* (Princeton: Princeton University Press, 1986), 132.

（44） Dowling, *Language*, 135. 引用符つきの語句は、ペイターの「文体論」にかんするデヴィッド・デローラの言葉。David DeLaura, *Hebrew and Hellene in Victorian England: Newman, Arnold and Pater* (London: University of Texas Press, 1969), 332.

（45） Dowling, *Language*, 132-3.

（46） 『ルネサンス』の「序文」（*R*, xx-xxi）では、「美の批評家」が作品から受ける「印象」は科学的記述の対象として定着可能であるかのような書き方がされており、「結語」における流動する「印象」とは微妙に異なる。

（47） アンソニー・ウォードも同じことを指摘している。Anthony Ward, *Walter Pater: The Idea in Nature* (London: Macgibbon & Kee, 1966), 37-8: "It is as if the 'perpetual flux' had penetrated into his vocabulary…. The inward condition which he describes as the 'race of midstream' requires a language adequate to its expression."

（48） ダウリングが「遅延の美学」と呼んでいるものに相当する。Dowling, *Language and Decadence*, 130.

## 第二章　大学内部からの戯画と批判

（1） W. H. Mallock, *Memoirs of Life and Literature* (London: Chapman & Hall, 1920), 65-6.

（2） W. H. Mallock, *The New Republic; or, Culture, Faith, and Philosophy in an English Country House* (London: Chatto and Windus, 1878), 1. 以下、文中では*NR*と略記し、ページ数を示す。

（3） Mallock, *The New Republic*, 1: "Mr. Rose… is worth gold…."

（4） Dowling, *Hellenism*, 107 (note 3.).

（5） もっとも、一八七六年十一月にマクミランが第二版出版を提案したとき、ペイターはそれまでの公私にわたる批判により、「結語」削除を決めていた可能性がある。Lawrence Evans, *Letters of Walter Pater*, ed. Lawrence Evans (Oxford: Oxford University Press, 1970), 18 (note. 1), 21 (note. 1); Gerald Monsman, *Walter Pater* (Boston: Twayne Publishers, 1977), 67.

（6） Gosse, 257-8.

（7） A. C. Benson, *Walter Pater* (London: Macmillan, 1906), 52-4.

（8） Gosse, 258.

（9） ベンスンはペイター伝の執筆にあたり、ゴスから資料や証言を得ている。そのなかにジャウエットの手に落ちたハーディング宛のペイターの手紙（下記の注12）にかんする証言もあった。ローレル・ブレイクはベンスンの日記を検証して、この間の事情をあきらかにしている。Laurel Brake, *Subjugated Knowledges: Journalism, Gender and Literature in the Nineteenth Century* (London: Macmillan, 1994), 188-214. ゴスのその証言については205.

（10） Gosse, 258.

（11） A. E. Benson, 53.

（12） 近年の研究は、この側面について興味ぶかい事実を伝えている。『ロンドン』誌にレズリーのモデルとされている「ハーディング氏」の正体については長らく曖昧であったが、彼はペイターと親密な関係にあったベイリオル学寮の学生ウィリアム・マニー・ハーディング（William Money Hardinge）であることがほぼ確定した。彼はペイターから“yours lovingly”なる一節をふくむ手紙を受けとり、またペイターとベッドにいるところを目撃されたという。一連の手紙はマロックの手によりジャウエットに渡り、ジャウエットはペイターを学生監に就かせないための手段として利用したとされる。この経緯についてはLaurel Brake, “Judas and the Widow,” in Brake, *Subjugated Knowledges*, 188-214; Billie Andrew Inman, “Estrangement and Connection: Walter Pater, Benjamin Jowett, and William M. Hardinge,” in *Pater in the 1990s*, ed. Laurel Brake & Ian Small (Greensboro: ELT Press, 1991), 1-20を参照。ただし、『新しい国家』にはレズリーとローズの関係をうかがわせる記述はない。

（13） 十九世紀末における男性同性愛者のアイデンティティの出現については、Jeffrey Weeks, *Sex, Politics & Society: The Relegation of Sexuality since 1800,* Second Edition (London: Longman, 1989); Jeffrey Weeks, *Coming out: Homosexual Politics in Britain from the Nineteenth Century to the Present,* revised and updated edition (London: Quartet Books, 1990); Richard A. Kaye, “Sexual Identity at the fin de siècle” in *The Cambridge Companion to The Fin de Siècle*, ed. Gail Marshall (Cambridge: Cambridge University Press, 2007), 54-72. ウィークスへの近年の批判については、H. G. Cocks, *Nameless Offences: Homosexual Desire in the 19th Century* (London: I. B. Tauris, 2003); Sean Brady, *Masculinity and Male Homosexuality in Britain, 1861-1913* (Basingstoke: Palgrave, 2005)を参照。

（14） Mallock, *Memoirs*, 56-7. なお、ペイター伝を執筆中のトマス・ライト宛の手紙では「人物よりも精神的態度をあらわすつもりだった」と述べている。Thomas Wright, *Walter Pater*, 2vols. (London: Everett, 1907), vol. II, 12.

（15） 『新しい国家』のテキストは、W. H. Mallock, *The New Republic; or Culture, Faith, and Philosophy in an English Country House, edited with Notes and an Introduction by J. Max Patrick*（[Chatto and Windus, 1878].Gainesville: University of Florida Press, 1950）により、以下*NR*と略記しページ数を示す。なお、この版には一八七八年版の各誌の評が転載されている。

（16） ブキャナンはスウィンバーンやロセッティの詩をポルノグラフィーの類と非難している。そのさい彼は、この手の本の販売で知られていたロンドンのホリウェル通り（Holywell Street）を持ちだしている。Robert Buchanan, unsigned review of Swinburne's *Poems and Ballads*, *Athenaeum*, 4（August 1866）in *Swinburne: The Critical Heritage*, ed. Clyde K. Hyder（London: Routledge & Kegan Hall, 1970）, 31: "[Swinburne] tosses to us this charming book of verses, which bears some evidence of having been inspired in Holywell Street...."; Buchanan, *The Fleshly School*, 83: [Mr. Swinburne and Mr. Rossetti do not quite realise that they are merely supplementing the literature of Holywell Street, and writing books well worthy of being sold under "sealed covers."

（17） Gosse, 258.

（18） Denisoff, 38-9; Dowling, *Hellenism*, 110-1.

（19） パトリックの注にペイター以外の引用が出てこないことはその傍証になるだろう。

（20） "the aim of life is life" は "experience itself, is the end" の表現上の借用というより変奏あるいは発想や思想の借用であるが、これもたんに「借用」とする。こうした例も多い。

（21） Patrick, note10 in *NR*, 128 および note11 in *NR*, 129.

（22） ローズの声音がペイターのそれであることについてはパトリック版の注を参照（21）。

（23） ダウリングは、ローズ、ポスルスウェイト、W・S・ギルバートの『ペイシャンス』に登場するバンソーン、それにワイルドに「めめしい」唯美主義者の系譜をみている（Dowling, *Hellenism*, 104）。

（24） Ian Small, *Conditions For Criticism: Authority, Knowledge, and Literature in the Late Nineteenth Century*（Oxford: Oxford University, 1991）, 5-10.

（25） インマンによると、この書物は男性器崇拝の歴史的研究である。Billie Andrew Inman, "Laurence's Uncle's Book, or Shades of Baron d'Hancarville in Mallock's *New Republic*," *English Literature in Transition 1880-1920, Special Series*, 4（1990）, 67-76.

（26） Patrick, note 12 in *NR*, 175.

（27） この詩は、一八八〇年にオックスフォードで出た小冊子「少年崇拝」のエピグラフとして用いられた。それは「男性間の恋愛」として男色を擁護するものであったらしい。Billie Andrew Inman, *Walter Pater and His Reading, 1874-1877*（New York: Garland, 1990）, 236; Dowling, *Hellenism*, 111-2 を参照。ダウリングはまた、このソネットが在学中のワイルドの詩の無味乾燥さを戯画化している可能性があるという（111-2）。

（28）マロックは回想のなかで、オックスフォードのリベラリズムがキリスト教の根本原理を否定したのち、さまざまな代理物でその空白を補填しようとしたことに「馬鹿馬鹿しさ」を感じたと述べている。Mallock, *Memoirs*, 63-4.

（29）Inman, *Pater in the 1990s*, 12.

（30）その最たるものは、彼がシンクレア夫人からギリシャの少年愛の詩にかんして問われてうろたえ、誤魔化そうとする場面である（*NR*, 57）。

（31）Patrick, note 11 in *NR*, 174.

（32）Mallock, *Memoirs*, 59-66 には、ラスキンへの共感とジャウエットへの反発とが対比されている。

（33）ドノヒューは、このエピソードでペイターが傷つかなかったとは思えないと言う（Donoghue, 63-4）。

（34）"*She is Mary in her desire of the Creator; she is Aphrodite in her desire of the creature; and in her desire of the creation, she is also Artemis.*"（Mallock, 194）；"... and, as Leda, [she] was the mother of Helen of Troy, and, as Saint Anne, the mother of Mary...."（*R*, 99）

（35）ルフロイにたいする同時代の反応については、John Addington Symonds, "Edward Cracroft Lefroy" in *In the Key of Blue and other Prose Essays* (London: Elkin Mathews and John Lane, 1893), 87-110 を参照（初出は *New Review*, March 1892）。シモンズは、ペイターと自分にたいするルフロイの批判の妥当性については問わないとしている（94）。ルフロイの生涯と仕事については、Wilfred Austin Gill, "A Memoir," in *Edward Cracroft Lefroy: His Life and Poems including a Reprint of Echoes from Theocritus* (London: John Lane, 1897), 3-69 を参照。ただしここで取上げたエッセイについては短い言及しかない（19）。近年の研究については、Phyllis Grosskurth, *John Addington Symonds: A Biography* (London: Longmans, 1964), 173; Dowling, *Hellenism*, 116; Adams, *Dandies*, 172-3 を参照。

（36）Edward C. Lefroy, *Undergraduate Oxford: Articles re-printed from The Oxford and Cambridge Undergraduate's Journal* (Oxford: Slatter and Rose, 1878).

（37）「異教精神」（"Paganism"）の記事の引用はすべて、*The Oxford and Cambridge Undergraduate's Journal* (3 May 1877), 370 による。

（38）「筋肉的キリスト教」の記事の引用はすべて、『オックスフォード・ケンブリッジ学部生新聞』（*The Oxford and Cambridge Undergraduate's Journal*）(31 May 1877), 451 による。なお、シモンズによれば、「筋肉的キリスト教」は一八七七年、詩学教授の選挙戦のさなかに小冊子として印刷されたという。匿名かどうかは言及がない（Symonds, *In the Key of Blue*, 92）。

（39）この言葉をしるすさい、ルフロイはR・スンジョン・ティリット（R. St John Tyrwhitt）に言及している。一八七七年にこの人物が『コンテンポラリー・レヴュー』に書いたシモンズ批判のエッセイ「現代文学におけるギリシャ精神」は、選挙戦からのシモンズの撤退の大きな原因となったとされている。Grosskurth, 170-1.

(40) "Pater-paganism and Symonds-sophistry" という頭韻を用いたこの軽妙な語句をシモンズはエッセイのなかに引いている(Symonds, *In the Key of Blue*, 92-3)。

(41) Dowling, *Hellenism*, 112.

## 第三章　ペイターの闘争と戦略

(1) Josephine M. Guy, "The politics of obscurity: Theorising tradition," *The British Avant-Garde: The Theory and Politics of Tradition* (London: Harvester Wheatsheaf, 1991), 81-97. 引用は86。

(2) Guy, *British Avant-Garde*, 88.

(3) Guy, "Walter Pater: the 'rehabilitation' of tradition," *British Avant-Garde*, 98-118.

(4) ペイターの横領戦略にたいする微細な読みという点では、『ルネサンス』の「序文」の第二段落冒頭 "To see the object as in itself it really is," has been justly said to be the aim of all true criticism whatever; and in æstethetic criticism the first step towards seeing one's object as it really is, is to know one's own impression as it really is...." (*R*, xix) における "and" の機能にかんするアダム・フィリップスの指摘も有益である。Adam Phillips, "Introduction" to Walter Pater, *The Renaissance: Studies in Art and Poetry* (Oxford: Oxford University Press, 1986), xvi: "Pater writes 'and' and not 'but' here in an attempt to assert the continuity of his work with Arnold's; a possible contradiction, as is usual with Pater, is made to look merely like an elaboration, because Pater's 'first step' towards knowing the object often looks like a step away."

(5) William E. Buckler, *Walter Pater: The Critic as Artist of Ideas* (New York and London: New York University Press, 1987), 118; Levy, 153. アーノルドの「ワーズワース論」(一八七九)のなかにも、詩人の評価が不当に低いことへの言及がある。Matthew Arnold, "Wordsworth," in *Matthew Arnold: Selected Prose*, ed. P. J. Keating (Harmondsworth: Penguin, 1970), 366-8.

(6) アーノルドの論は *English Poets Series* の *Wordsworth* に収録された。ワーズワース協会の活動期間は一八八〇年から一八八六年。一八八三年にはアーノルドが協会長となっている。*Wordsworthiana: A Selection from Papers Read to the Wordsworth Society*, ed. William Knight (London: Macmillan & Co., 1889), v-xxi を参照。

(7) Arnold, "Wordsworth," 374-5.

(8) John Stuart Mill, *Autobiography* (Harmondsworth: Penguin, 1989), 112. この作の出版は一八七三年。

(9) ドノヒューによれば、「ワーズワース論」は一八七二年六月までに執筆され、はじめ『ルネサンス』に収録される予定であった。とすれば、それは一月のコータプ論文へのすばやい反応だった可能性がある。実際に発表されたのは一八七四年四月一日、『フォートナイト・レヴュー』においてである。Donoghue, 241.

（10）「ワーズワース論」のテキストは、"Wordsworth," in *Appreciations: With an Essay on Style*（London: Macmillan, 1910）により、本文中にページ数を示す。

（11）アーノルドもこれと同じ考えである。Arnold, "Wordsworth," 372.

（12）"The heat of [Wordsworth's] genius, entering into the substance of his work, has crystallised a part, but only a part, of it; and in that great mass of verse there is much which might well be forgotten"（*R*, xxii).

（13）"The heat of [Wordsworth's] genius... has crystalised a part.... But... sometimes fusing and transforming entire compositions... depositing a fine crystal here or there... we trace the action of his unique, incommunicable faculty...."（*R*, xxi-ii）

（14）Guy, *British Avant-Garde*, 108-14.

（15）ドノヒューによれば、「イギリス最大の近代詩人」を「異教的な、アニミスティックな感情の残存」と結びつけ、「道徳律廃棄論者」（antinomian）とするペイターのエッセイは、革新的であったが、だれにも注目されなかった。Donoghue, 241-2.

（16）「参入儀式」（initiation）という表現は「レオナルド論」のなかの、レオナルドの美しい弟子たちにかんする記述にある――"men with just enough genius to be capable of initiation into his secret, for the sake of which they were ready to efface their own individuality."（*R*, 92）

（17）Adamsも同じことを指摘している（205）。

（18）"Some spend this interval... in high passions.... Great passions may give us this quickened sense of life.... Only be sure it is passion.... Of such wisdom, the poetic passion... has most."（*R*, 190）

（19）ペイターは「ピコ・デッラ・ミランドーラ論」（一八七一）でも、プラトンにくらべアリストテレスを「冷淡で実践的な」哲学者としている（*R*, 28）。ただし、アリストテレスは幸福を「観照という活動」にみているから、ペイターのここでの考えとまったく齟齬を来すとまでは言えないだろう。Aristotle, *The Nicomachean Ethics*（Harmondsworth: Penguin, 2004), 270を参照。「観照という活動」についてドノヒューは、「観照」を重視するラスキンとワイルドにたいし、ペイターは「活動」を重視すると述べている（Donoghue, 241）。しかし、ここでは「（情熱的な）観照」の意義を主張するペイターが「活動（行動）」を主張するアリストテレスおよび保守派を批判しているという構図が成り立っているとみる方が適切だろう。

（20）カーライルとアーノルド、それにペイターにおけるこの語の意味については、Billie Andrew Inman, *Walter Pater and His*

*Reading, 1874-1877*, 79-80 を参照。

（21） Inman, *Walter Pater and His Reading, 1874-77*, 80.

（22） バックラーは「ワーズワース論」について、ペイターの思想は「結語」のそれから変わっていないが、思想にたいする態度が変わったという。Buckler, 119. この点は第四章で取上げる。

（23） W. J. Courthope, "Appreciations," *Nineteenth Century*, 27（April 1890）, 660.

（24） 「ロセッティ論」のテキストは、"Dante Gabriel Rossetti," in *Appreciations: With an Essay on Style*（London: Macmillan, 1910）により、本文中にページ数を示す。

（25） じっさい、シャープはこの作を高く評価している。Shairp, 51（"Æsthetic Poetry"）, 26: "But best of all Rossetti's ballads, and probably his greatest poem, is 'The King's Tragedy,' founded on the murder of James I. of Scotland...."

（26） グレイを「曖昧」とするジョンソンの発言は、ボズウェルの『ジョンソン伝』に出てくる（25 June 1763）。James Boswell, *The Life of Samuel Johnson*, 6 vols.（London: J. M. Dent, 1897）, vol. 2, 86: "The obscurity in which he has involved himself will not persuade us that he is sublime."

（27） Dowling, *Language*, 140-1.

（28） 『マリウス』のテキストは、*Marius the Epicurean: His Sensations and Ideas*, 2 vols.（London: Macmillan, 1910）により、以下 *ME* と略記し、巻数とページ数を示す。なお、必要に応じて *Marius the Epicurean: His Sensations and Ideas*, ed. Ian Small（Oxford: Oxford UP, 1986）を使用する。

（29） 『オックスフォード英語大辞典』第一巻の刊行は『マリウス』と同年（一八八五）である。

（30） 『新しい国家』のローズもまた、現代を「自己意識的」ととらえていた。本書二九頁参照。

（31） Dowling, *Language*, 123.

（32） Small, note 57 in his edition of *Marius*, 274. 興味ぶかいことに、ジャウエットの没後に出た伝記のなかでペイターは、かつての師の思想および文体について「謎めいていて」「曖昧な」点が魅力に通じていたと述べている。*The Life and Letters of Benjamin Jowett*, ed. Evelyn Abbott and Lewis Campbell, 2vols.（London: John Murray, 1897）, vol. 1, 329: "The charm of [Jowett's great originality] was enhanced by a certain mystery about his own philosophic and other opinions. You know at that time his writings were thought by some to be obscure."

（33） ハロルド・ブルームは、『ペイター選集』の「序文」で、彼の「影響の不安」の観点からペイターについて語っている。Harold Bloom, "Introduction" in *Selected Writings of Walter Pater*, ed. Harold Bloom（New York: Columbia University Press, 1974）, xxivxxix を参照。ただしこの箇所への言及は、この序文にも、また『マリウス』を論じた"The Place of Pater: Marius the Epicurean"にもない。Harold Bloom, *The Ringers in the Tower* (Chicago: The University of Chicago Press, 1971), 184-94.

（34）同じようなペイターの懐疑は「ドニ・ローセロワ」（一八八六）の冒頭にも出てくる。*Imaginary Portraits* (London: Macmillan, 1910), 47: "What follows is a quaint legend... of such a return of a golden or poetically-gilded age (a denizen of old Greece itself actually finding his way back again among men)...."

（35）Guy, *British Avant-Garde*, 103-4.

（36）William John Courthope, *The Liberal Movement in English Literature* (London: John Murray, 1885), 232-3.

（37）ホメロスをめぐるフレイヴィアンの問いには、アーノルドにたいするペイターの批判が込められている。アーノルドは、ホメロス（とワーズワース）の文体の特徴を「自然な平明さ」（*simplicité*, natural simplicity）とし、テニスンのそれを「人工的な平明さ」（*simplesse*, artificial simplicity）としている。ペイターはアーノルドの言葉を借用しつつ、その評価方法を切り崩している。つまり、彼にとってはホメロスの「平明さ」も「人工的」なのだ。アーノルドの見解については、Matthew Arnold, "On Translating Homer: Last Words"（1862）, in *Selected Prose*, 96 を参照。

（38）Oscar Wilde, *The Picture of Dorian Gray* (Oxford: Oxford University Press, 2006), 8: "'Being natural is simply a pose, and the most irritating pose I know,' cried Lord Henry, laughing...."

（39）「文体論」のテキストは、"Style" in *Appreciations: With an Essay on Style* (London: Macmillan, 1910）により、ページ数を示す。コロンのあとの数字は行数。

（40）コータプ以外に、J・A・シモンズ、W・J・スティルマン、オリファント夫人の批評を参照。Seiler, 59-60 (Symonds); 82-3 (Stillman); 87-9 (Mrs. Oliphant).

（41）G・S・フレイザーによると、のちにT・S・エリオットは「非個人的」（impersonal）という語を賞賛の意味をこめて用いるが、その用法の初出はここである。G. S. Fraser, "Walter Pater: His Theory of Style, His Style in Practice, His Influence," in *The Art of Victorian Prose*, ed. George Levine and William Madden (London: Oxford University Press, 1968), 208-9.

（42）ダウリングはこれを"style as enactment"と呼んでいる。Dowling, *Language*, 129.

（43）ダウリングは、ペイターのこの「奇妙な賞賛」がのちのテニスン研究にあたえた影響を指摘している。Dowling, *Language*, 141-2.

（44）Dowling, *Language*, 137.

（45）極度に切り詰めた機能性や合理性の称揚は、サイファーによって芸術からの疎外の証しとされるが、同時代の文体思想に照らすなら、かえってその異端性が明確となる。

（46） Herbert Spencer, “The Philosophy of Style,” in *Literary Style and Music: Including Two Short Essays on Gracefulness and Beauty* (London: Kennikat Press, 1970), 2-3. スペンサーの「文体論」の要点については Camlot, 118 を参照。

（47） Spencer, 3.

（48） Spencer, 3.

（49） Spencer, 4-5. ただし、あとで留保を行なってもいる（42-3）。

（50） Spencer, 41.

（51） Spencer, 16.

（52） Josephine Guy, “Specialisation and Social Utility: Disciplining English Studies,” in Martin Daunton (ed.), *The Organisation of Knowledge in Victorian Britain* (Oxford: The British Academy, 2005), 209-10.

（53） Courthope, “Appreciations,” 661-2.

## 第四章　「結語」から『享楽主義者マリウス』へ――文体の戦略

（1） Billie Andrew Inman, “Pater’s Appeal to His Readers: A Study of Two of Pater’s Prose Styles,” *Texas Studies in Literature and Language*, 14:4 (Winter, 1973), 643-665. 文体分析については 646-54 を参照。

（2） Inman, “Pater’s Appeal,” 656.

（3） Inman, “Pater’s Appeal,” 664.

（4） インマン自身もそれを示唆している。Inman, “Pater’s Appeal,” 664: “[Pater’s] defenses... included... the ponderous style: the long sentences that challenge the reader’s concentration, the numerous qualifying phrases and clauses that will not allow the mind to be captivated by or shocked by a generalization, the syntactic interruptions that discourage all but scholarly readers intent upon the ideas....”

（5） 引用符号をほどこした “common experience” への言及にはコータプへの反論が示唆されているのではなかろうか。Cf. Courthope, “Wordsworth and Gray,” 133: “Instinctively [Pater’s spirit of imaginative analysis] sets itself to stimulate thought and speculation on those questions lying at the very foundation of society, which seem to have been most definitely determined by the common consent and experience of ages.”

（6） Inman, “Pater’s Appeal,” 655.

（7）"Every moment some form grows perfect in hand or face; some tone on the hills or the sea is choicer than the rest; some mood of passion or insight or intellectual excitement is irresistibly real and attractive to us――for that moment only"（*R*, 188）.

（8）"Of such wisdom... the love of art for its own sake, has most. For art comes to you proposing frankly to give nothing but the highest quality to your moments as they pass, and simply for those moments' sake"（*R*, 190）.

（9）この伝記的背景については、Small, "Explanatory Notes" to *Marius the Epicurean*（Oxford UP）, 277-8 を参照。スモールは、語源を知らずに "hedonism" を用いる人びとへの不満をペイターがもらしていたとするゴスの回想に言及している。『ルネサンス』を取上げたいくつかの書評は、賛否いずれもこの語を用いていた――Sidney Colvin: "It is a Hedonism―a philosophy of refined pleasure―which is derived from many sources..."（Seiler, 53）; John Morley, "The Hedonist, and this is what Mr Pater must be called by those who like to affix labels, holds just the same maxims with reference to the bulk of human conduct... as are held by other people in their senses"（Seiler, 68）; Z, "[Pater's theory] is simply the old story of Cyrenaicism over again... The true objection to these Hedonistic theories is not quite so much upon the surface as this"（Seiler, 75）（下線は引用者による）。最後の匿名書評はアリスティッポスおよびキレネ主義を引き合いに出して批判していることから、『マリウス』のふたつの章はとくにこれにたいする応答の意味合いが強い。キレネ主義と「禁欲生活」（Monasticism）との「本質的同一」、キレネ主義は「哲学の可能性の否定」にもとづく「哲学的生」を奨励するとの書評者の見方は『マリウス』に取り入れられている。Seiler, 76-7; *ME*, I:142（"anti-metaphysical metaphysic"）; II:19-21.

（10）オリファント夫人は『ルネサンス』の書評で「結語」の一節を引き、この「享楽主義者の陽気な絶望」の言葉に言及している――"The book is *rococo* from beginning to end,―in its new version of that coarse old refrain of the Epicureans' gay despair, 'Let us eat and drink, for to-morrow we die.'..."（Seiler, 91）.

（11）"Long after the very latest roses were faded... he remained in Rome; anxious to try the lastingness of his own Epicurean rose-garden..."（*ME*, II: 14）.

（12）Monsman, note 3 to *Marius the Epicurean, 1st edition*（Kansas City: Valancourt Books, 2008）, 170. なお、引用部は、ライブラリー版（一九一〇）が依拠している第三版（一八九二）では初版からの若干の字句修正がある。

（13）*Marius*, ed. Monsman, 175.

（14）Chandler, 66. チャンドラーはこのほかにも「意味に影響する改変」についていくつか示している。Chandler, 59-67.

（15）Seiler, 134-6.

（1）　Gerald Cornelius Monsman, *Pater's Portraits: Mythic Pattern in the Fiction of Walter Pater* (Baltimore: The Johns Hopkins Press, 1967), 42.

（2）　Monsman, *Walter Pater*, 80: "It has become fashionable to interpret 'The Child in the House' as a backing away from the espousal in *The Renaissance* of a private life of exquisite sensations and a turning toward the social, collective ideal of sympathy that culminated in *Marius*.... But... Pater's main aim is to defend the morality of aesthetic ecstasy itself"; Richard L. Stein, *The Ritual of Interpretation: The Fine Arts As Literature in Ruskin, Rossetti, and Pater* (Cambridge, Massachusetts: Harvard University Press, 1975), 280: "Even within the confined, sensuous, ahistorical realm of 'The Child in the House,' the issue of morality is introduced. Indeed, it is in the simultaneous evolution of aesthetic and moral sensibility that the history of the child anticipates the development of Pater's later fictional heroes, down to Marius himself."

（3）　『ルネサンス』所収の「ボッティチェッリ論」においても「共感」への言及はあるが、感覚的な苦痛との関連で出てくるわけではない（*R*, 43-4）。

（4）　『マリウス』では、母がマリウスの魂を白い鳥にたとえる。彼は母の願いを聞いて、野鳥を捕獲するための罠をはずす（*ME*, I:22）。また「宮廷画家の花形」（一八八六）にも、女性の語り手が、「巨大な石造りの教会」のなかに入り込んだ小鳥を人間の生にたとえる記述がある。*Imaginary Portraits*, 14-5.「家のなかの子」の鳥はそこまで明確に比喩化されてはいない。

（5）　*OED* によると、"homesickness" はスイス山岳民の故郷への渇望をあらわす語 "heimweh" の英訳である。住処との別離のさいの感情をあらわすペイターの用法は異例とも言える。

（6）　Monsman, *Walter Pater*, 78.

（7）　別の箇所では、「外部の大きな世界の現実や激情、騒ぎ」が「周囲の習慣という壁を通って」（through the wall of custom about us）少しずつわれわれに侵入すると語られている（*MS*, 177-8）。鳥を逃がしてやることを「囚人」の解放にたとえたときと同様に、これらは貫通不可能な「個性という厚い壁」にたいするペイターの書き換えと解釈できる。

（8）　Walter E. Houghton, *The Victorian Frame of Mind, 1830-1870* (New Haven: Yale University Press, 1958), 273-80. ただし、ホートンは奇妙にも、「共感」を重視するあまり道徳的判断を全面的に放棄した人物としてペイターの名をあげている。論拠は「ボッティチェッリ論」の短文（"His morality was '*all* sympathy.'" 強調はホートンによる）だけである。ペイター後年の「保守化」も指摘しているが、『マリウス』への言及はない。Houghton, 280-1.

（9）　Turner, 75.

（10）　Turner, 79-81. なお、ターナーは「動物への配慮」の根本要因として、産業資本化による貧困化への資本家階級の罪悪感と、下層階級の残虐性が革命に結びつくのではないかという上流・中流階級の恐怖心とをあげている（Turner, 53-5）。そうした心理的要因がペイターに多少なりとも妥当するかどうという検討は、さしあたり本章の関心ではない。

（11）唯美主義の孕む美的感覚の一般性と特殊性（少数者性）との緊張関係については、ダウリングがシャフツベリーの「美的自由主義」に淵源を見いだしている。Linda Dowling, *The Vulgarization of Art: The Victorians and Aesthetic Democracy* (Charlottesville and London: University Press of Virginia, 1996). ペイターについては75-100を参照。

（12）"tender, crimson fire"は"hard, gem-like flame"を想起させつつ、それとの相違をも示唆する。"fire"はこのあと"flame"と言い換えられている。

（13）「感覚の横暴」（the tyranny of the senses）という語句は、すでに「ヴィンケルマン論」で用いられている。*R*, 176。

（14）ウィリアム・ワトスンは、『ナショナル・レヴュー』に掲載された『鑑賞批評集』の書評（一八八九）で、フローリアンの「めめしさ」にふれている。"[Pater] was capable of relapsing into the mere honeyed effeminacy that made readers with virile tastes turn away from Florian Deleal." ただし具体的な説明はない。Seiler, 206.

（15）Walter H. Pater, *Studies in the History of the Renaissance* (London: Macmillan, 1873), 211-2: "Theories, religious or philosophical ideas... may help us to gather up what might otherwise pass unregarded by us... The theory, or idea, or system, which requires of us the sacrifice of any part of this experience... or some abstract morality we have not identified with ourselves... has no real claim upon us" (underlines mine). 第三版で"religious"は削除されて、主語は"Philosophical theories or ideas"と修正され、"morality"は"theory"に置き換えられている。この箇所の版の異同については、ヒル版の注274を参照。

（16）セシルにかんする表現"the turning of the child's flesh to violets in the turf above him"（*MS*, 187）は、「結語」のなかの"the springing of violets from the grave"（*R*, 196）を想起させる。

（17）Seiler, 350, 356.

（18）これまでに本文と注でふれたもののほかには"the fear of death intensified by the desire of beauty"（*MS*, 189-90）は、「結語」のオリジナルである「ウィリアム・モリスの詩」のなかの"the sense of death and the desire of beauty: the desire of beauty quickened by the sense of death"を想起させる。Pater, "Poems by William Morris," in *Pre-Raphaelitism; A Collection of Critical Essays*, ed. James Sambrook (Chicago: The University of Chicago Press, 1974), 113.

（19）従姉で教母のメイ夫人がケント州のハドロウ近郊に住んでいた。Benson, 2; Levey, 40.

（20）フローリアンの家には遠縁にあたるワトーの絵が掛かり、庭にはイギリス人に嫌われフランス人に愛されるポプラの木があるとされていた（*MS*, 174）。その点はここで問題とされてはいない。

（21）「私」の初出はこれより少しまえである。"So the child of whom I am writing lived on there quietly...." (*MS*, 177)

（22）Martin J. Wiener, *English Culture and the Decline of the Industrial Spirit, 1850-1980* (Harmondsworth: Penguin, 1985), 50-1 を参照。第四章（"The 'English way of life'?"）には多くの文学者が登場するが、ペイターの名は出てこない。

（23）引用した箇所をこうした角度から取上げたのは、富山太佳夫『シャーロック・ホームズの世紀末』（青土社、一九九三年）、一八五―六頁。農村を純粋さ、健康、正直などと結びつける神話を共有していた者としてペイターへの言及がある。

（24）Arthur Conan Doyle, *The Sign of Four* (Harmondsworth: Penguin, 2001), 98.

（25）Joseph McLaughlin, *Writing the Urban Jungle: Reading Empire in London from Doyle to Eliot* (Charlottesville and London: University Press of Virginia, 2000), 70-1.

（26）タマル・カッツは、亡霊のエピソードについて「家に内在する不安定性」を示すものだと述べるが、亡霊と主人公の父との関係については何も言及していない。Tamar Katz, "'In the House and Garden of His Dream': Pater's Domestic Subject," *Modern Language Quarterly*, 56:2 (June 1995), 179-80.

（27）レヴィもこの点を指摘しているが、とくに意味を見いだしてはいない。Levey, 32: "The second mention of [his death in India] seems strangely to overlook the implied drama of the overheard cry on the stairs."

## 第六章　共感、論理、自制——後期ペイターにおける「男性性」の再規定

（1）Adams, *Dandies*, 150.

（2）David Newsome, *Godliness and Good Learning: Four Studies on a Victorian Ideal* (London: John Murray, 1961), 216.

（3）アダムズは、キングズリーの「筋肉的キリスト教」と後期ペイターとの類似性について論じている。James Eli Adams, "Pater's muscular aestheticism," in *Muscular Christianity: Embodying the Victorian Age*, ed. Donald Hall (Cambridge: Cambridge University Press, 1994), 215-38; Adams, *Dandies*, 149-81.

（4）アーノルドのアウレリウス評価については、Matthew Arnold, "Marcus Aurelius," in *Essays in Criticism*, third edition, revised and enlarged (London: Macmillan, 1875), 400-40 を、とくにキリスト教迫害については 412-22 を参照。また、アーノルドをふくむ当時の皇帝評価については、Louise M. Rosenblatt, "The Genesis of Pater's *Marius the Epicurean*," *Comparative Literature*, 16 (Summer, 1962), 242-6 を参照。

（5）民衆娯楽「牛いじめ」の廃止をめぐる十九世紀初頭の論争に "manly amusements" という表現が出てくる。ペイターはそれを踏まえているのかもしれない。James Turner, *Reckoning with the Beast: Animals, Pain, and Humanity in the Victorian Mind*

(Baltimore: Johns Hopkins University Press, 1980), 28.

（6）本章で用いる「共苦（感）」「同情」「憐れみ」という語に対応するのは“compassion,” “sympathy,” “pity”であり、ほぼ同じ意味を示すものと見なす（ただし、訳語と原語がこの順に一対一に対応しているわけではない）。なお、章のタイトルは「共感」に統一した。

（7）この特質はフレイヴィアンのものでもある（*ME*, I:49）。次章でふれるように、マリウスにたいしそれが「緩み」、彼が自分の身の上を語ることで、ふたりの友情の深化がはじまる。

（8）Adams, *Dandies*, 186-205.

（9）オックスフォード運動史における“reserve”とそれにたいする「めめしい」との非難については、Adams, *Dandies*, 75-106を参照。

（10）アリストテレス「動物発生論」、『アリストテレス全集』9（島崎三郎訳）、（岩波書店、一九六九年）、一三八－四一頁を参照。

（11）Beverley Clark (ed.), *Misogyny in the Western Philosophical Tradition: A Reader* (New York: Routledge, 1999), 2-7, 30-1.

（12）『プラトン』のテキストは、*Plato and Platonism: A Series of Lectures* (London, Macmillan: 1910) により、以下*PP*と略記してページ数を示す。

## 第七章　文体家の変貌

（1）U・C・ノッフルメイチャーは、彼を「致命的なまでに病的な唯美主義者」と呼び、その「快楽主義」が死を招くことになったと述べるが、文体変革については何も言及していない。U. C. Knoepflmacher, *Religious Humanism and Victorian Novel: George Eliot, Walter Pater, and Samuel Butler* (Princeton: Princeton University Press, 1965), 201. フレイヴィアンを『ドリアン・グレイの肖像』のヘンリー卿になぞらえるモンズマンも同じである。Monsman, *Walter Pater*, 88. ジョナサン・フリードマンは、フレイヴィアンを「瀕死の世界」の象徴的存在とし、疫病を彼自身と異教文化の「病的性質」を強調する「きわめて象徴的な」ものと見なす。Jonathan Freedman, *Professions of Taste: Henry James, British Aestheticism, and Commodity Culture* (Stanford: Stanford University Press, 1990), 40. ドノヒューもまた、フレイヴィアンに若きペイターの非難された特質の投影をみるだけである。彼は「フレイヴィアンは異教徒であり、ユーフェイストであり、エゴイストであり、好色家である。『マリウス』があまり進行しないうちに、ペイターが彼を疫病の犠牲者として熱病で死なせてしまうのも、驚くに値しない」と一蹴している。Donoghue, 193.

（2） Dowling, *Language*, 111. オステルマーク・ヨハンセンは、ペイターがフレイヴィアンを「主要作を残さずに」早死にさせたことをとらえて、ユーフュイストは「脆弱で、もろい」という非難をペイター自身が裏書きしているようにみえると述べている。Lene Østermark-Johansen, "The Death of Euphues: Euphuism and Decadence in Late-Victorian Literature," *English Literature in Transition 1880-1920*, vol. 45, no. 1 (2002), 7.

（3） 唯一といってよい例外はマシュー・ポトルスキーである。ただ、彼はフレイヴィアンの人物像についての詳細な分析を行なっているものの、強引な解釈もみられる。たとえば、フレイヴィアンは自己の印象と表現との直接的一致をもくろむが、「文体論」で語られる、単語の「異質な連想」への警告を忘れてしまい、それが「疫病」となって体内に侵入したのだと主張している。だが、フレイヴィアンのユーフュイズムにそうした見落としがあるということは、テキストのどこにも示唆されていない。Matthew Potolsky, "Fear of Falling: Walter Pater's *Marius the Epicurean* as a Dangerous Influence," *English Literary History* 65: 3 (1998): 712-3.

（4） cf. ポトルスキーも筆者と同じ箇所を取上げており、フレイヴィアンの早死の解釈には共通する部分がある。ただし、そのプロセスは異なる。Potolsky, 713: "Flavian's analogy compares writing and war in terms of ambition.... But the analogy... also carries with it a potentially excessive implication, namely, that both writing and war are acts of violence and thus entail casualties.... Flavian's death is the unintended consequence of his literary ambition...."

（5） ペイターは「ジョアシャン・デュ・ベレー論」（一八七二）において、軍事的栄光を夢みるベレーがのちにフランス語の刷新を図る「愛国」詩人となったことを語っている（*R*, 130-1）。ベレーは、早死にしたこともふくめ、フレイヴィアンの先駆けのような人物である。

（6） Camlot, 112-21. 引用は 112.

（7） Small, "Explanatory Notes," *Marius* (OUP), 274.

（8） ペイターは「文体論」で、フローベールの「病んだ神経」と表現上の苦闘との密接な関係に言及している。*Ap*, 32.

（9） ただし『ローマ皇帝伝』の記述はこの出来事にかんして自軍に寛大である。*The Scriptores Historiae Augustae*, with an English Translation by David Magie, 3vols. (London: William Heinemann, 1921), I: 223: "It was [Verus's] fate to seem to bring a pestilence with him to whatever provinces he traversed on his return, and finally even to Rome. It is believed that this pestilence originated in Babylonia, where a pestilential vapour arose in a temple of Apollo from a golden casket which a soldier had accidentally cut open, and that it spread thence over Parthia and the whole world. Lucius Verus, however, is not to blame for this so much as Cassius, who stormed Seleucia in violation of an agreement, after it had received our soldiers as friends. This act, indeed, many excuse, and among them Quadratus, the historian of the Parthian war, who blames the Seleucians as the first to break the agreement.（下線は引用者による）

（10）原文は、"leaving the entrenchments of the fortress of life overturned, one by one, behind"。この表現は、ルクレティウスの『物の本質について』のなかの次の一節を参考にしたのかもしれない。Lucretius, *On the Nature of the Universe*（London: Penguin, 1951）, 252: "[All] the bastions of life began to totter." ペイターはラテン語原文を数ページ先（*ME*, I:116）で引いている。だが、疫病を軍隊に見立てる表現はルクレティウスには出てこない。

（11）Dowling, *Language*, 130.

（12）"There [in the inward world] it is... the race of the midstream, a drift of momentary acts of sight and passion and thought"（*R*, 187）.

（13）"How may we see in [a counted number of pulses] all that is to be seen in them by the finest senses? How shall we pass most swiftly from point to point, and be present always at the focus....?"（*R*, 188）; "Some spend this interval in listlessness, some in high passions, the wisest, at least among 'the children of this world' in art and song"（*R*, 190）.

（14）フレイヴィアンに帰せられている作者不明の「ヴィーナス宵祭」の制作年代は三世紀終わりから四世紀中葉との説が有力らしいので、マリウスの予感はあながち荒唐無稽な設定というわけではない。J. W. Mackail, "From the Introduction" in *Catullus, Tibullus and Pervigilium Veneris*, translated by F. W. Cornish, The Loeb Classical Library No.6（1913. reprinted and revised; London: Heinemann, 1950）, 345-6.

（15）ペイターによると、「黄金の驢馬」にはこの点がより鮮明にしるされている。そこには、「われわれの朽ちゆく肉体の物質的特徴にほとんど気が狂ったように没入すること、腐敗を眺めることへの嫌悪まじりの喜び」（*ME*, I:60）がある。

（16）「イギリスの詩人」のテキストは、"An English Poet," ed. May Ottley, *Fortnightly Review*, 79（1, April, 1931）, 433-8 により、以下 EP と略記しページ数を本文中に示す。

（17）EP, 433.

（18）Evans, *Letters of Walter Pater*, xxix.

（19）Monsman, 79.

（20）Buchanan, *Fleshly School*, 20-1.

（21）『ガストン』のテキストは、*Gaston de Latour: The Revised Text*, ed. Gerald Monsman（Greensboro: ELT Press, 1995）により、以下 *G* と略記しページ数を本文中に示す。

（22）Charles Baudelaire, *The Painter of Modern Life and other Essays*, translated and edited by Jonathan Mayne（New York: Phaidon Press, 1995）, 12: "By 'modernity' I mean the ephemeral, the fugitive, the contingent...."

(23) Patricia Clements, *Baudelaire and the English Tradition* (Princeton: Princeton University Press, 1985), 94-6.

(24) Clements, 95.

(25) Clements, 89-90, 100-1.

### 第八章「エメラルド・アスウォート」(一八九二) ——「非国民」の問い

(1) Levey, 190; Monsman, *Walter Pater*, 133.

(2) Lawrence Evans, "Walter Pater," in *Victorian Prose: A Guide to Research*, ed. David J. DeLaura (New York: The Modern Language Association of America, 1973), 347 ("the enigmatic 'Emerald Uthwart'") and 351 ("one of Pater's most elusive stories").

(3) Laurel Brake, *Walter Pater* (Plymouth: Northcote House, 1994), 51.

(4) 「エメラルド・アスウォート」のテキストは、"Emerald Uthwart," in *Miscellaneous Studies: A Series of Essays* (London: Macmillan, 1910) により、ページ数を本文中に示す。

(5) Monsman, *Walter Pater*, 133; Monsman, *Pater's Portraits*, 178.

(6) 本作品中の "English" の訳語は「イングランドの」がふさわしいと思える場合もあるが (e.g.,"old-English Uthwart," 202)、煩瑣を避けるため、また基本的には「England を中心とする Britain の」という意味を扱うことから、「イギリス(人)の」とする。なお、"British" の使用例はない。

(7) G. R. Searle, *A New England? : Peace and War 1886-1918* (Oxford: Oxford University Press, 2004), 40-1. コブデンやグラッドストーンら「小英国主義者」の経済効率優先主義および「植民地を手離したくない」考えについては L. C. B. Seaman, *Victorian England: Aspects of English and Imperial History 1837-1901* (1973; rpt. London: Routledge, 1992), 338-40 を参照。

(8) ウィリアム・シューターは「エメラルド・アスウォート」の主要テーマを「学校と軍隊との結びつき」としたうえで、この箇所をそのための「時代錯誤の記述のひとつ」としている。William F. Shuter, *Rereading Walter Pater* (Cambridge: Cambridge University Press, 1997), 86.

(9) Geoffrey Best, "Militarism and the Victorian Public School" in *The Victorian Public School: Studies in the Development of an Educational Institution; A Symposium*, ed. Brian Simon and Ian Bradley (Dublin: Gill and Macmillan, 1975), 143; John Tosh, *Manliness and Masculinities in Nineteenth-Century Britain: Essays on gender, family and empire* (Harlow: Pearson Educations, 2005), 197-8.

(10) 「パブリック・スクールの生徒はこんなふるまいはしない」というベンスンの言葉がある。Benson, 136.

(11) John Tosh, "Imperial Masculinity and the Flight from Domesticity in Britain 1880-1914," in *Gender and Colonialism*, eds. Timothy P.

Foley et al.（Galway: Galway University Press, 1995）, 76.

（12） Tosh, “Imperial Masculinity,” 76; Tosh, *Manliness and Masculinities*, 112-4 を参照。

（13） 第七章（一）で述べたように、フレイヴィアンの死の描写にも戦闘のイメージが用いられている（*ME*, I: 111-20）。

（14） “He finds himself one afternoon at the gate, turning out of the quiet Sussex road, through the fields for whose safety he had fought with so much of undeniable gallantry and approval.”（*MS*, 239）

（15） こうした見方はペイターひとりのものではなく、前年に発表されたラドヤード・キプリングの *The Light That Failed*（1891）にも共通してみられる。“It was above all things necessary that England at breakfast should be amused and thrilled and interested, whether Gordon lived or died, or half the British army went to pieces in the sands. The Sudan campaign was a picturesque one, and lent itself to vivid word-painting.” Rudyard Kipling, *The Light That Failed*（Harmondsworth: Penguin, 1988）, 19.

## 補遺一 「文体論」再考――闘争の深層

（1） Levey, 180.

（2） 「文体論」を評価するものとして、セインツベリーへの一貫した批判を読み込む John Coates, “Controversial Aspects of Pater's “Style,”” *Papers on Language and Literature*, 40: 4（Fall 2004）, 384-411 がある。

（3） Oscar Wilde, “Mr. Pater's Last Volume,” *The Artist as Critic: Critical Writings of Oscar Wilde*, ed. Richard Ellmann（New York: Vintage Books, 1970）, 229-30. 同時代のほかの批評にかんしては Seiler, 31 を参照。

（4） Fletcher, 42.

（5） Donoghue, 224, 225.

（6） Dowling, *Language*, 132-3. エリスの原文は、Havelock Ellis, “A Note on Paul Bourget”（first published in the *Pioneer*, October 1889）in *Views and Reviews: A Selection of Uncollected Articles 1884-1932*, First Series 1884-1919（London: Desmond Harmsworth, 1932）, 51-3 を参照。ちなみに、第一章で述べたように、この特徴についてセインツベリーは否定のかたちで取上げていた。

（7） DeLaura, 329-38.

（8） Fletcher, 42: “[In] ‘Style’ itself, the architectonic ideal itself is not observed”; Dowling, 129: “Pater's own prose seldom fulfills his strictures.... We are likely to wonder at the conduct of Pater's own prose.”

（9） ドノヒューは “absurd attack on Dryden” と指摘している。Donoghue, 222.

（10） Coates, 399. コーツは「連続性」としている。

(11) Bloom, 124 ("Notes 14.").

(12) Donoghue, 226.

(13) René Wellek, *A History of Modern Criticism: 1750-1950, The Later Nineteenth Century* (rep. 1966; London: Jonathan Cape, 1970), 395; Fletcher, 41-2; Bloom, 125 ("Notes 34."); Edward Everett Hale, Jr., *Selections from Walter Pater*, ed. Edward Everett Hale, Jr., (New York: Henry Holt and Company, 1901), 253 ("Notes 153: 2").

(14) DeLaura, 336.

(15) Bloom, 125 ("Notes 34.").

(16) コーツは、『ドリアン・グレイの肖像』の書評におけるワイルド版享楽主義への批判と「文体論」におけるセインツベリーへの潜在的批判とに、みずからの唯美主義をその「通俗版」から切り離そうとするペイターの意図をみている。Coates, 397-8.

(17) Coates, 410: [Its] assertion that "great" as opposed to "good" art is so because it increases men's happiness...."; Wellek, 395: "Pater ends in a dichotomy destructive of his own insights into the nature of art."

(18) バックラーは、引用冒頭にある「直接的には」という語に着目し、これは「偉大な芸術」が「究極的には」形式によって規定されるとのペイターの示唆であるという深読みを行なっている。これはやや強引に思えるが、拙論と同じくペイターの戦略をみている点で注目される。Buckler, 117.

(19) Dowling, *Language*, 94.

(20) Mrs. Oliphant, "Review of *Appreciations*" (1890), in Seiler, 215.

(21) John Milton, "Lycidas," in *The Portable Milton*, ed. Douglas Bush (New York: Viking, 1983), 107-13. "flower (s)" の出る行は 47, 106, 135 (flowerets), 141, 148 で、花の名は多数。

(22) この語のもたらす遅延効果についてはダウリングも指摘している。Dowling, *Language*, 129-30.

(23) 生理学的心理学とペイターの印象主義との密接な関係については、Ian Small, *Conditions for Criticism*, 64-79 を参照。

補遺二　「ジョルジョーネ派」の批評言語

(1) この補遺二の初出は、日本ペイター協会（編）『ペイター『ルネサンス』の美学　日本ペイター協会創立五十周年記念論文集』（論創社、二〇一二年）、三三一-四九頁。

(2) "The School of Giorgione" のテキストは、*The Renaissance: Studies in Art and Poetry: The 1893 Text*, Edited, with Textual and Explanatory

Notes, by Donald L. Hill (Berkeley, Los Angeles, and London: University of California Press, 1980) により、以下 *R* と略記し、本文中に頁数を示す。

（3） Kenneth Clark, "Introduction" to *The Renaissance: Studies in Art and Poetry* (London: Collins, 1961), 20.

（4） Patricia Clements, *Baudelaire and the English Tradition* (New Jersey: Princeton University Press, 1985), 117.

（5） F. G. McGrath, *The Sensible Spirit: Walter Pater and the Modernist Paradigm* (Tampa: University Press of Florida), 195.

（6） William E. Buckler, *Walter Pater: The Critic as Artist of Ideas* (New York and London: New York University Press, 1987), 92.

（7） Clark, 23.

（8） Hill, "Critical and Explanatory Notes" in *The Renaissance*, 385; Richard L. Stein, *The Ritual of Interpretation: The Fine Arts as Literature in Ruskin, Rossetti, and Pater* (Cambridge, Massachusetts and London, England: Harvard University: 1975), 222.

（9） Rachel Teukolsky, *The Literate Eye: Victorian Art Writing and Modernist Aesthetics* (Oxford: Oxford University Press, 2009), 112.『タイムズ』誌の批評家 Tom Taylor があげられている。

（10） J・A・シモンズは、内容と形式との融合のために題材の抑制あるいは曖昧化を説くペイターの見方を批判している。John Addington Symonds, *Essays Speculative and Suggestive*, 2vols. (London: Chapman and Hall, 1890), vol. II, 181-96.

（11） このエッセイのもうひとりの仮想敵としてブキャナンを想定することができる。ブキャナンは、ラファエル前派の詩人たち、とくにロセッティの詩を官能的で淫らだとし、スウィンバーンの詩ともどもポルノグラフィーと断じた。Buchanan, *The Fleshly School of Poetry: and Other Phenomenon of the Day* (London: Strahan & Co., 1872), 83. ペイターによる「感覚的要素」の強調は、これにたいする理論的な反論の意味が込められていよう。ブキャナンについては第一章（一）を参照。

（12） Teukolsky, 112-7.

（13） Teukolsky, 121-3.

（14） Teukolsky,125-6.

（15） Teukolsky, 115.

（16） James Abbott McNeill Whistler, *The Gentle Art of Making Enemies* (1892. Second ed.; New York: Dover Publications, 1967), 127-8.

（17） 玉井暲はこのエッセイの「音楽」の意味について論じ、その異なる位相の共存を指摘している。玉井暲、「絵画空間のなかの音楽」、『ウォルター・ペイターの世界——ペイター没後百年記念論文集——』（八潮出版社、一九九五年）、一一三－一四二頁。

（18） 表現の類似もあり、「レオナルド論」の一節を想起させる——"we may follow it through many intricate variations…" (*R*, 119)

/ "You may follow it [moving water] springing from its distant source...." (*R*, 87).

（19）「遊びについて、人は真面目になることがよくある」という一文からはじまる箇所。"Love's Labours Lost," in *Appreciations*, 164-5.

（20）Hill, "Critical and Explanatory Notes" in *The Renaissance*, 396.

勤務している大学から博士の学位取得が要請されたとき、かねて抱いていた「ペイターの文体」への関心を文化的闘争という観点から論文にできないかと思ったのが、この書物の生まれる直接のきっかけである。本論でふれたように、その少しまえに読んだガイの本に刺戟されていた。こんどは拙著が、ペイターへの関心を少しでも刺戟する役割を果たすことになればさいわいである。

博士論文の執筆から完成にいたる過程においては、京都大学大学院文学研究科の佐々木徹教授にたいへんお世話になった。佐々木さんは、私の原稿を一字一句にいたるまで入念にチェックし、たびたび適切な助言をしてくださった。こころよりお礼を申し上げたい。この書物は、そうして仕上がり二〇一一年に京都大学に提出した学位請求論文に加筆修正をほどこしたものである。ほんらい、もっと早く出版しなくてはならないところだが、公私にわたって多忙となり、また生来の怠惰な性質もあって叶わなかった。

思い返してみると一九七七年夏、浪人して通っていた京都駿台予備校の夏期講座の英文読解の授業で、ペイターの文章にはじめて接したのだった。いまも同校の教壇に立たれている表三郎師が作成したテキストの最後に置かれた『ルネサンス』の「結語」がそれである。謎めいていてよくわからないながら、一風変わった英文に惹かれるところがあった。授業とそのあとに連れて行ってくれた喫茶店での師の言葉のいくつかは、その若々しい声とともにいまもなお記憶に鮮明にのこっている。たとえば、「迸る水の流れからさっと手を引いたときの心地よさ」という語句について、「これは何かからの引用だろう。出典を見つけた人はノーベル賞級だよ」とか、「ペイターは、物事をありのままに見ることが何よりも大事だと主張しているのだが、ぼくも賛成だ」とか。もちろん、後者は「結語」ではなく「序文」にある言葉だが、師はそれをふまえて述べたのだろう。表師の講義は、受験英語の指導というよりも一種の思想教育、人生教育であったから、「結語」はまさに打ってつけであった。残念なことに、個人のアイデンティティの解体を過激に表現した箇所についてどう論評されたかは忘れてしまった。いずれにしても、そのときの出会いがなければペイターを読む機会はもっとあとになっていたはずであり、また必ずしも強い印象を受けることにはならなかったかもしれない。そう考えると、あのときの表さんには感謝の言葉しか思いつかない。

ペイターとの再会は二年後、京大の二回生用の英語の授業に『ルネサンス』をテキストとするものがあったので、迷わずに選んだ。担当は平川泰司先生（当時、京都府立大学助教授）で、たしか受講生五人のうち三人が駿台生であった。一年間の丁寧な読解のおかげで、ペイターの文章が多少とも身近なものとなり、はじめて魅力を感じながら味わえるような気がした。卒論を『享楽主義者マリウス』にすると決めたのもこのころだったかもしれない。その後、ペイターへの関心が消えることはなかったけれども、怠惰と気まぐれに左右され、興味はあちらこちらへと移り、書くものはいっこうにまとまったかたちを取らなかった。博士論文につながる構想がぼんやりと浮かんだのは、ようやく一九九四年から翌年にかけて、バーミンガム大学のイアン・スモール教授のところに行って帰って来たのちのことであった。それから本腰を入れて執筆に取りかかるまでさらに十年以上かかっている。われながら呆れるしかない。

近年のきびしい出版事情のなかで、このような地味な本の刊行を快諾していただいた論創社社長森下紀夫氏と、編集を担当してくださった松永裕衣子さんに、こころから感謝したい。

本書を、一昨年の七月に急逝した母、朋子に捧げる。病床で、出るのを楽しみにしているからねと言っていた声に、ようやく応えることができた。

二〇一八年二月

野末 紀之

Abbot, Evelyn and Lewis Campbell. *The Life and Letters of Benjamin Jowett*, 2 vols. London: John Murray, 1897.

Adams, James Eli. *Dandies and Desert Saints: Styles of Victorian Masculinity*. Ithaca and London: Cornell University Press, 1995.

———. "Pater's muscular aestheticism." In *Muscular Christianity: Embodying the Victorian Age*. Ed. Donald Hall. Cambridge: Cambridge University Press, 1994. 215-38.

Aristotle. *The Nicomachean Ethics*. Harmondsworth: Penguin, 2004.

Arnold, Matthew. "On Translating Homer: Last Words." 1862. In *Matthew Arnold: Selected Prose*. Ed. P. J. Keating. Harmondsworth: Penguin, 1970. 85-98.

———. "Wordsworth." 1879. In *Matthew Arnold: Selected Prose*. Ed. P. J. Keating. Harmondsworth: Penguin, 1970. 366-85.

———. "Marcus Aurelius." In *Essays in Criticism*. Third edition. Revised and enlarged. London: Macmillan, 1875. 400-40.

Benson, A. C. *Walter Pater.* London: Macmillan, 1906.

Best, Geoffrey. "Militarism and the Victorian Public School." In *The Victorian Public School: Studies in the Development of an Educational Institution; A Symposium*. Ed. Brian Simon and Ian Bradley. Dublin: Gill and Macmillan, 1975. 129-46.

Bloom, Harold. "Introduction." In *Selected Writings of Walter Pater*. Ed. Harold Bloom. New York: Columbia University Press, 1974. vii-xxxi.

———. "The Place of Pater: *Marius the Epicurean*." In *The Ringers in the Tower*. Chicago: The University of Chicago Press, 1971. 184-94.

Sean Brady, *Masculinity and Male Homosexuality in Britain, 1861-1913*. Basingstoke: Palgrave, 2005.

Brake, Laurel. *Print in Transition, 1850-1910: Studies in Media and Book History*. Basingstoke: Palgrave, 2001.

———. *Subjugated Knowledges: Journalism, Gender and Literature in the Nineteenth Century*. London: Macmillan, 1994.

———. "Judas and the Widow." In *Subjugated Knowledges: Journalism, Gender and Literature in the Nineteenth Century*. London:

Macmillan, 1994. 188-214.

———. *Walter Pater*. Plymouth: Northcote House, 1994.

Buchanan, Robert. “The Fleshly School of Poetry: Mr. D. G. Rossetti.” *Contemporary Review* 18 (1871): 334-50.

———. *The Fleshly School of Poetry: and Other Phenomena of the Day*. London: Strahan & Co.1872.

———. “Review of Swinburne’s *Poems and Ballads*.” 1866. In *Swinburne: The Critical Heritage*. Ed. Clyde K. Hyder. London: Routledge & Kegan Hall, 1970. 30-4.

Buckler, William E. *Walter Pater: The Critic as Artist of Ideas*. New York and London: New York University Press, 1987.

Camlot, Jason. *Style and the Nineteenth-Century British Critic: Sincere Mannerisms*. Aldershot: Ashgate, 2008.

Chandler, Edmund. *Pater on Style: An examination of the essay on “Style” and the textual history of “Marius the Epicurean”*. Copenhagen: Rosenkilde and Bagger, 1958.

Clark, Beverley., ed. *Misogyny in the Western Philosophical Tradition: A Reader*. New York: Routledge, 1999.

Clark, Kenneth. “Introduction.” In Walter Pater, *The Renaissance: Studies in Art and Poetry*. Ed. Kenneth Clark. London: Collins, 1961.

Clements, Patricia. *Baudelaire and the English Tradition*. Princeton: Princeton University Press, 1985.

Coates, John. “Controversial Aspects of Pater’s “Style.”” *Papers on Language and Literature* 40: 4 (Fall 2004): 384-411.

Cocks, H. G. *Nameless Offences: Homosexual Desire in the 19th Century*. London: I. B. Tauris, 2003.

Courthope, William John. “Appreciations.” *Nineteenth Century* 27 (April 1890): 658-62.

———. “Conservatism in Art.” *National Review* 1 (1883): 72-84.

———. “The Latest Development of Literary Poetry.” *Quarterly Review* 132 (January 1872): 59-84.

———. *The Liberal Movement in English Literature*. London: John Murray, 1885.

———. “Modern Culture.” *Quarterly Review* 137 (July 1874), 389-415.

———. “Wordsworth and Gray.” *Quarterly Review* 141 (January 1876): 104-36.

Dellamora, Richard. *Masculine Desire: The Sexual Politics of Victorian Aestheticism*. Chapel Hill: University of North Carolina Press,

1990.

DeLaura, David. *Hebrew and Hellene in Victorian England: Newman, Arnold and Pater*. London: University of Texas Press, 1969.

Denisoff, Dennis. *Aestheticism and Sexual Parody 1840-1940*. Cambridge: Cambridge University Press. 2001.

Donoghue, Denis. *Walter Pater: Lover of Strange Souls*. New York: Alfred A. Kopf, 1995.

Dowling, Linda. *Hellenism and Homosexuality in Victorian Oxford*. Ithaca and London: Cornell University Press, 1994.

———. *The Vulgarization of Art: The Victorians and Aesthetic Democracy: The Victorians and Aesthetic Democracy*. Charlottesville and London: University Press of Virginia, 1996

Doyle, Arthur Conan. *The Sign of Four*. 1890. Harmondsworth: Penguin, 2001.

Ellis, Havelock. "A Note on Paul Bourget." 1889. In *Views and Reviews: A Selection of Uncollected Articles 1884-1932*. First Series 1884-1919. London: Desmond Harmsworth, 1932. 48-60.

Evans, Lawrence, ed. *Letters of Walter Pater*. Oxford: Oxford University Press, 1970.

———. "Walter Pater." In *Victorian Prose: A Guide to Research*. Ed. David J. DeLaura. New York: The Modern Language Association of America, 1973. 323-59.

Everett, Edwin Mallard. *The Party of Humanity:* The Fortnightly Review *and Its Contributors 1865-1874*. Chapel Hill: The University of North Carolina Press, 1939.

Fletcher, Ian. *Walter Pater*. 1959. Rev. Ed. Harlow: Longmans Group Ltd, 1971.

Fraser, G. S. "Walter Pater: His Theory of Style, His Style in Practice, His Influence." In *The Art of Victorian Prose*. Ed. George Levine and William Madden. London: Oxford University Press, 1968. 201-23.

Fredeman, William E. *Pre-Raphaelitism: A Bibliocritical Study*. Cambridge, Massachusetts: Harvard University Press, 1965.

Freedman, Jonathan. *Professions of Taste: Henry James, British Aestheticism, and Commodity Culture*. Stanford: Stanford University Press, 1990.

Gill, Wilfred Austin. "A Memoir." In *Edward Cracroft Lefroy: His Life and Poems including a Reprint of Echoes from Theocritus*. Ed. Wilfred Austin Gill. London: John Lane, 1897. 3-69.

Gosse, Edmund. *Critical Kit-Kats*. London: Heinemann, 1896.

Grosskurth, Phyllis. *John Addington Symonds: A Biography*. London: Longmans, 1964.

Guy, Josephine M. "The politics of obscurity: Theorising tradition" In *The British Avant-Garde: The Theory and Politics of Tradition*. London: Harvester Wheatsheaf, 1991.

———. "Walter Pater: the 'rehabilitation' of tradition." In *The British Avant-Garde: The Theory and Politics of Tradition*. London: Harvester Wheatsheaf, 1991. 98-118.

———. "Specialisation and Social Utility: Disciplining English Studies." In *The Organisation of Knowledge in Victorian Britain*. Ed. Martin Daunton. Oxford: The British Academy, 2005. 199-234.

Hale, Jr., Edward Everett. "Notes." In *Selections from Walter Pater*. Ed. Edward Everett Hale, Jr. New York: Henry Holt and Company, 1901. 219-68.

Houghton, Walter E. *The Victorian Frame of Mind, 1830-1870*. New Haven: Yale University Press, 1958.

Hyder, K. Clyde. (Ed.), *Swinburne: The Critical Heritage*. London: Routledge & Kegan Paul, 1970.

Inman, Billie Andrew. "Estrangement and Connection: Walter Pater, Benjamin Jowett, and William M. Hardinge." In *Pater in the 1990s*. Ed. Laurel Brake & Ian Small. Greensboro: ELT Press, 1991. 1-20.

———. "Laurence's Uncle's Book, or Shades of Baron d'Hancarville in Mallock's *New Republic*." *English Literature in Transition 1880-1920 Special Series* 4 (1990): 67-76

———. "Pater's Appeal to His Readers: A Study of Two of Pater's Prose Style." *Texas Studies in Literature and Language* 14: 4 (Winter 1973): 643-665.

———. *Walter Pater and His Reading, 1874-1877*. New York: Garland, 1990.

Johnson, R.V. "Pater and The Victorian Anti-Romantics." *Essays in Criticism* 4 (January 1954): 42-57.

Katz, Tamar. "'In the House and Garden of His Dream': Pater's Domestic Subject." *Modern Language Quarterly* 56:2 (June 1995): 167-88.

Kaye, Richard A. "Sexual Identity at the fin de siècle." In *The Cambridge Companion to the Fin de Siècle*. Ed. Gail Marshall.

Cambridge: Cambridge University Press, 2007. 54-72.

Kipling, Rudyard. 1891. *The Light That Failed*. Harmondsworth: Penguin, 1988.

Knight, William. "Preface." In *Wordsworthiana: A Selection from Papers Read to the Wordsworth Society*. Ed. William Knight. London: Macmillan & Co., 1889. v-xxi

Knoepflmacher, U. C. *Religious Humanism and Victorian Novel: George Eliot, Walter Pater, and Samuel Butler*. Princeton: Princeton University Press, 1965.

Lefroy, Edward C.. *Undergraduate Oxford: Articles re-printed from The Oxford and Cambridge Undergraduates' Journal*. Oxford: Slatter and Rose, 1878.

———. "Paganism." In *The Oxford and Cambridge Undergraduate's Journal* (3 May 1877): 370.

———. "Muscular Christianity." In *The Oxford and Cambridge Undergraduate's Journal* (31 May 1877): 451.

Levey, Michael. *The Case of Walter Pater*. London: Thames and Hudson, 1974.

Lucretius. *On the Nature of the Universe*. Harmondsworth: Penguin, 1951.

Mackail, J. W. "From the Introduction." In *Catullus, Tibullus and Pervigilium Veneris*. The Loeb Classical Library No.6. 1913. Reprinted and revised; London: Heinemann, 1950. 345-6.

Mallock, W. H. *Memoirs of Life and Literature*. London: Chapman & Hall, 1920.

———. *The New Republic; or, Culture, Faith, and Philosophy in an English Country House*. London: Chatto and Windus, 1878.

———. *The New Republic; or Culture, Faith, and Philosophy in an English Country House*. Ed. J. Max Patrick. [Chatto and Windus, 1878]. Gainesville: University of Florida Press, 1950.

McGrath, F. G. *The Sensible Spirit: Walter Pater and the Modernist Paradigm*. Tampa: University Press of Florida. 1986.

McLaughlin, Joseph. *Writing the Urban Jungle: Reading Empire in London from Doyle to Eliot*. Charlottesville and London: University Press of Virginia, 2000.

Mill, John Stuart. *Autobiography*. 1873. Harmondsworth: Penguin, 1989.

Milton, John. "Lycidas." In *The Portable Milton*. Ed. Douglas Bush. New York: Viking, 1983. 107-13.

Monsman, Gerald. *Walter Pater*. Boston: Twayne Publishers, 1977.

———. *Pater's Portraits: Mythic Pattern in the Fiction of Walter Pater*. Baltimore: The Johns Hopkins Press, 1967.

Morgan, Thaïs E. "Victorian Effeminacies," in *Victorian Sexual Dissidence*. Ed. Richard Dellamora. Chicago: University of Chicago Press, 1999. 109-25.

Morley, John. "Mr. Pater's Essays." *Fortnightly Review, New series* 13 (1873): 469-77.

Newman, John Henry. "Literature." 1858. In *The Idea of a University*. Ed. Martin J. Svaglic. Notre Dame, Indiana: University of Notre Dame Press, 1986. 201-21.

Newsome, David. *Godliness and Good Learning: Four Studies on a Victorian Ideal*. London: John Murray, 1961.

Oliphant, Mrs. "Review of *Appreciations*." 1890. In *Walter Pater: The Critical Heritage*. Ed. R. M. Seiler. London: Routledge & Kegan Paul, 1980. 214-9.

Ormond, Leonée. *George du Maurier*. London: Routledge and Kegan Paul. 1969.

Østermark-Johansen, Lene. "The Death of Euphues: Euphuism and Decadence in Late-Victorian Literature." *English Literature in Transition 1880-1920* 45:1 (2002): 4-25.

Packer, Lona Mosk. "William Michael Rossetti and the Quilter Controversy: 'The Gospel of Intensity.'" *Victorian Studies* 7 (December 1963): 170-83.

Pater, Walter. *Appreciations: With an Essay on Style*. London: Macmillan, 1910.

———. *Appreciations: With an Essay on Style*. London: Macmillan, 1889.

———. *Appreciations: With an Essay on Style*. Second Edition. London: Macmillan, 1890.

———. "Coleridge's Writings." *Westminster Review*, n.s., 29 (1866): 106-32.

———. "Dante Gabriel Rossetti." In *Appreciations: With an Essay on Style*. London: Macmillan, 1910. 205-18.

———. "Denys L'Auxerrois." In *Imaginary Portraits*. 1887. London: Macmillan, 1910. 47-77.

———. "Emerald Uthwart." In *Miscellaneous Studies: A Series of Essays*. London: Macmillan, 1910. 197-246.

———. "An English Poet." Ed. May Ottley. *Fortnightly Review* 79 (1, April, 1931): 433-8.

———. *Gaston de Latour, The Revised Text*. Ed. Gerald Monsman. Greensboro: ELT Press, 1995.

———. *Marius the Epicurean: His Sensations and Ideas*, 2 vols. 1885. London: Macmillan, 1910.

———. *Marius the Epicurean: His Sensations and Ideas*. 1885. Ed. Ian Small. Oxford: Oxford University Press, 1986.

———. *Marius the Epicurean, 1st edition*. 1885. Ed. Gerald Monsman. Kansas City: Valancourt Books, 2008.

———. *Plato and Platonism: A Series of Lectures*. 1893. London. Macmillan, 1910.

———. "Poems by William Morris." 1868. In *Pre-Raphaelitism; A Collection of Critical Essays*. Ed. James Sambrook. Chicago: The University of Chicago Press, 1974. 105-16.

———. "Postscript." in *Appreciations: With an Essay on Style*. London: Macmillan, 1910: 241-61.

———. "A Prince of Court Painters." In *Imaginary Portraits*. 1887. London: Macmillan, 1910. 5-44.

———. *The Renaissance: Studies in Art and Poetry, The 1893 Text*. Ed. Donald L. Hill. Berkeley and Los Angeles, CA; London, UK: University of California Press, 1980.

———. "Romanticism." *Macmillan's Magazine* 35 (November 1876): 64-70.

———. "The School of Giorgione." In *The Renaissance: Studies in Art and Poetry, The 1893 Text*. Ed. Donald L. Hill. Berkeley and Los Angeles, CA; London, UK: University of California Press, 1980.

———. *Studies in the History of the Renaissance*. London. Macmillan, 1873.

———. "Style." In *Appreciations: With an Essay on Style*. London: Macmillan, 1910. 5-38.

———. "Wordsworth." In *Appreciations: With an Essay on Style*. London: Macmillan, 1910: 39-64.

Phillips, Adam. "Introduction." In Walter Pater, *The Renaissance: Studies in Art and Poetry*. Oxford: Oxford University Press, 1986. vii-xviii.

Plato. "Protagoras." In *The Dialogues of Plato Translated into English with Analyses and Introductions*. Trans. Benjamin Jowett. 4 vols. Vol.1. New York. Charles Scribner's Sons, 1901. 99-162.

Potolsky, Matthew. "Fear of Falling: Walter Pater's *Marius the Epicurean* as a Dangerous Influence." *English Literary History* 65: 3 (1998):701-29.

Quilter, Harry. "The New Renaissance; or, the Gospel of Intensity." *Macmillan's Magazine* 42 (September 1880): 391-400.

Reynolds, Simon. *The Vision of Simeon Solomon*. Stroud: Catalpa Press, 1984.

Rosenblatt, Louise M. "The Genesis of Pater's *Marius the Epicurean*." *Comparative Literature* 16 (Summer, 1962): 242-60.

Rossetti, Dante Gabriel. "The Stealthy School of Poetry." *Athenaeum* 2305 (16 December 1871): 792-4.

Saintsbury, George. "Modern English Prose," *Fortnightly Review*, n.s., 19 (February1876): 243-59.

*The Scriptores Historiae Augustae*. With an English Translation by David Magie. 3vols. London: William Heinemann, 1921. Vol. I.

Seaman, L. C. B. *Victorian England: Aspects of English and Imperial History 1837-1901*. 1973; rpt. London: Routledge, 1992.

Searle, G. R. *A New England? : Peace and War 1886-1918*. Oxford: Oxford University Press, 2004.

Seiler, R. M. (Ed.), *Walter Pater: The Critical Heritage*. London: Routledge & Kegan Paul, 1980.

Shairp, John Campbell. "Aesthetic Poetry: Dante Gabriel Rossetti." *Contemporary Review* 42 (1882): 17-32.

———. "English Poets and Oxford Critics." *Quarterly Review* 153 (1882): 431-63.

Shuter, William F. *Rereading Walter Pater*. Cambridge: Cambridge University Press, 1997.

Small, Ian. *Conditions For Criticism: Authority, Knowledge, and Literature in the Late Nineteenth Century*. Oxford: Oxford University, 1991.

Spencer, Herbert. "The Philosophy of Style." 1852. In *Literary Style and Music: Including Two Short Essays on Gracefulness and Beauty*. London: Kennikat Press, 1970: 1-44.

Stein, Richard L. *The Ritual of Interpretation: The Fine Arts As Literature in Ruskin, Rossetti, and Pater*. Cambridge, Massachusetts: Harvard University Press, 1975.

Sypher, Wylie. *Literature and Technology: The Alien Vision*. New York: Random House, 1968.

Symonds, John Addington. "Edward Cracroft Lefroy." In *In the Key of Blue and other Prose Essays*. London: Elkin Mathews and John Lane, 1893. 87-110.

———. "Is Music the Type or Measure of All Art?" In *Essays Speculative and Suggestive*, 2vols. London: Chapman and Hall, 1890. vol.2. 181-196.

Teukolsky, Rachel. *The Literate Eye: Victorian Art Writing and Modernist Aesthetics*. Oxford: Oxford University Press. 2009.

Tosh, John. *Manliness and Masculinities in Nineteenth-Century Britain: Essays on gender, family and empire*. Harlow: Pearson Educations, 2005

———. "Imperial Masculinity and the Flight from Domesticity in Britain 1880-1914." In *Gender and Colonialism*. Eds. Timothy P. Foley et al. Galway: Galway University Press, 1995. 72-85.

Turner, James. *Reckoning with the Beast: Animals, Pain, and Humanity in the Victorian Mind*. Baltimore: Johns Hopkins University Press, 1980.

Tyrwhitt, Richard St. John. "The Greek Spirit in Modern Literature." *Contemporary Review* 29 (March 1877): 552-66.

Ward, Anthony. *Walter Pater: The Idea in Nature*. London: Macgibbon & Kee, 1966.

Watson, William. "Review of *Appreciations*." 1890. In *Walter Pater: The Critical Heritage*. Ed. R. M. Seiler. London: Routledge & Kegan Paul, 1980. 205-8.

Weeks, Jeffrey. *Sex, Politics & Society: The Relegation of Sexuality since 1800*. Second Edition. London: Longman, 1989.

———. *Coming Out: Homosexual Politics in Britain from the Nineteenth Century to the Present*. Revised and updated edition. London: Quartet Books, 1990.

Wellek, René. "Walter Pater." *A History of Modern Criticism: 1750-1950, The Later Nineteenth Century*. rpt. 1966; London: Jonathan Cape, 1970. 381-99.

Wiener, Martin J. *English Culture and the Decline of the Industrial Spirit, 1850-1980*. Harmondsworth: Penguin, 1985.

Whistler, James Abbott Mcneill. *The Gentle Art of Making Enemies*. 1890. Second Edition; New York: Dover Publications. 1967.

Wilde, Oscar. "Mr. Pater's Last Volume." 1890. In *The Artist as Critic: Critical Writings of Oscar Wilde*. Ed. Richard Ellmann. New York: Vintage Books, 1970. 229-34.

———. *The Picture of Dorian Gray*. 1891. Ed. Joseph Bristow. Oxford: Oxford University Press, 2006.

Wordsworth, John. "Preface to *Lyrical Ballads* and Appendix." 1850. In *William Wordsworth: Selected Prose*. Ed. John O. Hayden. Harmondsworth. Penguin, 1988. 278-307.

Wright, Thomas. *Walter Pater*. 2 Vols. London: Everett, 1907.

アリストテレス「動物発生論」『アリストテレス全集』九（島崎三郎訳）岩波書店、一九六九年。八一―三二四頁。

坂本達哉「共和主義パラダイムにおける古代と近代――アリストテレスからヒュームまで」佐伯啓思・松原隆一郎編著『共和主義ルネサンス――現代西欧思想の変貌』ＮＴＴ出版、二〇〇七年。一三五―九四頁。

Ｆ・シラー『美学芸術論集』（石原達二訳）冨山房文庫、一九七七年。

玉井暲「絵画空間のなかの音楽」、『ウォルター・ペイターの世界――ペイター没後百年記念論文集』八潮出版社、一九九五年、一二三―一四二頁。

富山太佳夫『シャーロック・ホームズの世紀末』青土社、一九九三年。

プラトン『国家』（上）（下）（藤沢令夫訳）岩波書店、一九七九年。

ウォルター・ペイター『享楽主義者マリウス』（工藤好美訳）『ウォルター・ペイター全集　第３巻』筑摩書房、二〇〇八年。

――「家のなかの子」（工藤好美訳）『ウォールター・ペイター短篇集』南雲堂、一九八四年。

――「エメラルド・アスワート」（工藤好美訳）『ウォールター・ペイター短篇集』南雲堂、一九八四年。

――「エメラルド・アスワート」（富士川義之訳）『ウォルター・ペイター全集　第１巻』筑摩書房、二〇〇二年。

## 初出一覧

第一章、第二章、第三章（一）、第七章（二）
　書き下ろし
第三章（二）（三）（四）
「文体のポリティクスとペイターの戦略」、『人文研究』第四七巻、第一一分冊（大阪市立大学文学部、一九九五年一二月）、三九‐五二頁
第四章
「ペイターの『再考』」、『人文研究』第四九巻、第七分冊（大阪市立大学文学部、一九九七年一二月）、一三三‐四四頁
第五章
「ペイターの homesickness――『家の中の子』を中心に」、『ペイター論集』第二号（日本ペイター協会、二〇〇三年一一月）、四五‐五六頁
第六章
「共感、論理、自制――後期ペイターにおける『男性性』の再規定について」、『英文学研究　支部統合号』二（日本英文学会北海道英語英文学会、二〇〇九年一二月）、二一‐三四頁
第七章（一）
「変貌する文体家のイメージ――フレイヴィアン覚書き」、『人文研究』第八巻、第一一分冊（大阪市立大学文学部、一九九六年一二月）、八七‐九四頁
第八章
「“English”の行方――『エメラルド・アスウォート』における故郷」、『Albion』復刊五一号（京大英文学会、二〇〇五年一〇月）、三九‐五四頁
補遺一
「混迷への誘惑――『文体論』における言葉のパフォーマンス」、『ペイター論集』第四号（日本ペイター協会、二〇〇七年一

二月)、一五‐三一頁

補遺二

「『ジョルジョーネ派』の批評言語」、『ペイター『ルネサンス』の美学　日本ペイター協会創立五十周年記念論文集』(論創社、二〇一二年七月)、三三‐四九頁

## 【サ】



## 【タ・ナ】



## 【ハ・マ】



## 【ヤ・ラ・ワ】

# 主要作品名索引

【ヒ】



【フ】



【ヘ】



【ホ】



【マ】



【ミ】



【モ】



【ユ】



【ヨ】

# 主要人名索引

野末紀之（のずえ・のりゆき）
一九五八年生まれ。京都大学文学部英文科卒、同大学院文学研究科英文学専攻修士課程修了。二〇一一年、博士（文学）。岡山大学教養部助手、講師、大阪市立大学講師、助教授などを経て、現在、同大学院文学研究科教授。専門は十九世紀後半のイギリス文化・文学、表象文化論。ペイターのほか、D・G・ロセッティ、アーサー・シモンズ、J・A・シモンズ、ジョージ・ムアにかんする論文がある。

# 文体のポリティクス——ウォルター・ペイターの闘争とその戦略

二〇一八年一一月　五日　初版第一刷印刷
二〇一八年一一月一五日　初版第一刷発行

著　者　野末紀之
発行者　森下紀夫
発行所　論創社
東京都千代田区神田神保町 2-23　北井ビル
tel. 03（3264）5254　fax. 03（3264）5232
web. http://www.ronso.co.jp/
振替口座　00160-1-155266

装幀／奥定泰之
組版／フレックスアート
印刷・製本／中央精版印刷
ISBN978-4-8460-1661-6